吴小龙 著

泥淖之歌

『大雅』诗的无字书

广西人民出版社

我们的人生从来就不是一本书,不过它的火花

会在书页上留下表面的灼痕*

* 出自罗伯特·洛威尔诗作《沉重的呼吸》(程佳译)。

从现代主义开始,"诗是什么"便成了一个没有标准答案的问题,每个诗人都需对此做出只属于自己的回答,走出只属于自己的道路,建造只能供自己攀缘的巴别塔,小龙通过对最负盛名的一些现代诗作的去神秘化分析,拨开层层迷雾,旨在让读者理解这些风格各异的诗歌文本在何种意义上构成了诗,需要什么样的知识准备和情感准备才能进入这些诗,如何把个人经验和知识准备融入对诗的理解中去,让读者明白当我们谈论诗的时候,我们在谈论什么,体验到诗的神秘馈赠。

——诗人,翻译家,鲁迅文学奖等获得者 杨铁军

这本谈论和解读现代诗的文集让我读来深感惊喜,让我认识到小龙作为"大雅"诗系列的主理编辑,对现代诗人构筑的语言和精神世界所怀有的不仅仅是认同和热爱,更是非常深入的思考和建立在广博文化视野之上的细致入微的理解,其思考和理解所达到的深度不亚于很多专业的诗歌研究者。这本书向我们呈现出他身为一位富于实干精神的年轻出版人内心的锦绣,也构成了当代诗歌教育和诗歌文化场景中一份令人备受鼓舞的样本——它既是他受惠于我们仍然处境不佳的诗歌教育的证明,又是他进而成为现代诗歌文化的一个有力促进者积极丰厚的阅读轨辙与精神回馈的成果。

——诗人,评论家,刘丽安诗歌奖等获得者 冷 霜

作为一个出版人，小龙参与推动的"大雅"诗系列为读者提供了众多优秀诗歌作品，从中不难看出他对诗歌出版的努力和独到的审美眼光。这部《泥淖之歌》汇集了他对多年来所编辑的部分诗歌的理解和批评，可谓十年磨一剑，也更加印证了我上面的看法。值得一提的是，这部书不仅以爱诗者或批评家的眼光来解读这些诗歌作品，更具有一种出版人的视角，审慎、一丝不苟和独具慧眼地审视和捕捉诗中的深意。可以说，这既是一份独到的对现代诗的批评文字，也是一份出自出版人的对作品冷静和认真审视的阅读心得。

——诗人，评论家，首届"诗建设"诗歌奖等获得者　张曙光

本书的谈诗评诗文字平易、亲切，思路开阔，引人入胜。作者极富学养与耐心，能敏锐发现一首诗的关键——"诗眼"，看进它，同时也通过它看人、看现实、看世界。作者对现代诗的理解贴合诗之本质，而在面向普通读者讲读现代诗时，又足够清醒，提出的相关问题准确，辨析也很有层次，论述中，感悟、想象与理论思维贯通，显示了他超强的艺术感受力与社会视野。中国文化中"诗教"传统强大而持久，而有关现代诗歌的释读、推广与普及的工作尚待有志者的参与，本书作者正是这项当代工程出色的践行者。

——诗人，评论家，东荡子诗歌奖等获得者　周　瓒

这部读诗之作，可谓"如切如磋，如琢如磨"。一是它文如小龙其人，深具《诗经·淇奥》所指的君子之风，有着玉石般温润又坚硬的品质。二是它对诗的领悟也如《论语》中孔子师徒的谈话，举一反三，告诸往而知来者。三是它用细读的方式，对一首诗逐字逐句，研讨琢磨，既有极其精微的深入，又有总体概括的提升。四是它特别契合小龙作为"大雅"诗系列主理编辑的工作，它是最冷静深入的阅读，对文字细节的审视和讲究，一种费尽心思的工艺打磨。

——诗人，评论家，栗山诗会年度诗歌奖等获得者　雷武铃

《泥淖之歌》是难得而又及时的诗歌之书。它不仅仅是一本单纯谈论现代诗的著述，而且更从当代诗歌的现场出发，敏锐地呈现了一位资深的爱诗者对现代诗的审美话语在当代诗歌脉象的渗透情形的把握。这本书既是一份独特的诗学报告，也是一份对诗的内部状况有着深切领悟的批评札记。

——诗人，评论家，鲁迅文学奖等获得者　臧　棣

（以上按姓氏笔画排序）

序

努力画好一个圆

一

童年记忆中,初入学堂的经验一直让我难忘。

那天,我领了铅笔和土黄色封面的米格生字本,和一群陌生的孩子,在陈旧得露出沟壑般木纹的书桌边,我瞪大眼睛,兴奋,激动,也带着紧张、不安,期待着接下来会发生什么。直到一个留着齐耳根短发的女老师,在擦净的木黑板上画了一个"〇"——她嘱咐我们:开学初的两天,就在生字本里画这个。

那是一种怪异而陌生的感受。但那两天,当伙伴们在外面继续拍打纸牌,或加速抽打那疯狂旋转的陀螺的时候,我一直端坐在教室里,在那些米字方格里画着"〇":卵石"〇",脸蛋"〇",圆环"〇",圆的,扁的,没有封闭。我很慢,笨拙,但专注而用力,在每个方格里都倾注了力气,以至在纸张背后都能触摸到它那凸起的力道。那两天,我竟然画满了整个生字本。我仿佛在经历一种仪式,努力画好每一个"〇"!

这些"○",完全不同于以往那荆棘的荒山,那泥泞的田野——那具体可感可触摸的一切。它是最简单的文字,却让我知道了另一个世界:一个抽象而崭新的世界,自己可以造就的世界。事实上,这的确是一个序章。我告别了在宽阔原野上撒欢的我,开始在局限的纸面上阅读、书写,重新认识、定义自我以及这个世界。

在我看来,这次经验有着非同一般的神圣性。虽然那时,我不知道那颇具象征意味的"○",它的多义性,也不知道它不是一两天可以画完的。后来才知道,作为文字,它的极致,它爆发的最大能量,是诗。

二

我是直到大学的尾巴,才探到诗的消息。

初入大学的突然释放让我无措,一种迷茫感令我一度执迷于思想火光的指引。然而,也许是火花太过斑斓绚烂,以至晃了眼睛;也许是长时间浸淫于抽象的概念,带来了疲惫和冷漠的超然……而大学的结束,刚好给我紧张的奔袭按下了暂停键,这种短暂的憩息似乎掏空了知识和前见,我开始阅读诗歌。

我第一次系统接触的诗人,是海子。他箴言般的短诗中令人莫名感动的抒情性,饱满的情感浓度,长诗中暴烈般喊出的原始生命感,以及他极具冲击力的实体化的色彩、声音——对于那时的我,都充满了新鲜感,令人沉迷。海子如同化身太阳神和酒神,在内部剧烈燃烧着,也点燃了我那刻板、隔绝得近乎窒息的世界,打破了那超然而冷漠的平静。他召唤人打开自己、舒展自己,他让世界复活了。那时候,带着这种寻求生活能量的热望,我零散读了一阵20世纪八九十年代的中国新诗,似乎对诗已有了解。

直到一次,我和一个写诗的好友照面。两三天时间里,我们就各自理解的诗谈了很多,让我惊讶的是,我们谈论的是完全不同的东西。而后来,他竟然为此写来了一封六千多字的长信,这一次,他一一用诗说明我们谈话中他未及展开的观察和理解。这让我意识到,我所理解的诗歌,原是一种情绪化、大而不当的"诗歌观念""令人头晕的夸夸其谈",我所关注的,还远未涉及诗歌的另一个根本,语言本身。诗歌,除了情绪、观念,它还是技术,一门手艺。生命复活,语言也需要复活。

朋友的信是一个引子。我得以更切身地认识到诗歌,来自三个具体的机缘。

第一个是"新批评"的启发。那时我初到海南工作,每个明媚的周末,我都会在万绿园那发光的海岸,拿着朋友推荐的一本书读上两天——这就是《精致的瓮》。这本书对我的启发是震撼性的。书的作者布鲁克斯,不再关注大而不当的观念,而是将理解诗歌变成了一门"应用科学",他杜绝空谈诗歌,剥离了诗歌的神秘不可解,回到了诗歌文本本身。他认为诗歌结构才是诗之所以为诗的根本,它是使诗歌的情感、态度、意义达到平衡和协调的整体统一性原则。在这个意义上,他说诗是一个"精致的瓮"。而理解诗歌,就是对这个诗歌有机体中的节奏、格律、意象、修辞等语言因素,以及它们之间的复杂关系进行的细读。可以说，我从未如此细致地深入一首诗的内部，也第一次感受到了诗歌那具体、真切而深入的欢乐，第一次感受到了细读的巨大魅力！

由布鲁克斯——英美"新批评"的实践成果，我先后又读了《理解诗歌》《理解戏剧》，读了兰色姆的《新批评》，并由之进一步接触了艾略特、瑞恰慈以及燕卜荪乃至韦勒克的一些作品。这对我影响很大。然而，随着波长的放大、边界的打破，也因为阅读零碎，对于基本没有写作实践的我来说，这些接踵而来的观念反而有些模糊了，瑞恰慈文学理论中的心理学分析，艾略特绝对的非个性论，燕卜荪含混理论中的极端复杂性和幽微曲折性，都让我不解。

于是有了第二个机缘，朋友向我介绍了雷武铃老师。他被网友描述为于尘俗喧嚣中孤立的"当代隐士"，让很多人"脱胎换骨"的诗歌模范。在其影响下，一大群学生兼诗歌同好聚集在一起，他们都怀抱着极其严苛的态度写诗，他们相互交流、砥砺，如同在经历一个神圣仪式，写诗如古老的炼金术。对我而言，不同于那些书的彼岸世界里的诗歌理论家，雷老师是活生生的榜样，这就像遥不可及的星辰触手可及一般珍贵。重要的是，不同于那些令人眩晕的理论旋涡，他的诗歌理论、分析，都是基于写作，对每首诗给予了最大的尊重。他的分析是直白而朴实的，却因极为清晰而直接地贴近诗歌本身的逻辑和本质，因而具有了无限的魅力，成为我的引路人。

第三个重要的机缘，由之我可以亲近一大批国内外伟大诗人、伟大作品，也走进了众多伟大的诗歌读者。而这一次结缘，是与工作的结合——"大雅"。

三

这一次学习,是一段幸运的漫长历程,它与十多年的"大雅"出版息息相关。

我曾说起"大雅"的黎明时刻:2013年,也就是我入行第三年的一个夜晚,时任广西出版传媒集团总编辑曹光哲先生,时任广西人民出版社社长卢培钊先生、副总编辑白竹林女士,好友田珺,我们商量着出版的"新诗经",一直聊到凌晨一点。那是在我出版职业的开端。而今,我已做出版十多年,随着对出版越来越多的了解,经历越来越多的人和事,我越来越感受到那时的珍贵:所有人,所有的能量和创造力,都聚集于出版的本体——做好图书和品牌。那是黑暗子夜,又是闪光时刻,它让我相信出版的理想性质,而此后需要做的就是不断回归它,那个原初时刻。开端不易,坚持尤难,由此开端,十余年来,在卢培钊先生、温六零先生、韦鸿学先生、白竹林女士等的先后分管下,在众多同事的参与下,"大雅"诗系列陆续出版,延续至今。而我每每看到"大雅"新书,常突然获得抵御虚无和庸常的力量,意义感顿生。

编辑"大雅",是工作需要,也是学习的便利。对于我,一个希望不断接近语言的学诗者,这是一次极为特殊的经历。不同于之前零散的阅读,从"大雅诗丛"的单本作品,到诗人的系列作品,回忆录、访谈、书信、日记,这一次,是对诗歌更全面、深入的接触,也是一次更长时间的漫游。很多作品，我都投以最大的精力，因此得以一瞥诗歌那细致的纹理、别样的景观。并且，很多诗人既是诗的实践者，也是诗的观察者和批评者，包括被称为世界最好、最专注的诗歌读者文德勒等，这是与诗歌的绝好交响和辉映。

本书所有文章，都肇端于"大雅"所撒开的因缘之网，与其相关的诗、人和事。

第一篇文章，就来自"大雅"策划之初。2013年的一天，一个同事得知我们正筹划一个图书品牌，就兴致勃勃地问我做诗歌出版的原因。我读了首计划推出的希尼作品——《铁匠铺》，它写的是一个铁匠锻炼生铁，但也是一个诗人在淬炼生活。这是非常切题的，因为，这种好，既是艺术上的又是生活上的，每个人都应该淬炼、升华生活。这种非常真切而具体的好，宣示了诗歌出版的意义。在朗读并没有得到正面回应后，我尝试写了篇文章，这是我第一次诗歌细读，也是对诗歌出版的辩解和回答。

其他的文章，它们或因与译者的交流，比如读希尼的《在图姆桥边》，就得益于和杨铁军老师交换几个翻译意见时我自己的感受。有几篇来自与同事的交流，比如读休斯的《思想之狐》，读苏佩维埃尔的《偷孩子的人》，同事编辑完都表示困惑，为了回应，于是有了这些细读。还有对"好诗"的共同确认，比如编辑诺德布兰德的诗时，我和同事居然都很喜欢《双体船》，于是我也把这种感受形成了文字。当然，也有些文章来自学习和挑战自我的需要，比如叶芝的《天青石雕》、洛威尔的《臭鼬时刻》，都是名篇，但直到编辑时，即使我遍寻答案仍不得其解，于是毅然决定自己攻克大山，写下它们。

或辩解，或交流，或砥砺，每一篇文章，我都希望对于"大雅"的书，对于译者的付出，有所回响，同时也希望能增加"大雅"的音量。为此，我曾在"大雅"还没面世之时就自不量力，起念为每一本诗集、每一个诗人，写一篇类似的文字。本书中的引言以及两篇附录，就整理自几次沙龙和交流，它们的主题都是出版了多年的"大雅"，关于诗歌以及出版中遇到的人和事。然而，工作之余，编辑的时间、精力都太有限了，因此本书中收录的文章，往往都颇费了心力才勉力完成。只鳞片爪，最初的雄心并未实现。

虽然并未实现愿望，但这本书，终归沉淀了我十余年来，作为出版人，作为爱诗者，对于"大雅"出版、对于诗歌，最想说的话，最重要的体会。尤其是，那些系列作品的诗人，希尼、休斯、洛威尔、沃尔科特、苏佩维埃尔，都有了相应的文章，甚至有的文章做了深入研究，解决了一些也许别人未必说清的问题，十余年来，居然也积累了不少文字，有了一本小书的规模，也算可勉强告慰了。

这是一次非同一般的学诗经历。由第一篇文章到最近的写作，回溯十余年编辑经历和诗歌学习，我也清晰地看到了其间的变化，看到了自己成长。此次出版，我也对一些文章标题、正文做了一定修改、优化，希望能弥补遗憾。

四

这本小书是我学习成为一个理想读者的尝试，渗透了这些年来我对诗歌的理解。

所选的十余首诗,大都是非常短的现代诗或当代诗,有的甚至只有几行。因为,最好的现代诗都是极精炼的,但每首诗都是一个线团,一个小宇宙,都折叠着万千世界。我试图做的,就是将这些"小"诗,被诗人炼金一般提炼、打磨而成的诗歌之金,将其精心设计的扭结、机关一一打开,呈现它们的张力,以及它们的精炼、简洁中所蕴含的巨大容量。在分析中,我往往将一首短诗投射为一两万字的长篇大论,一篇汪洋恣肆的散文。并且,它不同于那陈设琳琅满目的现代超市,而是一个小小的万神殿,在它的中心供奉着神明。

书中,我涉及了一些如同训诂学一般的知识,涉及了诗人的生平、时代的背景,甚至涉及读者,然而,这一切从来都只是服务于诗意:一切都是诗歌的婢女。我试图在诗人—诗—读者三者中,斩断诗与前后两端千丝万缕的联系,排除诗歌生成因素的推导、诗人写作意图的猜测。我相信,即使这些与诗歌有着直接关联,它们都需要经受诗歌本身逻辑的检验,如此方能生长为诗中活的细胞,在具体的诗中成立。相反,我设想每首诗是一个"赤子",是高度纯粹独立自足的客体,一个理想的完整的工艺品。也许,这个"赤子"太过孤立了,乃至忽略了"影响的焦虑"——历史以及前辈诗人的影响,但我觉得,诗人将自己的经验提纯为有效的诗歌,这种"焦虑"远大于超越前人的焦虑,是最有创造性的。

这个单纯的诗歌"赤子",同时也是精细而复杂的——它首先体现于诗歌文本,一个错综复杂的统一体。不同于物理世界,诗意世界体现于语言,意象、语气、节奏、格律,一个分节,一个跳行,字词标点等"细枝末节",以及语义和修辞上的相互关系。这些,都负载了情感和意义的无量世界,决定了诗意的空间。因此,我所努力的,是避免空谈,回到诗歌文本的艺术性本身,对于以上语言因素和技巧细节以及它们之间的复杂关系的分析。比如,于文本的细微处,发现字词标点、一个破行,如何发生作用,如何挑动情感和意义的大跌荡;于一首诗中不断回溯,聆听其中的象征、隐喻、双关等如同多重乐器相互作用的鸣响——最后,在一首表面上简单的诗中,呈现一场盛大的交响乐。

每首诗都是有如交响乐一般的有机整体,都有一个使诗歌的情感、态度、意义达到平衡和协调的统一性原则,它们内部的所有元素从来不是孤军作战,而是在精巧的结构中协同,最后汇成摧枯拉朽的雷霆之力。这个结构并非固定模式,因此,发掘每一首诗中平衡或统一的结构,梳理出一条或多条清晰的线索,就是本书中大多数文章致力于做的。这种发掘,很多时候如同在解析一场戏剧。每个诗歌文本都充满了冲突的力量,只不过这种冲突、斗争并非情节上的,而是更为微妙、内在的语言上的——它是奇妙的文学语言力量的冲突。在精巧的诗歌的结构中清晰呈现这种由语言冲突演绎的颠覆性的戏剧力量,就是本书的重要努力。

以上所说的,都是单纯的诗歌语言艺术的分析。而始终伴随以上分析的,或者说,诗歌艺术有力支撑的,就是文本中的经验和认识。这是诗歌复杂性的另一面。

诗歌,离不开现实世界的人和事,离不开历史、神话、宗教、生活、人的情感、人的认识,它就是对这个生动的世界以及人的思想情感的反应和评价。没有这个复杂的世界，就没有诗歌。也因此，我的细读和写作，从来不是隔离和孤立的。每一首诗歌的细读，都是自我的代入，一次自我的发现和认识。阅读这些诗人，都是阅读更好的自己。

更难的是，每次细读，都是细致地打开不同的自己、矛盾的自己，这让这些细读呈现为一个个自我争辩的过程。这些诗都是不同的，不仅仅是艺术层面，也是处境、经验、观念层面，是内容的不同、感受力的不同、认识的不同。而因为其独特的呈现，这种不同往往被放大，甚至是彼此冲突、针锋相对的。理解对立面和矛盾，注定是一个崎岖的认识历程。然而，一番努力之后，最后往往每一首诗都成了自我的一次蜕变——那些矛盾，观念的不同，那个与自我斗争的"敌人"，其实是不同的处境中，自我的不同侧面，那个曾经被遮蔽的自己。因此，它们不但真切地写出了我自己，还造就了那个更真实的自我。

这十一篇文章就是一场"不同"自我的人生经历。从休斯开始，由孩子到成人世界的转变，经历爱恨情仇，工作生活之诸多艰辛和困苦，到最后跟随史蒂文斯，体验死亡。从起点到终点、从生到死，十一篇文章其实包含了世间的万般问题，它们构成了一个整体，一场谁都无法回避的充满诸多况味的人生。而作为写作者，站在人生的中途，我得以像休斯一样，重新回顾自己的童年，鲜活地重新体验过往；同时，通过希尼和史蒂文斯，我仿佛提前预见，并体验到了未知的死亡。诗歌将这一切串联了起来。

从生到死，人归于虚无，乍看，这一遭太无意义了。但是，在最高的意义上，诗歌融通了一切。正如本书中的三首动物诗，面对人生的转捩点，精神的危机，死亡的威胁，诗歌借助语言的魔法，想象的通灵术，它融通了感官，打破了物种的界限，蹚过了生死之河——它带来了一派与众不同的新的气象，弥合了万有。那一下，你即一，即一切。

五

一切，都得益于"大雅"，得益于那些伟大的诗歌写作者，怀抱理想主义的出版人，还有帮助"大雅"、帮助本书出版的所有人。我要在这里鸣谢他们！

"大雅"已经持续出版十年。这是一段不寻常的时间，其中太多的变动与未知，万幸，"大雅"汇聚了众多的能量，得以克服困难，延续至今。

我要谢谢帮助"大雅"的所有出版人。谢谢在顶层支持"大雅"的广西区党委宣传部、广西出版传媒集团和广西人民出版社的众多领导，尤其是近年来给予"大雅"诸多关怀的宣传部利来友副部长，集团覃超董事长、张艺兵总经理，等等。在复杂多变的形势下，他们仍秉持着清脱的品性，坚持出版的本质仍是一件理想的事情，他们对"大雅"或摇旗呐喊或默默支持，形成了一股未能轻易撼动的势能。我还要谢谢多年来参与"大雅"编辑的同事，从最初的罗绍松，到现在的许晓琰、张洁、李雨阳，以及曾经参与编辑的陈威、张莉聆、唐柳娜、李亚伟、刘艳。尤其是晓琰，近十年来工作兢兢业业。"大雅"的每一个字，都是经他们的眼睛爱抚过的。还要谢谢贯穿整个出版流程的所有同仁。十多年如同转眼，所幸，他们的努力和辛劳，都在书中沉淀了下来。

我要谢谢"大雅"家族的众多诗人。每首诗都是一个万神殿，写下它们殊为不易，尤其是国内诗人，对我们更多的包容和谅解。同样，我要谢谢众多的翻译者。诗歌翻译印着原作者的标签，有着诸多限制，同时又是在另一种语言中的重新绽放，花费的精力不减，而诗歌的市场，常让他们的付出与回报不成正比。他们的工作，全靠热爱和牺牲。

我还要谢谢帮助"大雅"的所有师友。我要谢谢筹划之初献言献策的诸位师友，他们对诗歌的熟稔和对推动优秀诗歌出版的热情，是"大雅"最初的推动力之一。要谢谢众多对"大雅"青眼有加，鼓励、帮助、支持"大雅"的诗人、作家和朋友们，众多关注"大雅"的出版同行们，宣传推广"大雅"的众多媒体们，以及众多的热心人士和读者朋友，他们是"大雅"持续至今的动力。

总之，人太多了，这里无法一一列举。同样，"大雅"的副产品——我这本小书的出版，也倾注了多人的心血。

我要谢谢让这些文章得以完成和提升的朋友们。首先是激发我写作的朋友，在编辑过程中与作者、译者、同事们的交流，是写作的最初动机。其次是提出宝贵意见的师友。文章完成后，我通常都会将它们发给相应的作者、译者和朋友，他们很多都给出了珍贵的意见。尤其是我的朋友、诗人肖磊，他就是最初给我写那封诗歌启蒙信的人，也几乎是每一篇文章的第二读者，我最可信赖的批评者。他不仅提出建议，有的甚至直接修改润色，我要特别鸣谢这位从大学至今始终如一的挚友!

我还要谢谢编改、刊发这些文章的编辑老师们。本书绝大多数文章都已发表,期刊及媒体平台对这些文章——尤其是最初的学诗练习的青睐和肯定,是激励我十余年来坚持写作的动力之一。

我还要谢谢广西人民出版社。十多年来我在这里工作、学习,"大雅"也是在其荫蔽下萌芽、长大,当这本小书与"大雅"在其中相互辉映,真让人欣喜万分。我还要特别谢谢细致阅读和审改,费心编审书稿的领导、前辈和同事们,白老师,严姐,同事晓琰、张洁。她们既是编、审者,同时也是参与"大雅"的"战友"。

谢谢设计师刘凛,她既是"大雅"设计的最重要的操刀人,"大雅"的形象大使,也是本书的设计师。

书稿完成后,我还惴惴地厚颜向几位曾参与"大雅"的前辈诗人寻求帮助,杨铁军、冷霜、张曙光、周瓒、雷武铃、臧棣,他们都与"大雅"有着直接的因缘,也都是我非常尊重的诗人、评论家。他们对于本书给出了宝贵的评价,鼓励的话语让我感念在心,我珍视它们甚于我自己的文章。特别鸣谢这几位老师!

最后,是最不能回避的一个人——张均华。她几乎经历了"大雅"面世至今全过程,伴我度过其间种种难以为人言说的甘苦。同样,她也是本书每篇文章的第一读者,往往是她认可之后我才敢将它发出。这些年,我经历了一些令人惊奇如戏剧的"历险记",谢谢她,伴我于一叶扁舟中度过一次次乌云密布乃至狂风暴雨。她让我确认了柏拉图的那个比喻,她真的是我一直寻找的那个另一半,另一半中那个更好的我。她让我于这个"不完美的世间"怀抱热爱,一次次毅然奋起。

因此，我将此书献给张均华，也献给推动和帮助"大雅"的所有人！

六

在人生的中途，回忆起儿时那难忘的一课，我突然发现它仿若谶语一般。

在那个课堂上，我画了整整一个米格生字本的"○"。但我还无法穷尽所有"○"的形状。那时我也没有做出更多尝试，不知道它的变幻，当它们重叠，就是一个个的旋涡，是头脑不断缠绕的线团，是困境。而当它们被涂黑，就是一个黑洞，是结束。正如叶芝在他的《天青石雕》中说的，人作为泥淖之身终将归于尘土——一个彻底的否定，一种徒劳，一个零。

但这个"○"，也是不断漂来的救生圈，是荆棘折成的圆形桂冠。对于处身圆形跑道中的人，每个人唯有奋力奔跑，努力画好属于自己的圆。对于我来说，将出版职业和诗歌爱好结合，是努力画好一个圆；编校好每一首诗，出版好每一本书，是努力画好一个圆；秉持愿力克服障碍，让"大雅"持续出版多年，是努力画好一个圆。同样，记录"大雅"，理解诗歌，写出一部"大雅"诗的无字书，也是努力画好一个圆。而最终，作为文字的始基"○"，它的理想，它克服现实缺陷的无限上升，是诗——这尘世中的魔法，一次新的宇宙大爆炸，如涅槃，如光环——这一个圆，让所有的努力都有了质点，获得了意义。

正如叶芝所唱的泥淖之歌：在创世的神话中，人的诞生都本于尘土。这被吹入气息、直立行走的血肉之躯，在尘世中繁衍生息，追求、寻获、丧失，经历悲欢离合、生老病死。不同于草木禽兽无情之物，面对滚滚红尘、无常天命，他挣扎、对抗，在荒原上建造村庄和城市，做着克服有限、无限上升的努力。他点亮明灯，树立神庙，幻想飞升的长腿鸟，企望智慧的解答与宗教的超越。他涂抹色彩，奏响音符，建造语言的通天塔，在舞台上演绎人生的悲喜剧——这一切，都是那泥淖之身趋向于圆，发出的无尽歌唱。

因此，这个"〇"，是忍耐，是包容；是圆满，是无限；它更是惊叹，是肯定，对这个世间。

2024年2月

目 录

001

引言　走近现代诗
——主要以"大雅"诗为例

051

诗歌，一个新物种的诞生
——读休斯《思想之狐》

075

淬炼生活的匠人
——读希尼《铁匠铺》

087

怎样理解那无解的游戏
——读王强《鳌江站》

105

微尘的无量世界
——读雷武铃《郴州》之二

119

爱的谜题,爱的执念
——读诺德布兰德《双体船》

137

"归家"之旅与命运之网
——读苏佩维埃尔《偷孩子的人》

163

来自世俗生活的拯救
——读洛威尔《臭鼬时刻》

199

神圣自我的发现
——读沃尔科特《爱之后的爱》

211

从流水的表面到深处
——读希尼《在图姆桥边》

225

泥淖之歌

——读叶芝《天青石雕》

261

想象，最后的通灵术

——读史蒂文斯《对事物的直感》

· **283** ·

附一　面对"熵"

——关于"大雅"诗的无字书

· **297** ·

附二　出版之"诗"

——"大雅"背后的故事

引言

走近现代诗
——主要以"大雅"诗为例*

这些年，为了让读者更好地走近诗歌，尤其是现代诗，"大雅"做了一些努力。我们先是推出了不少诗歌名篇、大师传记、日记和书信。不过，诗如迷宫，有时难免让人雾里看花、迷失其中，于是我们又推出了一系列诗歌细读，希望通过大师的解剖刀，让诗如物体般具体、清晰。我们还牵线，让诗人与读者面对面，希望通过交流唤醒读者，带来有质量的诗歌阅读。

不过，这些努力并不像我们预想的那样富有效果。读者对诗（尤其是现代诗）的误解，对诗歌价值的疑惑，对怎么读诗，等等，这些我们曾致力于解决的问题，总是在不同的人身上重复发生，甚至包括诗歌爱好者和一些诗人。这令人感慨的同时，也让我们相信：这些问题都是具有普遍性的。所以，我想就这些问题，结合一些具体的诗歌，简单谈一谈近年来的一些体会，希望能帮助大家走近现代诗。

---

* 本文整理自2022年6月广西广播电视台面向播主主办的一次分享。

一、对于诗的一些普遍误解

对现代诗的误解很多，有时候甚至让人啼笑皆非。并且，它因人的不同而呈现不同的具体形态。这里选取几种有代表性的谈一谈。

诗歌并非单纯传达"意思"。

一些读者常常会问这样的问题："这首诗里的每个字我都认得，但它说的是什么意思啊？"或者，当他们得到解释的时候，常常会提出另一个问题："这有什么意思啊？"这两个"意思"意义是不一样的，如果说第一个问题是事实上的求解，那么第二个就是价值上的否定了。

对于第一个"意思"，我自己就有个反面的例子。初入大学时，可能受中学语文"概括段落大意""归纳中心思想"方法的影响，我也曾以"读意思"的心态去阅读，尤其是读小说：这个故事在说什么，这部小说在说什么？并且经常一目十行，因为"我知道它在说什么"。最后就觉得"没什么意思"，没有收获。这间接促使我去读了"我不知道它在说什么"的学科：哲学。现在我可以说，对于那些小说，那时候"我并不知道它们在说什么"。

对于第二个"意思"，我一直在琢磨提问题的原因。如果提问题的是面临温饱问题的人，我觉得是可以理解的，面对生存，诗歌是无力的，它解决不了面包的问题；但是，提问题的往往不少是社会精英和知识分子——他们常常功利主义式地追问价值和意义。它设定一个目标，衡量一切事情的价值，然后以此规划快捷的路径，不容许偏离。这是提高效率的一种方式。但是，将它视为一切事情的标准，就是有问题的：这注定欣赏不了绘画、哲学、音乐等，当然也包括诗歌。意义非常重要，在诗歌中也是如此，但它并不是诗歌的全部。并且，很多诗歌并不负载特别的意义。

这里我们主要说的是第一个层面的"意思"，第二个"意思"容后再说。我想举一种大众艺术———个电影的例子。

电影诗人杨德昌有部作品叫《一一》，这个名字比较费解。一一，是"一"加"一"的意思么？如果是，为什么不直接说为"二"？这种理解令人发笑，但它符合某种理解逻辑。对于这个片名，杨德昌曾在一次访谈中说过，这部电影讲的单纯是生命，描述生命跨越的各个阶段，身为作者，我认为一切复杂的情节，说到底都是简单的。所以电影命名为《一一》，就是每一个的意思。这意味着电影透过每一个家庭成员从出生到死亡的每个具有代表性的年龄，描绘了生命的种种。杨德昌主要说的是生命与生命过程的独特性。整部电影都是对"一一"的诠释，不过我觉得对于信奉"电影诗学"的杨德昌而言，电影中有一个有代表性的解释，它体现在一句"诗性"的台词中。电影主角简南俊有一个女儿婷婷，一次，一个叫"胖子"的小伙子和她聊天时，淡淡地说了一句话：

"没有一朵云，没有一棵树，是不美丽的。"

这句话完美诠释了电影名，不但在意义上，在形式上也是如此，"一……一"。这一句话的"意思"是什么？很简单："所有的云，所有的树，都是美丽的。"两个全称称谓"所有"，一个肯定谓词"都是"，让整句话充满了肯定，带给人一种积极、正面、乐观的情绪。而"云""树"的美好意象，又让这句话染上了一层"诗意"感。这当然是美好的！然而，这两句话虽然意思相同，但它们所流露的情绪、态度，甚至观念都截然不同。每一个字词标点，都在一句话中扮演着角色、承担着功能，但同时又是独立的。原话中，连续的两个"没有""一"，在这句话中传达着否定、孤独的情绪，这种情绪是独立于整个句子，不能被句子的"意思"简单覆盖的。所以，我们看到婷婷对这句话的反应，她说："我听你这话怎么感觉有点忧伤？"忧伤，就是这句话带给人的感受。不仅如此，虽然双重否定意味着肯定，但"没有""不"，否定的力量仍在。这种否定性甚至是致命的——我们知道，"胖子"最后自杀了。而特别耐人寻味的是，这些忧伤的情绪、否定的力量——作为一股股冲决性的混沌力量，反而让遵规守纪、学习成绩很好的婷婷爱上了"胖子"。

这个例子告诉我们，"意思"有时候是无趣的，也是无力的，而"意思"之外的很多东西，反而是魅力之所在。诗歌是一种全面焕发语言能量的文体，抱着单纯传达意思的心态去读诗，是无法理解诗的。

现代诗并非唯美的"纯诗"。

对于诗，人们往往发出这样的感慨："美！"并且，他们马上可以列出很多浪漫主义诗人，国外的比如拜伦、雪莱等，国内的比如徐志摩、戴望舒等，说出抒情诗时代的意象：星星、月亮、天空、梦……

这里所说的诗歌的"美"，分析起来，也许可以归纳为和谐的韵律、美好的意象、崇高的思想、华丽的词藻等几个方面。我想举中国读者很熟悉的戴望舒的《雨巷》为例：

撑着油纸伞，独自／彷徨在悠长，悠长／又寂寥的雨巷，／我希望逢着／一个丁香一样地／结着愁怨的姑娘。／她是有／丁香一样的颜色，／丁香一样的芬芳，／丁香一样的忧愁，／在雨中哀怨，／哀怨又彷徨。／她彷徨在这寂寥的雨巷，／撑着油纸伞／像我一样，／像我一样地／默默彳亍着，／冷漠，凄清，又惆怅。／她静默地走近／走近，又投出／太息一般的眼光，／她飘过／像梦一般地，／像梦一般地凄婉迷茫。／像梦中飘过／一枝丁香地，／我身旁飘过这女郎；／她静默地远了，远了，／到了颓圮的篱墙，／走近这雨巷。／在雨的哀曲里，／消了她的颜色，／散了她的芬芳，／消散了，甚至她的／太息般的眼光，／丁香般的惆怅。／撑着油纸伞，独自／彷徨在悠长，悠长／又寂寥的雨巷，／我希望飘过／一个丁香一样地／结着愁怨的姑娘。

如果拿上面的几个标准去一一对照，可以发现这首诗歌所谓的"美"是什么。在韵律方面，这首诗读起来节奏舒缓，有一种音乐感，可以很好地取悦我们的耳朵。这主要是由诗句尾部的押韵带来的，比如"长""芳""徨""巷""怅""光""茫""郎"等，这种"ang"韵持续到最后，形成了一种有节奏的错落。这就是韵律方面的美。在意象方面，油纸伞、雨巷、丁香、姑娘、梦、女郎、篱墙等，可以说，都是美好的意象，当它们融入这首诗，意象叠加，美感就大大加强了。

在辞藻上也是如此，彷徨、寂寥、愁怨、忧愁、哀怨、彳亍、太息、凄婉迷茫等，这些词写人的感情，刻意追求一种文人化，并且大量使用接近半文言的用语，比如"彳亍"，避免口语化，拉大了与时代、生活的距离，形成了一种朦胧美。再就是思想方面，它温柔敦厚、哀而不怨，它表达的是诗人对美的邂逅、对爱的向往。这当然也是美好的，是永恒的美的主题。因此，我们在这首诗中，几乎可以看到唯美"纯诗"的诸多特质。

这类诗当然也是现代诗，但它只是现代诗中的一个部分，甚至是很小的一个部分。现代诗，最具代表性的诗人是艾略特，1948年诺贝尔文学奖颁发给他，就是因为他"对于现代诗之先锋性的卓越贡献"。欧美现代诗的里程碑，就是艾略特的《荒原》，它可以说是打开西方现代诗甚至现代文学的一把钥匙。我们可以随便截取一个片段，对这种变化进行说明，比如《荒原》的第三部分"火诫"：

可我背后一阵冷风，风中
有骨头咔嗒作响，咯咯笑声耳耳相传。

一只老鼠拖着黏滑的肚皮
在岸上的草木中轻轻爬过，
那冬日的黄昏，我在那条死气沉沉
从煤气厂背后绕过的运河边垂钓，
默想我的王兄的船难
和更早的时候我父王的死。

潮湿的低地上赤裸着白色的肉体，

骨头丢在一间低矮干燥的小阁楼里，

年复一年，只被老鼠踩得咔嗒作响。

（摘自休斯《神的舞者》，叶紫译）

这个片段，与前面的《雨巷》刚好构成对比，美感被打破了。比如音乐性方面，这里更为自由、解放，没有了《雨巷》中因押韵而来的音乐感。意象方面，它有河流，但河水是污滞的，旁边是煤气厂，河岸上爬行着拖着黏滑的肚皮的老鼠，加上骨头、赤裸着白色的肉体等，这些意象，与星星、月亮等美好的意象毫无关系，它脏污、恶心、可怕，毫无美感。在措辞方面，它的用词朴素，从色彩上来看，都是贬义的，充满了冷色调。而在思想上，父王已死，王兄遭难，白色的肉体赤裸着，骨头被丢弃，被老鼠踩得咔嗒作响，不幸而悲惨，毫无崇高感、悲壮感可言。

这个场景，从整首长诗来理解，则更为清晰。《荒原》为我们勾画了宏大而深刻的主题，它所面临的，首先是时代的巨大变化，上帝已死，诸神退却，神性的世界不再，冰冷的科技开始主宰，也因此，形而上的价值体系崩坍，世界不再是统一的，社会分崩离析，心灵被解构，崇高不再，生命干涸，人成为平庸的人、空心的人。艾略特就是用"荒原"意象刻画现代人精神上的荒芜状态。"火诫"中的这一幕，就是这种荒芜感的体现。而就整首诗而言，像休斯所说的，《荒原》"定义了成为新世界之基石的精神状况"，是"一场始于死亡、终于重生的仪式",艾略特是希望,在这世界的灾难之上重建精神的信仰,正如:"种子的死亡,草木的重生;肉体的死亡,灵魂的复活;旧灵魂的死亡,新灵魂的重生。"(《白骨之谷中的歌中之歌》,叶紫译)

《荒原》让我们看到,现代诗绝不是唯美的。甚至,善也不是它的目的。法国诗人波德莱尔,就因《恶之花》"有碍公共道德及风化"被指控入狱。波德莱尔不同于法国浪漫主义,他将目光从大自然移到光怪陆离的现代都市,让人看到了一幅幅打破传统伦理的畸形、变态的图画。但是,波德莱尔认为,邪恶和病态也能散发出一种特殊的美,于是转而从与传统美感和道德对立的东西中寻找重建美感的对象,波德莱尔的天才,恰恰表现在他能在恶的世界中发现美,并通过诗歌化腐朽为神奇。因此,《恶之花》不是恶的颂歌,而是艺术直面恶开出的"花朵",它是越出传统伦理的界限发出的赞美。

时代的巨大变迁,让人们的生活、环境、信念、情感等都发生了巨大变化,复杂而多样,因此,那种狭隘的浪漫主义抒情诗歌,它们所涉及的对象和审美,已经无法包容复杂的现代生活,这种"狭隘化"大大降低了诗歌的表现力,这种唯美的追求也不能适应人们的诗学追求了。因此,所谓"唯美"和"纯诗"都要重新定义。

关于"纯诗",在《纯诗与非纯诗》中,罗伯特·沃伦说过,"诗要纯",但他的意思是"纯诗,亦即不是非诗",他所谓的"纯",是"一篇诗作的各个元素联合起来要为这一目标服务","一篇纯诗作品要尽可能严格地剔除某种可能与其原动力相冲突或者限制原动力的元素,以尽量求得纯净。换言之,全部纯诗作品,都要求形成一个整体"。而从内容上来说:"诗要纯,诗作却不然。至少,许多诗作不可能太纯。……事实上许多元素，或者本身与这一宗旨相矛盾，或者在达到这一宗旨的进程中处于偏中状态。……在这个不完美的世间，诗作甚至未能获得其本来可以获得的纯净。诗作之中充斥着不和谐的噪音、参差不齐的节奏、丑陋的词藻与邪恶的思想，粗俗的言语、陈词滥调、枯燥无味的技术用语、奇思怪想与强词夺理、自相矛盾、反语、拘泥刻板——所有这一切都使我们回到散文的境界与不完美的遭际。"（张少雄译）罗伯特·沃伦的论述，可谓这种"纯诗"的最好解释。沃伦告诉我们，现代诗的内容、主题无所不包，以匹配世界的丰富性和复杂性。

其实，"现代诗是唯美的'纯诗'"，也包含了对诗的其他误解，比如，诗是装饰性的，其潜台词是：它是伪饰、虚假的。前面的分析告诉我们，诗歌绝不是对现实、生活的粉饰，更不是虚假。相反，现代诗追求真实，至少是真实的感受和真实的表达，这一点是和古人说的"修辞立其诚"契合的。"诚"就是真实，诗是通过极高的语言要求，来考验经验、情感、认知的真实性，它是诗歌有效性的一个要求。真实，要求诗与装饰、粉饰对立，要求诗的独立性，有时甚至是冲击性、破坏性。正如策兰说的，诗的语言"已经变得更朴实无华和实事求是；它不再相信优美，它努力成为真实"。

诗并非晦涩难懂的代名词。

很多人眼里，诗歌是朦胧模糊、晦涩难懂的，甚至晦涩成了诗的代名词。清晰明了的诗被认为不是诗，而晦涩和故作艰深成为一种诗歌追求。这意味着，诗成了一种私人化的行为，那么，诗歌如何共享、如何评价呢？这当然是一个问题。

国内的这个误解，我觉得首先与诗歌积累多年的问题有关，尤其是与20世纪八九十年代诗歌热潮期诗人译诗的现象有关。20世纪80年代，改革开放给中国带来了巨大变化，反映最直接、最快速的就是文学，尤其表现在诗歌领域。当时全国诗歌遍地开花，掀起了一股巨大的诗歌热潮。与本土诗歌创作相伴生的，就是中国诗人对西方诗歌的需求，他们迫切需要打开眼睛，从欧美汲取营养，而翻译成了最直接、快捷的做法。但诗歌翻译的难度是很大的，但丁就说过"诗的光芒会在翻译中消失"，弗罗斯特也说过"诗意是翻译中失去的东西"，翻译最基本的要求就是准确性，如果译者的外文出现了问题，对诗歌会是摧毁性的。但迫于学习的需求，以及可靠的翻译家和翻译有限的缘故，于是就出现了不少诗人译诗的现象。其后果可想而知，很多翻译作品都是有问题的。比如，因为语言水平有限，对原文的特色，文化背景、典故，含义的多样性，等等，缺乏理解，原诗的清晰性和逻辑性被破坏了，变得撕裂、古怪，不可理解。这就是"翻译体"诗歌。但在那时，它们得到了很奇异的对待。在很多读者那里，错译中的这种跳跃和古怪，反而成了诗歌的一种景观，成为一种美学上的追求。这种"误读"对后来人的影响无疑是负面的。

当然，这个误解，也与诗歌的一个特色相关，那就是诗歌本身的丰富性。一首诗就是一件精致的艺术品，因此，它不能是单一的，而应该是复杂的、多义的，经得起琢磨、分析的，含义隽永的。二战期间曾在中国讲授英国现代诗，对中国现代派诗歌影响很大的诗人燕卜荪就曾系统论述过诗歌的这种多义和含混的特色，他的早期作品，对后来的新批评派影响很大的《朦胧的七种类型》，就明确了诗人在诗中有意或无意地以语言营造模糊的效果，燕卜荪说："含混"一词本身可以指你自己的未曾确定的意思，可以是一个词表示几种事物的意图，可以是这种东西或那种东西或两者同时被意指的一种可能性，或者一个陈述有几重含义。因为受到瑞恰慈的影响，燕卜荪还将精神分析、读者的接受引入自己的理论，把"含混"区分为复杂而缠绕的七种类型，这就使得"含混"名副其实了。

我们可以举个简单的例子，说说燕卜荪所说的第一类含混：诗歌的隐喻。《白鹭》是诗人沃尔科特的晚年作品，可谓他对人世的告别之歌。白鹭，是这部作品的中心，在诗人笔下，它洁白、优雅、纯净、美丽、完美无瑕。同时，它又带着高傲的平静、冷淡和超然，超越欲望和遗憾，超越赞美或谴责，它如同来自神话，如同六翼天使和幽灵。因为这些，沃尔科特称它为"白色的惊叹"，赋予了它丰富的隐喻意义：它指向人，沃尔科特那些逝去的以及弥留之际的朋友，如一个个幽灵；它还指向写作，白鹭成了诗人自身的隐喻，它们的趾爪如同字迹，它们的尖喙如同钢笔，它们边读边点头，如同超越言辞的语言；它还与诗人临近的死亡相关（沃尔科特当时八十岁左右），如即将渡往冥界的魂灵。它成了博斯名画《人间乐园》中的一只昂首的白鹭，立于一簇灵光之上，漠视着时间的流逝，超越了逝者。这些，让我们看到，白鹭在这首诗中，不仅是一种鸟，它承载、隐射了极为丰富的意义。

诗歌之晦涩，还有其他比较复杂的成因，诗歌语言的自我迭代，诗人主体意识的不同倾向，等等，比如上文提到的艾略特、策兰，更早一点的法国诗人马拉美、魏尔伦等，他们或因为对诗歌的态度，或因为对语言革新的要求，或因为对现实的理解，让他们的诗歌呈现不同的面貌，也自然造成了理解上的差异。诗歌，有时确实成为，唯诗人可畅行的语言迷宫。

不过，不管怎么样，即使燕卜荪以及新批评派将"含混"视为诗歌的一种要求，它仍然建立在诗歌是可以理解、可以分析的基础之上。诗歌并非不可读，并非晦涩难懂的代名词。

生平、背景与诗无本质关联。

还有这样的怪事，很多读者往往撇开作品而首先诉诸传记，就仿佛了解了作家的生平就读懂了作品一样。这是一个普遍现象，并不局限于诗歌。这些读者，有些是看稀奇、读八卦，但不少是希望通过作者的生平、背景，以间接的方式接近作品。这向我们提出了一个问题，就是作家及其时代与作品的关系问题。

可以先举《红楼梦》作为例子。很长时间里，国内盛行一门显学——"红学"，它涉及内容很多，作品的归属、作者的身世、当时的社会等，涉及社会学、史学、哲学甚至中医药学等多个学科。这对于《红楼梦》的流传来说，可谓一门幸事、一种成功，但我觉得，这也是最大的灾难。因为，对小说最大的尊重，是对其艺术的尊重，而不是其他。就曹雪芹本人而言，他未必愿意自己的身世被当作社会剖析的活标本，也许更不愿意自己的艺术成为八卦的附庸。而以上种种近乎疯狂的集体"偷窥癖"的努力，越深入就越偏离作品本身。这，对曹雪芹、对《红楼梦》是灾难，对真正想理解《红楼梦》的读者而言，也是如此。事实上，新世纪以来"红学"就遭遇了瓶颈。文学就是这样，最后仍需回到对它最本质的理解上来，其他终将失败。

生平、背景当然有价值，由此，我们或许可以掌握作者的写作材料，把握作品的一些隐秘动机、一些潜藏线索，从而更好地理解作品。但是，这种价值服从于文学性，需要把握好界线，弄不好就会陷入"偷窥癖"的恶趣味，不得要领地陷入理解的泥潭。因此，作家生平与背景即使重要，那也是边缘性的，它最多只能算作材料而已，而材料如何上升为作品，这才是一个真正的谜。作家、诗人，希冀的就是这神奇的一跃，实现升华。这就是材料与艺术的张力，这就是创作的神秘性，电光石火，失之毫厘谬以千里。

希望依靠生平、背景来理解作品，在那么多体裁中，诗歌也许是最无效的。就是因为它的艺术性是最高级的，其中的变化更隐秘、更微妙、更复杂。因此，如果说依靠故事情节和戏剧冲突能在某种意义上把握小说和戏剧，那么，这种方法在诗歌中根本无法奏效。我们会发现，在绝大多数诗歌中，故事性，像碎片一样支离，像火花一样零星。即使在叙事诗中，它也无法向你探出一个理解诗歌的指针。

在那么多诗歌流派中，对生平"索引"派的兴趣，最能使上力气的，也许是自白派。它比任何流派更倾向于袒露自我，有时候甚至突破道德禁忌和生活盲区，将矛头转向自己的生活和内心，深入那些隐秘的、黑暗的角落。我相信，这个诗派对于"考证学派"的人可以提供最为丰富的材料。不过，是否能据此更好地理解诗？未必。

以自白派创始人洛威尔的《海豚》和《海豚信》为例。《海豚信》是洛威尔生命中最后七年（1970—1977）和哈德威克的书信集，《海豚》则是洛威尔1970年到1972年之间创作的诗集。1970年，洛威尔一家三口结束假期旅行，哈德威克和女儿回纽约，而洛威尔则到英国牛津大学万灵学院做访问研究员，不久开始创作《海豚》，其间他们一直书信往来，这些书信后来整理为《海豚信》出版。从时间和书名我们可以了解两本书的关系。事实上，《海豚》大量暴露了这段时间两人的生活和情感，并且，翻开诗集，我们可以看到大量对《海豚信》中的书信和电话内容的引用，甚至有的诗从始至终都是引用。但是，对于这样一部自传性的诗集，只要我们读其中的任何一首——包括全引用的诗，我们会发现：从繁复冗杂的书信到一首精炼的十四行诗，其中提纯萃取的工作完全是不可索解的，不同的人会做出完全不同的选择，而更重要的是，材料和诗意完全是两回事，我们能看到材料，但诗意只能来自洛威尔。

其实，所有人都面对同样短暂又漫长的一生，上天给予我们的生活材料都是公平的，但大师写出了不朽的诗歌，而我们终因平庸而被遗忘。我们没有把握那个神秘的机枢。

诗人并不疯狂，诗歌写日常的奇迹。

很多读者都抱有这样极端的看法：诗歌是疯狂的，诗人都是疯子，他们都不正常。

人们常常提出一些佐证，比如诗人的自杀现象。国内的，比如1989年海子在山海关卧轨，1991年戈麦在万泉河自沉，1993年顾城在激流岛杀妻后上吊；国外的，比如1925年叶赛宁投缳自尽，1930年马雅可夫斯基开枪自杀，1941年茨维塔耶娃自缢身亡，1963年普拉斯煤气自杀，1970年策兰投河自尽……这些名诗人，如同"想去寻死的忧愁的孩子"（马雅可夫斯基语），"走向黑暗，沉入他的心的苦井中"（策兰语），自杀似乎成了普遍现象，似乎证实了写诗是疯狂的，诗人都是"疯子"。

其实，除个别如普拉斯患有精神疾病，其他诗人在精神和生理上都是正常人。我们不能说他们是一些头脑简单、畏惧生命的诗人。他们的自杀，更多地是因为他们感受到了更多——有时是为了信念，有时是因他们比一般人更敏锐地感受了生活和精神的强度，他们通过语言触及了生活、世界的悖论、矛盾和不可调和性，触及了意义的边界。于是，自杀，可能是他们向暧昧世界的无意义性边界所发起的最后一击，它维护了某种对于意义的信念。因此，诗人之死，常常被赋予形而上的意义。

显然，所有人都将面对死亡，都是"向死而生"。由死而追问生的意义，对于活着的人有着极端的重要性，甚至可以说，没有经过对死亡的审视，生活是不值得一过的。这一点，因诗人更为敏感而得到凸显，诗人面对死亡，面对由死之否定而来的"无意义性"，极个别的诗人选择了自杀；但绝大多数诗人是在这种"无意义性"中，选择了赋予世界以意义，他们触到死亡的边界，于是更能将目光投向日常，日常的人、日常的事物、日常的生活，试图发现它们的闪光，写出它们的诗意，进而正视生活、肯定生活。绝大多数诗人都在歌唱生活。

希尼在谈到自杀的诗人策兰，以及同性恋诗人奥登——这些显得"不正常"的诗人时，就说到诗人"身上根深蒂固的正常性"，他认为即使在艾略特身上，"那巨大的正常的世界也在你的四周流动"，正常性是诗歌的来源，也是诗歌的对象和目的。

希尼就是一个关注日常性的诗人，1995年，诺贝尔文学奖给希尼的颁奖词是，"其作品洋溢着抒情之美，包容着深邃的伦理，凸显了日常生活的奇迹和历史的现实性"。如果你略微了解一下，你就会发现希尼的"正常性"：他的童年，他周围的人，他所经历的事，他为生计的劳碌和付出，这些，让人觉得他就在我们身边，甚至就是我们自己；也许正因这些，他身上浸润了平和、谦恭、友善、节制、坚忍，并不断趋向完善。这些，其实是每一个人都要修炼的日常。而他的诗，也是关注日常性、"正常性"的，他的生活是他永远写不尽的素材。

我想说，诗人并不疯狂，他们所写的，正如沃尔科特所说，不离他们生活周围的两公里。他们的不凡和离奇处在于，他们能发现并以诗呈现日常的奇迹，对于琐碎而无聊的生活而言，这种"疯狂"的奇迹是我们每个人都需要的，是力量的源泉。

二、诗可以带给我们什么？

这个问题，就是追问诗歌对于我们的意义。诗人王志军曾概括写诗对于自己的意义，他说："它凝聚了我生命中美好而珍贵的瞬间，我对客观世界的发现与好奇、对内心自我的探索与认识、对纯洁生活的渴望与追求、对友谊和爱的沉浸与分享……"（《时光之踵》后记）说得很好，这无疑是有普遍性的。下面，我尝试从不同角度说一下自己的体会。

诗是一种独特的认识方式。

一般来说,人的认识主要是通过概念、逻辑、推理来获得的。哲学家皮亚杰认为,认识可分为两类:一类是物理经验,另一类是逻辑—数学经验。对于这类知识我们很少质疑。

不过,有一个非常宽广也非常重要的领域,以上知识并没有涉及,那就是人的情感。人们往往因为它带有强烈的个体主观性,而将之排除在可以为人们所共享的知识范围之外。这种情况,自启蒙运动以来,尤其是20世纪科技盛行、人类理性中心主义盛行以来,尤为如此,关于人类情感的知识被悬搁起来了。

对于情感体验,施莱尔马赫提出了富有启发性的观念。他是在谈论上帝信仰的时候谈到这个问题的,他认为,我们对"上帝"的认识其实质是立足于内心情感,即宗教情感,敬拜、依赖、信仰感,这种情感体验是理解"上帝"的来源。情感体验,这悬置了"上帝"本身的有无,却肯定了"上帝信仰"的真实性。作为对于冷漠的理性主义、人们生活的机械化的有力反驳,施莱尔马赫援引富有生命气息的"情感",它的介入,让有限事物都可能成为无限事物的表达;而"体验"这个词,也因之发展成为几乎具有宗教色彩的语词。并且,在施莱尔马赫看来,人们在语言的交流和讨论中理解思想,但是"情感"则需要借助艺术的形式来传达。这就将关于"情感知识"的表达,指向了艺术领域——"情感知识"正是通过不同的艺术形式来得到体验的。施莱尔马赫深刻启发了狄尔泰的生命哲学,后者后来将其引向了诗,他那部著名论著的标题《体验和诗》令人印象深刻地表述了这种关系。

还有海德格尔，他对科学与理性知识的局限进行了反思，他著名的"存在"和"存在者"之辩，就是对科学思维、理性认知侵害人们生活的批判。在做了种种尝试后，他最后将主要精力投向了诗的解读，"语言是存在之家"，他认为终有一死者需要在语言中栖居，诗可以祛死去的"存在者"之魅，是一条通往鲜活的"存在"的通途。诗是打破僵死知识的最好方式。

诗不是抽象的认识。诗关注情感，关注主体的感受，它不是通过抽象的概念、逻辑、推理而来，而是通过活的体验。关于情感的认识，抽象的概念不能给我们增加任何有效信息。诗歌是具体、生动的"呈现"，如果说是知识，那也是一种崭新的知识，每个事物，都将因个人体验的独特性而被重新认知、重新命名。此时，世俗意义上的"经验"恰恰是诗歌所要去除的，诗歌就是重新命名。

以诗人臧棣的《柠檬入门》为例。这首诗，写的是一个生命垂危的病人从昏迷中苏醒的一个场景。寂静的病房里，奄奄一息、意识迷离的病人睁开眼睛，不清醒的"幻觉"，让生死、现实、记忆融为一体。而柠檬，成了沟通现实和记忆的道具，让病人在昏沉和迷离中获得了尊严，逐渐"复活"：它独特的手感，"瞒过医院的逻辑"，带给病人活着的感觉；它的"清香"，激发了病人的生命意识，滋润了病人"干燥"的生命——诗人用"爆炸"这个词，表达生命的强力和自己因无能为力而被压抑的强烈感情！在柠檬让病人兴致变好时，诗人把它抛向空中变了一个"魔术"，它成了"一只柠檬鸟"——飞翔，正是自由与生命能量的极致！柠檬，在这里一步步唤醒病人的生命意识，也让诗人参与到这场生命的苏醒中来。它成为生命的代名词，而"死亡

也不过是一种道具":

> 但是,我和你,就像小时候
> 被魔术师请上过台,相互配合着,
> 用这最后的柠檬表演生命中
> 最后的魔术。整个过程中
> 死亡也不过是一种道具。
>
> (摘自臧棣《最简单的人类动作入门》)

这首精致而感人的诗,让我们重新认识柠檬。它通过柠檬,如同在舞台上上演了一场最后的魔术,将生死、现实、记忆、情感融为一体,而随着这场"柠檬的魔术"的上演,也唤醒了我们对死亡的意识,对生命的意识,当然,也包括对爱的意识。因而,这个柠檬,是我们所了解的柠檬,但又绝不仅仅是我们认识的柠檬,它带给我们崭新的认识。题目中的"入门"二字恰好说明了它的意义:我们需要在诗中重新去认识(体验)柠檬。

诗人臧棣多年来致力于写作"丛书""入门"等诗歌系列,其用意无疑清晰地体现在字面:诗歌,是一种崭新的认识方式,人的认识可以在诗歌中得到更新。

诗拓展了经验、浓缩了情感。

生活是一个不断选择的过程,在多种可能性中选择一种可能,这是可能性的确定化、现实化，同时，这也是可能性固化、僵化、单一化的过程，一个不断丢失可能性、多样性和无限性的过程，一个无奈的过程。

但吊诡的是，人生的意义又是一个寻求可能性、多样性、无限性的过程，一个不断拓展意义空间的过程！这就是今天人们喜欢登山、涉险、远行的原因，短暂地打破生活的陈旧经验，偏离生活的正轨。而对此，艺术是有救治作用的。比如前面说到的电影《一一》，杨德昌同样借助于"胖子"表达了自己的看法。他对婷婷说，"一部电影等于三辈人生""电影的发明使我们的人生延长了三倍。因为我们在里面获得了至少两倍不同的人生经验"。意思是说，每个人的人生是有限的，短暂而受限，但是好的电影传递了不同的经验，它在一两个小时里将经验浓缩，让我们在他人身上体验生活的可能性，拥有了多个人生。

诗歌如同电影。好的诗歌，对于经验的表达有着非常高的要求，能成立的诗歌，每一首都是不同经验的表达，因此对于读到它的人而言，就意味着全新的经验，它能抵达我们所不能到达的地方。诗人都在做这种努力，比如诗人姜涛的《洞中一日》，仅看标题，"洞中一日"——诗如"洞天福地"，其中的时空与日常并不一样，它高度浓缩，"洞中方一日，世上已千年"。再如诗人周瓒的《哪吒的另一重生活》，诗如神话，就像哪吒，拥有无边的法力：身长六丈，首带金轮，三头九眼八臂，口吐青云，足踏盘石，大唉一声，云降雨从，乾坤烁动。这首诗可谓诗之神奇性的写照：这个浑身通红的婴儿，"他用头脑中的虾兵蟹将推举出一个对手／消遣孤独时光中的那一阵黑暗／他叩问天地之间一股精气神／宣称肉体的可替代性以及技艺／那可以出神入化的秘密／他始终是个孩子，年龄可疑／心智稳定，生活在传奇、演义／和不断更新的神话里"。

诗，还大大地增加了情感的浓度。人们往往生活平淡、情感淡薄，而好的诗歌能增加情感的浓度。冷血的是动物，金刚不坏的是石头，那些对喜怒哀乐无动于衷、大风大浪如如不动的人，他们活着就像从未活过。只有敏感、情感丰富的人，才算在世间活过一遭。"诗可以兴"，诗教，就系之于人的情感，在死水一般的内心中搅动波澜，激起汹涌的波浪，就是诗歌的作用。

以休斯的《命运捉弄》为例。这首诗写的是一个普通场景，一对刚刚认识的年轻恋人——休斯和普拉斯，约定晚上八点在伦敦车站见面。但或许因为信息有误或记忆出错，休斯坐火车到国王十字车站，而普拉斯却在维多利亚汽车站错等。诗的前半部分，写普拉斯焦急而失望的等待，她流泪哀求司机绕着汽车站打转，又满心期待在路上遭遇，在穿越伦敦的路上，她一路哭泣、狂乱、惊慌——对于这个焦躁而情绪化的美国姑娘，这无疑是一个无比绝望的过程。而休斯，因为想在火车月台尽头见到普拉斯，得以完整见证了普拉斯"冲到月台上的那一刻"——这一刻，也是普拉斯在月台带着焦急的神情拨开人流看到爱人的一刻：炽热的双眼，惊喜的叫喊，挥舞手臂，泪水滚滚……这种相见，是情绪的骤变，是失落和惊喜构成极大反差的时刻，仿佛是在祈祷之下，他"从绝无可能生还的死境里回来了"！而休斯，此时也"方知什么是奇迹"。这种情感，休斯将其浓缩于一个场景：

这很自然,又不可思议,
是一个你想什么就得到什么的兆头。
因此你无比的绝望、惊慌穿越伦敦时的急躁
和你此刻的狂喜,泼洒到我身上,
如同放大四十九倍的爱,
如同第一声雷后的暴雨,
吞没八月里的干旱,这时
整个干裂的土地似乎在震动,
每片叶子都在颤抖,
万物流着泪举起手臂。

(摘自休斯《生日信》,张子清译)

  这首诗是写在这种"命运捉弄"下,人情感的浓度、情感的力量。最后这一部分,休斯这样总结热恋中人绝望中的狂喜:一种"自然,又不可思议"的神迹,一种放大四十九倍的爱。休斯用了一个真切、具体的场景化比喻,诠释了这难以言说的巨大力量:这爱的狂喜,如同八月的干旱里"第一声雷后的暴雨",而在雷声和暴雨中,整个干裂的大地都在震动,每片叶子都在颤抖……为了凸显效果,这个完整的句子用了多行,以呈现、放大这种爱的力量。可以简单分析:惊雷和暴雨从天而降,它如同不可思议的奇迹和命运;它无往不及,笼罩一切,覆盖一切,沐浴一切;久旱逢甘霖,它们是人们焦急期盼的,如同普拉斯等待休斯;而万物感动,即使草木山石无情,每一片叶子都在颤抖,万物都"流着泪举起手臂"。休斯将这个场景和情感融合得如此微妙,将这狂喜写得惊天动地,也是"自然,又不可思议"的:此时此刻,万物有灵,整个世界都围绕、托举着两个爱人,因深受感染而震动。

洛威尔和普拉斯都说,休斯像天神一般,是雷霆一般的诗人。这在这首诗中可见一斑,这"雷霆之声"写的就是情感的浓度和力度。其实,好的诗人虽然未必都能像休斯一样,将情感以这样的力度呈现在字面上,但他们总有自己的呈现方式,对陷于流水无情的世界的我们,这当然是幸事。

诗是庸常生活的安慰和升华。

生活是一个不断丧失可能性、多样性和无限性的过程,一个不断单一化、固定化、僵化的过程。这也是一个生活庸常化的悲剧性过程。

诗人对这种平庸性当然是有认识的,英国诗人拉金是一个典型。沃尔科特在他的《写平凡的大师》中,这样评价拉金:"在英语诗歌里,普通人的脸,普通人的声音,普通人的生活——也就是我们多数人过的生活,有别于影星与暴君的生活——从不曾被这么精确定义过,直到菲利普·拉金的出现。拉金塑造了一位缪斯:她的名字叫'平庸'。这是一位掌管白昼、习性与重复的女神。"(刘志刚译)在拉金那里,生活就是赫尔图书馆,太阳东升西落,日子一天天重复,而工作就如同心口那只冰凉的癞蛤蟆,人生在无聊和恐惧中消耗、衰老,最后是人生必然的归宿——死亡。

诗人张曙光也很关注这种庸常性。作为一个深受自白派影响的诗人，他写了大量关于日常生活之庸常的诗，比如他的《和僵尸作战》。无聊中，诗人喜欢玩的游戏是《植物大战僵尸》，他意识到，这游戏就是我们的生活，而其中的僵尸其实是那僵化了的我们自身，是我们要作战的对象，于是写下了《和僵尸作战（一）》。这种想法挥之不去，几天之后，他又写下了这首诗的续篇《和僵尸作战（二）》。这首诗的妙处在于，在诗的推进中，诗人建立的游戏—生活以及僵尸—人的相互同构、生成关系。当诗人颓废、懈怠地沉迷于游戏，他也发现，这"不只是个游戏，这是生活"。他想起曾经每天的劳作，那"很早以前的事"：当太阳升起，起床，清理房间，或是在花园里锄草，捉着害虫，那种踌躇满志、青春焕发的"明亮"。他更想起三十多年来，常常与生命中的恐惧作战——而这危险也意味着刺激，诗人认识到二者的共通性，所以，这生活与《植物大战僵尸》一样，"也当然是个游戏"。接下来：

>……死有时并不可怕
>更可怕的是没有思想地活着，像它们那样——
>它们无处不在：迈着僵硬的步子
>侵入我们日常的行为，和谈话，侵入
>我们写下的每一行诗，控制着
>我们的思想。现在我要做的，就是
>必须要踢爆它们的脑壳，捍卫生活
>和我们的尊严。让它们滚蛋，或是下地狱——

我很快乐。我知道，当它们都去了
　　它们该去的地方，这里就会成为天堂。

　　（摘自张曙光《看电影及其他》）

　　这是一个转折，诗人说：即使我们在日常生活中"每天劳作"，但如果"没有思想地活着"，就与游戏中的僵尸无异。因此，我们所能做的努力就是："有思想地活着"，与僵尸作战，"踢爆它们的脑壳"，让它们下地狱，以此"捍卫生活/和我们的尊严"，获得"快乐"。但不管我们怎么看，这种努力还是与游戏有着惊人的相似！我们发现，诗人形容这种快乐，用词是"天堂"。这个词富于深意：对于活着的人来说，"天堂"，仍然意味着死。所以，在诗人看来，逃离游戏和生活之庸常是不可能的，除非死。

　　诗人深刻地认识了生活的平庸性，但是，诗歌如果只是对生活庸常性的重复，那对于诗人和读者而言，都太不幸了：虽然它揭露了生活的某种真实，但仍然是"往人的伤口上撒盐"。诗歌不仅仅是揭示。致力于"写平凡的大师"拉金就说过，诗歌最后一定要有飞升，"一首诗的成败取决于它能不能飞起来"。它是抚慰，是灵魂的飞升。事实上，我们可以在他很多写平庸的诗中，看到这种努力，比如他早期的作品《来临》：

　　渐长的夜晚，
　　清冷而发黄的灯光

洗着众屋
宁静的前额。
一只画眉在唱,
头戴月桂花环,
在幽深而又空旷的花园里,
它清新舒脱的嗓音
惊呆了整座砖墙。
春天就要来了,
春天就要来了——
而我,只有一个早已忘却的
乏味童年的我,
觉得自己就像个孩子
闯入了一个
大人们重归于好的场面,
什么也不明白,
只是听到她们难得的笑声,
就跟着开心起来。

(摘自《菲利普·拉金诗全集》,阿九译)

这首诗写的是庸常生活中的惊喜。它的基调仍然是生活的庸常,生活的单一、重复——这通过"春天就要来了"得到暗示,因为春天串联着夏、秋、冬,这是四季的循环。而从"孩子"到"大人们",这种重复性贯穿着人的一生。诗中也有拉金本人的自况,从小就口吃对于敏感的他而言,影响很大,塑造了他沉默而自卑的性格。对拉金而言,他的童年就是一个"乏味童年"。这首诗将这种生活处境比喻为一个现实场景——"渐长的夜晚"。但这只是这首诗的基调而已,深入现实生活本身,面对具体的场景,就会有所不同,正如这首诗,虽然黑夜漫漫无边际,但春天的花园,仍然被灯光照亮;对于口吃的拉金而言,尤其令人安慰的是,在那幽深而又空旷的花园里,有头戴月桂花环的画眉,它正用那清新舒脱的嗓音歌唱,这歌声甚至感染了"无情之物",惊呆了整座砖墙!这样的场景,莫名地("什么也不明白")带来了惊喜。拉金说,生活之庸常是确定的,轮回中的欢乐("重归于好")是难得的,但这种"开心"也是真实的!

这首诗与我们这部分的主题紧密相关。它写的就是拉金自己,一个口吃的人——有过乏味童年、过着平庸生活的人,但因为诗歌,可以成为一个头戴月桂花环的画眉——诗人,它的歌唱给生活带来惊喜!诗歌无法照彻黑暗,但至少可以照亮我们的居所,以及眼前的花园,带着安慰。这就是诗歌的意义。

事实上,庸常的生活是被默认的底色,但很多诗人不会像拉金这样来处理,比如希尼。希尼也写日常生活,但是,生活是他诗歌凝视、挖掘、开垦的对象,也是点石成金、化腐朽为神奇的对象,诗歌让日常生活闪闪发光。用诺贝尔授奖词来说,就是以此来书写"深邃的伦理"和"日常生活的奇迹"。对于希尼而言,生活,如同一口口水井,这水井,同时也是赫利孔山的清泉,是诗的灵感源泉,而写诗,就是如那喀索斯般凝视泉水,如《个人的诗泉》一般,和一个声音的对话:

另一些有回声，用清新的音乐
把你自己的呼唤归还你。有一口
怪吓人的，因为从蕨草和高高的毛地黄里
窜出一只老鼠，掠过我的倒影。

如今，探入根茎，用手指挖黏泥，
像睁大眼睛的那喀索斯般凝视泉水
都有损任何成年人的尊严。我作诗
是为了看清自己，使黑暗发出回声。

（摘自希尼《开垦地》，黄灿然译）

显然，这生活的水井，仍然并不美好，它往往"顶盖的木板都朽坏了"，充满了"软腐叶层"，甚至还"怪吓人的"，可能"窜出一只老鼠"——这水井，就是生活之"黑暗的下坠"。但是，写诗，就是探入这幽深的水井，探入这生活的黑暗，是为了凝视自己、看清自己，是从中倾听"回声"，而那源自自己的呼唤——此时已成为"清新的音乐"。希尼的这首《个人的诗泉》，乃至他所有的诗歌，可谓对诗歌对生活的安慰与升华的写照。

诗是一种高级的语言游戏。

游戏是人的天性。而诗歌，也是一种游戏，它是一个带来快乐和趣味的过程。

诗人张曙光在谈到《和僵尸作战》的创作时说,他曾沉迷于游戏《植物大战僵尸》,有一次他从下午两点玩到半夜两点,后来心脏都不行了。对于写诗三十多年,以此"捍卫生活和我们的尊严"的"老诗人",如此沉迷于游戏,似乎令人难解。但正如诗人所说,在游戏中,面对"僵尸"就是一个不断面对恐惧、化解危险的过程,这个过程是一个刺激、欢乐的过程,因此它能让人忘我地投入、沉湎而不能自拔。那么,诗是一种游戏吗?当然是,它"侵入/我们写下的每一行诗,控制着/我们的思想"。只不过,它们的要素和组成部件不同,在搭建巴别塔的游戏中,它的要件是孩子手中的积木,而诗歌,正如海德格尔所说,"诗就是语言"。诗是一种语言的游戏。

语言的巴别塔,从来都关联着意义的含混和多元,它被很多人认为是应该予以解决的问题。比如罗素就试图构造出一套科学的逻辑语言,以与现实世界一一对照,似乎这样,我们就能用像数学一样精确的语言描述世界,从而解决语言的问题。这种努力影响到了维特根斯坦,在其前期哲学中,他也认为,必须澄清语言自身的逻辑。但后来,他对以逻辑规则为意义标准的思想进行了反思:在前期哲学里,语言和世界的图像是一个映射关系,它是既定的、静态的甚至是僵死的,而他后来认为,语言不仅用来陈述事实,还是与现实关联的一套游戏,是不断生长变化的。他有个比喻:"我们是在没有摩擦力的光滑的冰面上,从而在某种意义上说这条件是理想的,但是,正因为如此,我们也就不能行走了。我们想要行走:所以我们需要摩擦力。"他的意思是,科学语言不过是一堆死寂的符号,只有在不同具体的语境中使用的日常语言,才充满鲜活的意义。因此,他号召我们"回到粗糙的地面"!

罗素曾经用他著名的"摹状词理论"解决了"金山"这样的问题，在他的科学语言中，所谓"金山"就是一个摹状词，即"由黄金组成的山"，在真实的生活中并不存在这样一座山，因此它不具有存在的意义。然而，在我们的日常生活中，"金山"即使只能在我们的脑海和情感中存在，也是具有存在意义的，它们至少存在于我们的思想世界中。维特根斯坦的努力，就是对具体的日常语言的肯定，它最大程度激发了语言的可能性，焕发了语言的生命力。这可谓制造了一座"语言的金山"，因此功莫大焉！

那在《圣经》中被耶和华变乱的口音、不同的语言，那代表语言"混乱"的巴别塔，其实意味着语言的斑斓和绚烂！而语言的游戏，语言的趣味，语言的生命力，就体现在这种含混和多元性中。

语言的游戏，乃因所有的语言都具有声音和形象，它们都能构成富于趣味的游戏。声音的游戏，体现在节奏、押韵、韵律等上面；形象的游戏，主要体现在意象、比喻、象征等的使用上。而中文有其自身特点，比如，汉字都是独立体、单音节，每个字都可单独成立，都有它独特的形状和含义；而用词、造句方面，词可以随机组合，用法和规则更是动态易变的，可以颠倒语序、自由搭配、打破常规，以求增加语言的容量和弹性。因此，语言好比一个魔方，你可以把它组合成不同的序列，而各种组合所形成的意义都不相同。语言之游戏，就是寻求最佳组合，由此形成意义的最大值、趣味的多次方。

诗歌是最高级的语言游戏，用布罗茨基的话说就是"诗歌是语言存在的最高形式"，用闻一多的话说就是："诗这东西的长处就在它有无限度的弹性，变得出无穷的花样，装得进无限的内容。"那么，这种语言游戏，它由什么要件构成，要遵照什么样的游戏法则？下面我们将其拆解开来，择要一一介绍。

三、诗有哪些重要组成元素？

诗歌之树的生成元素很多，声音、语言、意象、象征、隐喻、结构、悖论、戏剧化、意义等，历来不同人会从不同角度进行分析。我们这里选取主要的几种元素，并结合具体的诗，和大家一起感受一下。

诗的声音。

诗歌之"高级"，是因为它既是高度人为的艺术，也最大限度地焕发了自然——那源自身体、本能的鬼斧神工般的能量，它们融合成为一个有机体。事实上，源自感性、身体的那一部分，如口之于味、目之于色、耳之于声、鼻之于臭，从来都是我们生活极为重要的一部分，一直在直接、鲜活地作用于人的身体和感官。而诗歌作为一种全面调动、激发人的感受和体验的文体，最直接的反映以及作用于人的，就体现在诗的声音上，它的音响、节奏和韵律。

诗歌是一种原始的艺术。甚至，节奏和韵律还要早于诗，原始人围着篝火跳舞的时候，就已经用特定的声音和节奏来表达意义和情感了。而人类漫长的历史中，不管中国还是西方，诗歌的发展、更迭一直与音乐有着密切的关系，只是在后来二者才逐渐分离。但是诗歌作为文学形式，音节、节奏、韵律等这些声音元素，仍然保留着。即使今天的现代诗，对韵律等已经没那么多要求，但声音仍是一个极重要的方面。

为什么声音这样重要？我想这首先是因为，人是自然的一部分，人的呼吸、脉搏、心脏的跳动等，都源自机体的生物性，它们固定的节奏是可以与自然发生共振的，潮涨潮落，黑白交替，四季更迭，自然中充满了与人对应的节奏。我们无法说清其中的原因，但是它们的共振关系的确存在。韵律也是如此，即使是没有确切意义的押韵：婴儿在婴儿床里咿咿呀呀地玩他的声音游戏，我们的绕口令、打油诗，韵与韵的声音交响本身就能带来满足感、愉悦感。声音的抒发本身就是富于趣味的，有魅力的！当然，更重要的原因也许是，声音承载着情感，爱、恨、情、仇、痛苦、快乐，所有情感的表达都会陷入一种相应的节奏和音高模式。快乐时，节奏轻快，声音高扬；沮丧时，节奏舒缓，声音低沉：这都是情感与声音的关联。也正因此，声音这原本属于生物的部分，它与更为复杂的意义发生了共振！

来看一下声音在局部起作用的一首诗。诗人周伟驰十七岁时写的《时尚杂志》，其中有几行：

傍晚时窗边的夏蚊团团乱飞
我翻着如此激动人心的杂志
啪！空。啪！空。啪！空。
蚊香聚成细细的一缕，了无战绩
它行将烧完

（摘自周伟驰《避雷针让闪电从身上经过》）

这几行诗意思非常清楚。1986年的某个夏天傍晚,"我"(也许就是诗人本人)饶有兴味地翻阅着激动人心的杂志——一本印有时尚女郎的《时尚杂志》,这时蚊子团团乱飞骚扰,而蚊香毫无用处,即将烧完仍"了无战绩",于是,诗中的"我"烦躁地挥起手打起了蚊子,但结果是:"啪!空。啪!空。啪!空。"几行诗中,这一行最鲜明,也令人印象深刻。这个效果,主要就是因为其中的声音。首先,是"啪!啪!啪!"的拟声词,其拟声效果直接调动了人的听觉;其次,是其中的节奏,三组"啪!空。"一次次强化,生动传达了拍打蚊子的形态。这行诗的拟声效果和节奏,让它独特而幽默感十足。当然,这行居于中心的诗,因为"空—色"与佛教的关系,因为与前后两行以及前后两节的关联,它的意义被放大了。这是一首写少年欲望的诗,同时,它也突破了年龄限制,它关于及时行乐与节制苦行的争辩,是一首关于生命与顿悟的诗。也因此,"啪!空。啪!空。啪!空。"这行诗、这个声音就更为重要了。

诗歌的声音,有的在整首诗中起到很关键的作用。比如,希尼的《在图姆桥边》,这首诗写于诗人晚年,是一位老人回到故乡,在图姆桥边借流水慨叹时间、慨叹生命之河流的诗歌。时间感笼罩了这首诗,当然也包括它的声音。全诗由三个"where"引领,这让整首诗成为一个由主语"图姆桥"引导的句子,"where"散布在全诗前后三个不同的地方,强行给全诗注入了一种极为舒缓的语气,也加强了整首诗的时间感,这种语气和时间感,让诗中具体的细节、变化和转折,在拖长的语气中弱化了。而在声音上,"where"与"well"的谐音,好像一位六十多岁的老者,在历经世事沧桑之后向生活妥协:好吧好吧好吧!这种声音和节奏对于整首诗的意义,无疑也起到了至关重要的作用。

诗的意象。

前面说到，诗歌全面激发、调动了人的感受和体验。在身体感受上，它首先作用于我们的耳朵，直接体现在声音（声）上；其次，它作用于我们的眼睛，直接体现在画面（色）上。在诗中，这种"色"就表现为意象。

绝大部分诗歌离不开意象，我们甚至很难想象一首没有意象的诗歌。这是因为，每天的生活就是随着我们睁开双眼开始的，所谓的"世界"，离不开形形色色的事物，离不开一个个具体的画面。我们很难想象有什么——包括味、声、臭、触，以及复杂的情感和意义，不是首先与具体事物和画面发生关联的。因为系着于生活，这让人们的表达都有了一种及物性，也决定了画面比较其他有着事实上的优先性。显然，画面不是抽象的、概念化的，它更为直接、具体、生动；也因为这个特点，它往往令人印象深刻，相比于其他更富于冲击力，也更富于记忆点；而因为味、声、臭、触更多地系着于画面，它更有利于生动直接地呈现、复活生活本身。这些特点，让意象成为诗歌中一个极重要的元素。

更重要的是，意象不是装饰，画面本身即具有意义，它是一种形象语言。这种具体的、非概念性的语言，它往往更有利于激发联想和想象力，以有限表达无限，从而有利于增加诗歌的弹性和空间。意象的这个特点，最大限度地拓展了诗歌，尤其是在有限的文字中表达无尽的意味，这在中国古诗中表现得尤其明显。

而受中国古诗和日本俳句启发的西方意象主义，可以说是现代诗中将意象发展得淋漓尽致的诗歌流派之一。其中最有名的"诗公案"，就是庞德的《在一个地铁车站》：

人丛中这些幽灵似的面庞，
潮湿的黑色树枝上的花瓣。

（辜正坤译）

这首诗是有故事的。据庞德本人回忆，1913年在巴黎，有一次，他从协约车站走出地铁车厢后，"突然间，看到了一个美丽的面孔，然后又看到一个，又看到一个，然后是一个美丽儿童的面孔，然后又是一个美丽的女人，那一天我整天努力寻找能表达我的感受的文字，我找不出我认为能与之相称的，或者像那种突发情感那么可爱的文字。那个晚上……我还在继续努力寻找的时候，忽然我找到了表达方式。并不是说我找到了一些文字，而是出现了一个方程式。……不是用语言，而是用许多颜色小斑点。……这种'一个意象的诗'，是一个叠加形式，即一个概念叠在另一个概念之上。我发现这对我为了摆脱那次在地铁的情感所造成的困境很有用。我写了一首三十行的诗，然后销毁了，……六个月后，我写了一首比那首短一半的诗；一年后我写了下列日本和歌式的诗句"。

"地铁车站"是现代社会的典型场景，上下班的人群经受着工作和生活快节奏的折磨，当他们汇集于拥挤、沉闷、混乱的车站，他们的面容往往是憔悴而黯淡无光的；然而这次，庞德走出车厢时，随着那络绎不绝的人流迎面而来的，不是麻木和机械，而是一张张美好、生动的面孔，这突然的一幕与前面的印象构成了强烈的反差，令人印象深刻。它显然深深震动了庞德。然而诗人自述让我们看到了，这首诗经过了漫长的孕育过程。一来，庞德删除了一切庞杂无涉的内容，只剩下短短的两行，甚至两行诗中连动词谓语都省略了；二来，这首诗采用了"意象叠加"，在两行诗中，出现了密集的意象：人丛，幽灵，面庞，黑色树枝，花瓣，这些"颜色的小斑点"最后集中于面庞和花瓣，构成最直接、最具反差的对照；加之选用意象的独具匠心，"潮湿的黑色树枝上的花瓣"，生色，动人，如同一幅印象派画作——这些，让短短的两行诗凝练、空灵，带给人最大的冲击和震动，正如庞德所体验到的。这首诗，无疑释放了意象本身的最大能量。

当然，并非每一首诗都要经过庞德这样的锤炼，意象也未必会这样起到支撑性的作用，但这首诗让我们看到了意象对于诗的重要性，花费大量精力去选择意象、锤炼意象，这是任何诗人都不能忽略的。

诗的语言。

诗歌是语言的艺术，所以语言问题包含了诗歌的所有问题，是一个非常复杂的问题。我们这里所说的是狭义上的语言，即铸字、炼句，语言上对于奇异、新颖的追求。

诗歌因为精炼的要求，因此语言与一般文章有很大差异，古人就曾说："不同文赋易，为著者之乎。"意思是，写诗不像写文章那样容易，文章可以用"者""之""乎"这些词来充数，但诗不行。这两行诗源自以苦吟著称的唐代诗人卢延让的《苦吟》。苦吟，是中国古代很多诗人作诗的态度，就是以极其严苛的态度对待每一个字、词，为追求清新奇僻，诗人往往绞尽脑汁，殚精竭虑，语不惊人死不休。这首诗的前几句就是写作诗之苦难以言明、难以想象："莫话诗中事，诗中难更无。吟安一个字，捻断数茎须。险觅天应闷，狂搜海亦枯。"这几句传神地写出了炼字之难：写诗就是历险，是大海捞针，为了寻觅好的诗句，上天都会感到烦闷，大海也会干涸，而为了让一个字、词有效，诗人常连胡子都捻断了很多根，这很形象，可谓苦吟诗人的绝妙画像。在中国古代，这样的例子是很多的，最著名的是诗人贾岛，他平生对他的《送无可上人》一诗中的"独行潭底影，数息树边身"最为得意，为此，他专门在其下标注道："二句三年得，一吟双泪流。"这其中自有无法向他人言明、他人亦难以想象的快乐与苦楚。

现代诗不同于古诗，它在形式和内容方面更为自由，比如首先就没有字数、平仄、韵律上的限制，但是，这并不代表现代诗无所顾忌、没有约束。现代诗人多年反复修改一首诗的例子是非常多的，比如诗人洛威尔，对他来说，诗是修改不尽的，每一版诗都会有大大小小的改动。这个不多说了。

中西方好的诗人对于语言要求都很高，有的走到了一个极端，比如西方现在比较流行的"语言诗"，被有些人贬称为"玩文字游戏"，但其主观意图，就是探索语言的可能性。中国很多诗人也在做尝试，比如席亚兵，他曾坦言黄庭坚、阿什伯利、李金发对自己语言的影响。他有一首《夜坐有感》，就谈到古人的炼字。这首诗写的是一个人夜里独坐，感慨生活的乏味，也透露了自己的消极、懈怠和颓丧，被浑浑噩噩的力量支配。对此消磨和蹉跎，这个人有些无所谓，甚至有点玩世不恭。但最后，涉及了诗歌，诗人还是希望以此"能划分并促成转

变"。我们来选两个片段,看看这首诗的语言:

夜晚不疯狂也不紧张,
显不出当代生活的复杂性。
近来,在外地学习的人说他一冬尽眠,
常不觉晓。日子还会舒展,
现在却卡带,不读盘,图像不清,
而且已能觉察到它的影响。

....

想到那些打开却翻不动的书。
以前的人从小竟尺寸之阴,有成者
自慰终能视上代垂教枝枝相对,
叶叶相当,无一字无下落。我
无意稍稍冒犯生活的难度,
现在只借一个电话般的小小事件
加以整顿。它们光形式
就清新,健康,不敢让人
甚至使用一点情绪化的华丽措辞,
只希望它们能划分并促成转变。

(摘自席亚兵《生活隐隐的震动颠簸》)

这是诗的前后两节。这两节的特色首先体现在语言上，第一节中的"近来，在外地学习的人说他一冬尽眠，/常不觉晓。日子还会舒展，/现在却卡带，不读盘，图像不清"，最后一节中的"以前的人从小竟尺寸之阴，有成者/自慰终能视上代垂教枝枝相对，/叶叶相当，无一字无下落"，都是非常规的表达，读起来唐突、生涩、缠绕，对我们的阅读造成了阻滞。但其实，琢磨一下后，它们的意思很清楚："一冬尽眠，/常不觉晓"，化自"春眠不觉晓"，意思是整个冬天碌碌无为，都在睡觉；"卡带，不读盘，图像不清"，借用科技语言，写现在生活的机械化和僵化；"竟尺寸之阴"，指人珍惜时间，分秒必争；"视上代垂教枝枝相对，/叶叶相当，无一字无下落"，基本上是朱熹（"有成者"）读"四书"的原话，"枝枝相对，/叶叶相当"又与东汉宋子侯的"花花自相对，叶叶自相当"，以及唐代王绩的"枝枝自相纠，叶叶还相当"有关联，写的是严谨、有序。这样的语言，暗合了诗歌的内在基调，但如果直接把后面的意思说出来，那这诗就太无聊太没意思了。而在这首诗中，除了意思上的阅读阻滞外，现代的生活与文言的表达，在用词、节奏和文化上构成了一种嵌套、互文，它们关联混合在一起，反而生成了一种奇特的语言效果。诗中的语言是有新意的表达，它是我们阅读的曲折和波澜，同时也是趣味，阅读它，如同在解一个小小的谜。诗人王志军谈及它的语言时，说得很到位："这语言，有点反讽、揶揄、自嘲，有点像漫画素描，也确实有发现能力，把最平常的生活写得津津有味，准确传神，和轻度的虚无相处融洽。"

这种刻意求新的语言，在我们把其中的阻滞、曲折、扭结展开，解了其中的谜底，了然其中的意思，快感就会有所降低。也有很多诗刻意隐藏锋芒，语言自然而朴素，看不出任何雕琢的痕迹，但其实体现了功力，可以诗人冷霜的《重读曼德尔施塔姆》为例：

> 载重卡车的轰鸣在远处
> 像海涛拍击海岸。
> 只有我一个人，这一湖新冰
> 和大地一起微微震颤。
>
> 多么好，尽管光芒细弱
> 却仍把它无数年前的温暖
> 溅进我眼里，我看见摇曳在
> 凛冽的气流中，一颗星星的尖脸！

（摘自周伟驰、雷武铃、冷霜《蜃景》）

曼德尔施塔姆一生命运极为崎岖、坎坷，长期失业，居无定所，盛年被指控重罪，两次被捕，长年流放寒冷的西伯利亚，后来死于集中营。正如什克洛夫斯基说的："这是一个奇怪的、困苦的、命运多劫而又非常具有天才的人！"他也是一个无畏强权独裁的人，在生命的最后几年，仍毫不妥协地与专制和丧失理智的时代对立。他的诗，蕴含浓厚的历史气息和道德意识，是他刺向独裁统治的"最后的武器"，也因其中饱含力量，评论家把他的诗称为"诗中的诗"。

这首诗，主要写诗人阅读曼德尔施塔姆的感受，写其人、其诗对自己的影响。可以说是一首向伟大诗人致敬的诗。全诗并未提及曼德尔施塔姆，但语言极富暗示性："远处""无数年前"是对空间和时间的暗示，"寒冬""凛冽的气流"是对地域、诗人命运和诗歌特色的暗示，"尖脸"就是曼德尔施塔姆的长相特色——这些语言，都将对象凸显得非常生动。而曼德尔施塔姆对诗人的影响，体现在两个精心设计（也许并非实写）的场景上：第一节，冬天在湖边感受远处的载重卡车带来的震动；第二节，夜空中"一颗星星"光芒的照耀。这种影响是巨大的，它如"载重卡车的轰鸣"如"海涛拍击海岸"；这种影响也是启示性的、指引性的，如茫茫黑夜中的星光。但是，诗的语言却非常克制，"微微震颤"和"光芒细弱"，表面"微微"和"细弱"，但是因为震颤来自大地——大地无不负载，因为光芒来自星星——星光无不照耀，所以，恰恰写出了这种影响的深远和无处不在，如同希望和信仰。因此，在这首极为自然、仿佛一气呵成的诗中，体现出诗人颇多匠心。实际上冷霜写诗极慢，他就是今天诗人中的苦吟派，我们可以在这首诗中感受到他对语言的要求：语言节制却极为准确，情感被隐藏得不动声色、不着痕迹，却蕴含了巨大的张力，令人震动。

语言很重要，也最容易受到重视。事实上，刻意追求语言的色彩、新奇和奇诡，而忽略其他，可以说是很多处在诗歌初阶的人的通病。值得注意的是，这种狭义上的语言，并非诗的全部。诗歌更应该追求整体平衡——上面这两首诗整体性就很好，也就是一种我们说的广义上的语言要求。

诗的修辞。

修辞非常重要，但修辞太多了，这里主要说一下修辞中的类比。

类比，简单说就是指 A 说 B，我认为它是人类一项伟大的创造，甚至是重新发明了一种新的语言，而且是世界通用语言。我们的日常生活就离不开这种语言，比如桌腿、针眼、河床等，其实都是类比的说法，生活中这样的用语太多了。类比，大大提高了语言的概括力、表达力，我们可以用一个词语描述万千事物。而没有类比，我们的认识、理解能力将大大受限，很多事物我们都无法描述，很多感受我们无法传达。而更重要的，它意味着世界不是隔离的，事物之间的关系也不是孤立的，通过类比，世界打破了隔阂，建立了关系：一个事物与另一个事物的关系，一个状态与另一个状态的关系，一个感受与另一个感受的关系，一种情感与另一种情感的关系——它灵动如同魔术，打通了我们对世界的理解。而在文学中，优秀作家和诗人的运用，更让它成为一种伟大的创造，可以说，它是世界孤岛之间沟通的桥梁。

我觉得，类比语言远比一般认为的更宽泛，甚至象征、比喻、暗示、双关、悖论、反讽、通感、拟人、借代等，都是类比语言。这些修辞都很重要，其中很多成为不同诗人、批评家开发的重点。大诗人都是比喻高手，比如沃尔科特就是明喻大师，暗喻为众多诗人青睐，悖论和反讽则是英美新批评最常用的分析手法。而象征，更是象征诗派的生命和灵魂，它的诞生被认为是古典文学和现代文学的分水岭，在波德莱尔、叶芝、艾略特、史蒂文斯等伟大诗人那里，象征都无可替代。我们这里以美国现代诗的代表人物史蒂文斯为例，说一说他的象征诗《坛子轶事》：

> 我把一个坛子置于田纳西，
> 它是圆的，在一座山上。
> 它使得零乱的荒野
> 环绕那山。
>
> 荒野向它涌起，
> 又摊伏于四围，不再荒野。
> 坛子在地面上是圆的
> 高大，如空气中一个门户。
>
> 它统治每一处。
> 坛子灰而赤裸。
> 它不曾释放飞鸟或树丛，
> 不像田纳西别的事物。

（摘自史蒂文斯《坛子轶事》，陈东飚译）

这首诗初看令人费解，把一个小小的坛子放在偌大的田纳西州一座山的山顶，这种并置令人不可思议，充满了夸张、古怪和荒谬感。再就是坛子与山的关系，坛子"统治每一处"，使得荒野环绕，向它涌起，又摊伏于四围，这些"奇迹"也很奇怪，不好理解。显然，这首诗并非现实的写照，坛子、荒野和山并非实写，它们都另有所指。首先是诗的中心意象——坛子，它在山顶，居于中心，如祭坛一样充满了神秘感。然而，坛子又是后天的，源自人的造物，诗中出现两次"圆的"，就是强调它是形式的产物、理性的产物，文德勒说它令人想起济慈笔下的希腊古瓮，虽然仅是一种猜测——因为希腊古瓮有颜色，而史蒂文斯的坛子"灰而赤裸"，但它指明了这只坛子与人、与艺术的关系。并且，史蒂文斯进一步将这种艺术限定为诗歌，因为把这个坛子置于田纳西的是"我"——一个诗人。因此，这个坛子所象征的，就是诗，就是人的想象力。

我们来看一下这首诗所建立的象征体系。坛子，象征诗（艺术），代表人类的创造，意味着理性的能力、形式的能力，意味着带给世界以秩序。而田纳西的山和荒野，它荒凉、野蛮、零乱、盲目、无序，在四周无边无际地蔓延，象征凌乱无意义的现实，也许它代表的就是现代社会的精神荒原。坛子——诗（人的艺术），对于这座荒芜、混乱的山，对于这片无边无际的荒野，它处在中心和顶点，这个特殊的标志，它如君王、纪念碑一般，是伟大而神奇的，因为，这山无边无际的荒芜、混乱，由于这坛子而拥有了中心和顶点，它让这荒野、飞鸟、草木变得富于秩序，让这山野获得了一个意义的"门户"。它让这荒野，变得不再荒野。正如诗歌和艺术，它赋予这混乱而无意义的现实，以形式、秩序和价值，整个世界因为它而获得了意义。

当然，这首诗也提醒我们，虽然艺术"统治每一处"，但是它作为形式的能力，毕竟不同于那"释放飞鸟或树丛"的山野，它"灰而赤裸"，本身是没有生命内容的；而现实虽然凌乱，但并不贫瘠，它丰富而绚烂，充满了生命力。只有二者有机合一，艺术在空中树立一个门户，才能释放意义的"飞鸟或树丛"，诞生一个神圣的地方。

诗歌修辞，学问浩如烟海，这里只是点到为止。

诗的结构。

修辞以及狭义上的语言，其美妙性常表现在字面，也因此最能吸引人。甚至在诗歌爱好者看来，诗就意味着语言之绚烂、修辞之繁复，舍此便无其他。事实上，连很多诗人都不能迈过这道认识之坎，而对于那更为重要的诗歌结构——也许因为它往往被深藏起来，隐而不彰——完全没有认识，没有结构意识。

结构，如同房屋的房梁，它是支撑性的，起决定性的作用，结构稳固建筑才不会倒塌；或如一幅肖像，如果比例不恰当，即使五官局部再生动传神，肖像都会走形，如扭曲拼凑而成的科学怪人。现代诗的结构当然远为复杂，但结构是支撑诗歌成立的基础，这是无疑的。布罗茨基就认为，在诗歌中最主要的是结构。英美新批评派认为，如果存在诗歌的本质的话，那决定诗歌之为诗歌的东西，就是诗歌的结构。他们在分析诗歌时，最重视的也是结构分析，认为它是更根本更复杂的东西，而理解结构是一种更高级的审美。事实上，不管是诗的阅读分析还是写作，认识到结构层次才算对诗歌有了根本的理解。

中国古诗的结构，一般遵循特定的程式：起承转合，开端—承接—转折—结尾。这个固定的程式甚至被进一步扩充为"作诗四法"："起要平直，承要舂容，转要变化，合要渊永。"不管是绝句，还是律诗，这显然已成为固定的形式，一个定式。也许正是因此定式，结构反而被忽视了，而现代诗的引入强化了这种认识，也许因为它太自由了，在字数、诗行、韵律等方面没有限制，往往被认为诗无定法，也无须结构。其实，现代诗的自由，恰恰是对诗的形式和结构的巨大挑战和考验，这种自由，要求每一首现代诗都要创造属于自己的结构，它往往是创造性的结构、被隐藏的结构，而非古诗那样是既定的、明了的。就像评论家奥尔森所说的，诗没有预先设定的形式，每首诗的形式都是由其内容决定的，因而是独一无二的。这就对读者提出了较高的要求。

我们以诗人威廉斯的一首小巧的《诗》为例：

那猫儿

攀爬过

果酱柜

顶部之后

先是右

前脚

小心地

再后脚

下踩

进入那空

花瓶的

里面

(摘自《威廉·卡洛斯·威廉斯诗选》,傅浩译)

  这首诗的意思很简单,就是写一只贪吃、顽皮的猫,它怎么从高高的果酱柜下来的过程。就此而言,这首诗的结构是清楚的,就是四个分节。这四节,后三节对应果酱柜的顶部、右前脚、后脚、空花瓶——它也对应猫下柜子的四个画面,这首狭长的诗,仿佛拉长了猫下果酱柜的过程,让目光随着诗行的跳动,一一停留在猫儿从高处下来的每一个动作、神态上。这种动作的放大,加上果酱柜的顶部(高)与空花瓶的坑,再加上空行所造成的悬空感,增强了猫儿下来的危险性,让我们为它担忧,生怕它掉下来,掉进那个坑里。照此,这首诗的特色,就在于它通过诗行的错落,四节的结构设置,以及它与几个动作的搭配,营造了一个小小的惊心动魄的场景。这是散文不能带来的。

  但这还不够,它为什么叫《诗》而不叫《猫》,它与"诗"有什么关系?这首诗其实隐藏着一个双层结构。可以看一些细节,这首诗中的"前脚""后脚",原文为"foot",它除了"脚""足"的意思,也有"音步"的意思,通过这个双关,我们看到了它与"诗"发生了内在关联。这样,这首诗的双层结构也就清楚了。一方面,这首诗是写猫儿从果酱柜下来过程之惊险;另一方面,它是写诗创作本身之艰难。猫儿下来的每一步,正如写诗每一个微小的音步,都充满了风险,都要小心翼翼。但是，它爬高、涉险，经历种种曲折、磨难，最终还是进入了一只美丽的花瓶——诗完成了。值得注意的是，威廉斯以猫喻诗，也许意在说明诗的特点——诗，必须举重若轻，必须灵巧轻盈，如一只猫儿。

诗的意义。

前面我曾试图澄清：诗歌并非单纯传达"意思"，进而涉及了意义。而意义，也是诗歌的一个极重要的组成部分。

首先要说的是，意义并不是诗歌的全部，就像罗伯特·洛威尔所说，"意义之重要因诗歌而异，因风格而各有不同，但它始终只是创作蛮流中的一部分、一个组成元素而已。其他元素还包括本身就令人满意或令人激动的意象、声音悦耳或带有隐含意义的词句。"（《谈〈臭鼬时刻〉》*，程佳译）它是"创作蛮流中的一部分、一个组成元素"，当你将它作为诗歌的全部的时候，一方面你无法理解诗歌，另一方面你也无法理解你所谓的意义本身。抽象的观念、思想、主题，对于诗歌而言没有太多价值，除非它能在诗歌的逻辑中得到有效体现，除非它是由诗歌自身的血液生长出来的。阅读诗歌，就在于体认这个生成的过程，也是确立和充实你对意义的认识的过程：关于美，关于爱，关于崇高，关于生命，关于人生的经验和认识的总结，等等。认识到这个过程的生成，意义才是真切而充盈的，有时甚至是革命性的、洗礼性的，否则就是空概念。

---

* 《臭鼬时刻》原作《臭鼬的时光》，为与本书中译诗保持一致，故统改。

在我们认识到诗歌的各个部分不可或缺，了解了现代诗歌的声音、意象、语言等构成元素之后，我们需要回过头重新来看这个"意义"，它终究还是一个归结点，是诗歌极端重要的组成部分：它是诗歌最后升华的那一部分，一个顶点。就像韩愈提出的"文以载道"，这个"道"是儒家所认为的超越而内在的道德实体，是宇宙、人生的总根据，是人生活的基本规范，是价值和意义。不能表面奢华瑰丽，实际却空洞无物，诗总要负载一些什么，一些意义的重量。实际上，解构意义、玩弄文字游戏的诗当然不少，但我们看中西诗史，它们终究不会成为伟大的诗，写下它们的诗人也终究被遗忘。

需要明确的是，意义一定不是单一的，它是丰富的、多元的，甚至，它就应该是这个丰富的、互相冲突的世界本身。抱持一个观念，希望以一念御万有，注定欣赏不了万有，也注定欣赏不了诗。诗，就是通过阅读体验，洗刷观念，呈现不同的价值。

本文涉及的诗都不同程度涉及意义，因此这里就不再举例赘述了。

以上，我们结合具体的诗歌，一一将其割裂开来，介绍了一些比较重要的诗歌组成元素。这些元素非常重要，也极为复杂，也许，一部书也无法穷尽其广大和精微。而限于能力和篇幅，我只能点到为止，一鳞半爪、挂一漏万，唯愿读者对其有所感受而已。诗歌，如一个有机的生命体——由它的声音，它语言之肌肤，修辞之血液，结构之骨骼，意义之灵魂，共同构成；但诗歌并非以上元素的机械相加，它甚至并非闻一多说的是一个建筑。它是一个生命体，它是有机生长起来的。所以，若将其割裂开来，即使对这些元素的理解再深入，你也许都没法真正读懂一首诗。理解一首诗是个远为复杂的问题。

为了真正理解诗歌各元素如何有机结合，洞悉诗歌的生长秘密，我将在下文的一首首具体诗歌中做详尽的展开。我们将像解剖麻雀一样，深入，然后跳出，一窥这些诗歌生命生长的神奇，另一个物种诞生的奇迹。

诗歌,一个新物种的诞生
——读休斯《思想之狐》*

*　本文刊于《世界文学》2021年第1期。

休斯是个痛苦的诗人，就像我们所能看到的一张照片那样：他霜冻般的头发扭着结，双眉紧锁，皱纹深陷，似乎是被其卓越的才华与浪子般轻浮的生性——这奇异的联合体煎熬而成；而那耷拉的脸，更像是被他一生长久的愁苦地心引力般吸引着垂向地面，那黑暗的中心。他沉浸于痛苦中无法自拔，这似乎成了人们对休斯的一般印象。然而，另一张照片同样令人印象深刻，那里喜悦变得极为具体，生动得似乎可以跳出画面以更新人们的固有印象：在一条阳光辉映的流水河里，他穿着单薄的白色衬衣，挥舞着长长的钓竿，一脸欢笑。黑白胶片没有褪去这巨大的欢乐的色彩，反而让它如颗粒般放大，变得更直接。在这里，完全不同于那蚀刻、沟壑般的眉间褶皱，不同于那黑暗的情绪，休斯像从未被那恶魔的诅咒封印，他释放、舒展，如那空中回转为几道美丽弧线的细长鱼线——在那尾端是喜悦的果实，一条鱼。

钓鱼，是休斯小时候就萌发并延续一生的爱好。事实上，幼时的他除了钓鱼，还喜欢捉小动物——各式各样的动物是他生活中的精灵，陪伴着他的生活，牵引着他的喜怒哀乐。而成年后，这些精灵，虽然已经不再是他现实生活里的一部分，却成了他倾尽一生打磨的艺术——诗歌的主题：他以动物命名的诗集《雨中鹰》成名，此后出版的不少同类诗集，《穴鸟》《林怪》《望狼》等，也多以动物命名（他的不少童话也是如此）；而随便翻阅，各样的动物诗大量充斥着他每一本诗集；甚至，乌鸦——这种他所谓的最聪明的鸟类，许多神话的核心、极端神秘的动物，从始至终贯穿他的著名诗集《乌鸦》，成为笼罩在每一首诗上面挥之不去的乌黑的影子。因之，休斯被称为动物诗人。

从动物到诗歌，从捉小动物到写诗，这中间，似乎存在神秘的一跃。它如同放大镜中生物的细胞分裂，既无比自然，又仿佛是得自不可思议的上帝之手。那么，对于休斯而言，从现实的生物走向纸上的造物，这中间发生了什么；动物与诗歌，动物的身体、呼吸、行动、生命，与诗歌的语言、节奏、结构、意义，不管是比喻上的还是隐秘的，它们有着怎样的关系；进一步，动物以及日常的物事，它们是如何走向诗歌的？这些问题似乎都可以经由休斯被提出来。

如何解开上面的线团？"《思想之狐》翩然而至，之后我提到的其他诗篇相继而来。"休斯如是说。在《思想之狐》之前，休斯已经有了十余年的写作经验，但休斯把它称为自己的第一首动物诗，是他诗歌生涯的起始。在诸多休斯的选本中，这首诗都被放在开篇，甚至在《巴黎评论：诗人访谈》的采访提问中，《思想之狐》被当作休斯诗学的具体体现。由此可见这首诗对于休斯的重要意义。因此，理解《思想之狐》，细究它的外在触须和内部神经，理解它的发生机制，对于理解动物与休斯诗歌的转化关系乃至洞悉生活与艺术的关系，就有了某种可能性。

一、动物，世界"普遍的枯索寂灭"

休斯说，他的自我意识开始于两三岁。如果说之前人处在一种物我不分、朦胧混沌的状态，那么这个时候，人开始区分"我"与外在的"物的世界"。对意识初开的孩子来说，此时，物的世界是一个充满奇迹和新鲜的世界，意味着全新的经验，而接近和了解这些事物，是一件饶有兴味的事。对于休斯而言，这种经验更进一步，因为它与动物有关。休斯从小就生活在动物的世界里，动物玩具，动物照片，充满他年幼的记忆和世界。据休斯描述，在两三岁的时候，他就对动物产生了兴趣，他从店里买来铅制动物玩具，四岁的时候，姑妈又给他买了一本厚厚的绿皮动物书当生日礼物。而他哥哥对狩猎的强烈爱好和热情，让他走出动物的玩具世界，被狩猎和动物世界迷得神魂颠倒。大约八岁时，休斯一家搬去南约克郡的一个工业小镇，但那些年的日记，里面除了记录捕猎物，别无所有。就这样直到十七八岁，除了书本之外，对动物的沉迷构成了休斯生活的全部。

休斯幼年的记忆让我们看到，物的世界，在休斯的动物世界里得到拓展，经验因为动物得到了最大化。从一开始的"不动"的"动物世界"——从铅制动物玩具、绿皮动物书，到狩猎的世界，一个活生生的动物世界。这个世界迥异于自己熟悉的周遭世界，而那些动物（在休斯诗集中随处可见），它们来自无数陌生的山林、河流、大海和天空，蜥蜴、蛇爬行，兔子、鼬鼠蹦蹦跳，老虎、豹子地上跑，鲑鱼、梭子鱼水中游，喜鹊与鹰空中飞，它们色彩斑斓，形态各异，它们与这个世界的照会方式，它们所沉浸的那个精微的时空，它们观察与表达的方式，都全然不同于我们，不同于那个混沌的世界。动物，大大更新了幼年休斯的生活经验，拓展了世界的范围以及他对这个世界的理解，它们让这个外在经验的物的世界得以最大化。

然而，"到了十五岁左右，我的生活变得比以前复杂，我对动物的态度也改变了。我责怪自己扰乱了它们的生活"(《诗的锻造》,杨铁军译),此时,休斯开始变换立场和角度,他已经隐隐发现,人的意识也无比微妙和复杂,神秘莫测。那个曾经与自我融合的动物世界,开始表现出独立的意识,开始拒绝,开始离自己而去。这是一个意识的危机。这也代表了物的世界的极限和边界。对于休斯,甚至对任何人而言,这意味着意识初开的惊喜之后一个最新的困局:它们不可避免地变得具体、重复而贫乏;它们短暂易逝,难以把握、难以驾驭——这个物的世界,是一个有局限的世界!而对于我们而言,越毫无保留地把自己抛掷出去,就越有可能触碰到那个更重要的、精神的临界,并反弹到自身。这时,他遇到更多的是精神的困惑。此时,他已经开始创作,但留存极少。休斯说,这时的写作似乎也是因为"老师和同学们觉得有趣";休斯还没有将自己更为复杂的精神经验,与外在世界有效整合为一个有效的物质体;他还未找到适合自己的语言与语言投射的对象。

直到几年后《思想之狐》的写作,它让休斯跨出了飞跃性的一步。此时休斯已经二十多岁了,他所面临的问题更多、更复杂了。一天深夜,下着大雪,在伦敦一个阴郁的住所,他写了这首诗。休斯将住所解说为"阴郁",当然也影射了他的精神处境,他说,"那篇(《歌》)之后,我保存的诗作是那首名为《思想之狐》的诗,这期间是六年的混乱。六年!这也是我读书读到自己也碎成一地的时期,尼采说学生就会如此"(《巴黎评论:诗人访谈》,明迪等译)。显然,此时休斯面临问题已经不仅仅是物的世界的局限问题,"阴郁""混乱""碎成一地""尼采"……这些关键词,都暴露了休斯的精神处境,据说,早期诗歌写作的中断，从文学跳到人类学，对世界的信任危机，都证明休斯开始面临更复杂的问题。这些问题，休斯在后来回忆《思想之狐》写作时，将它表述为"普遍的枯索寂灭"。

正是这"普遍的枯索寂灭"，推动了休斯的《思想之狐》的诞生。更重要的是，它们既是推动力，也是"解脱力"——是他要面对和要解决的问题之所在。休斯用了一行诗交待自己的这种处境，于是，这首诗就开始了：

> 我想象这午夜的森林

在午夜，外在世界漆黑一片，看不到任何东西。这里影射的就是休斯面对的问题，"普遍的枯索寂灭"。但是，作为这首诗的起点和背景，作为一首短诗，从写作技术上来说，花费大量笔墨将会让它显得滞重；而另一方面，它又是这首诗要解决的重要问题，无法忽视。而这句惜墨如金的诗，一方面显得轻描淡写，就像它的外在形式一样——仅仅一行诗，仿佛可以一笔带过；另一方面又让它不可忽视，有力地奠定了整首诗的基调。这种效果的实现，很大的原因得益于它化用了但丁《神曲》的前三行：

> 在人生的中途，
> 我发现自己在一片幽暗的森林，
> 迷失了正路。

诗歌，一个新物种的诞生

对照《神曲》的查尔斯·S.辛格尔顿英译本，两首诗的内在关联是明晰的：一是年段相仿，两诗都由词缀"mid-"引导，但丁用"midway"（"中途"）、休斯用"midnight"（"午夜"）来比喻自己处在人生的"中途"；二是意象相似，但丁是"dark wood"（"幽暗的森林"），休斯则为"midnight moment's forest"（"午夜的森林"）；三是处境相似，但丁"迷失了正路"，而休斯也处在"阴郁""混乱"中……休斯的这种巧妙借用，以极简的方式融入了一个富于高度隐喻色彩的史诗巨构，尤其是在对其物的世界的局限和精神困境的表达上，将中年但丁的痛苦、迷惘以及他对死亡和来世的思考等，都化为《思想之狐》最丰赡的背景音，它就像一个丰富却又模糊的景深，让前景中的事物变得全然不同：休斯的一叶扁舟如同在黝黑的深海上穿行，凸显，放光。

而更重要的是，但丁通过穿越三界以获得解救，获得醒悟和净化，这也是《思想之狐》首先要解答的重要问题，是这首诗推进的方向：它与《神曲》一样有着同样的黑森林，同样希望在迷途中探出一条路来。所以，从诗歌技术而言，《思想之狐》的第一行巧妙借力史诗《神曲》，这样，一首二十四行短诗的起点就举重若轻，不同凡响。

二、思想之狐，一个新物种的诞生

《神曲》的影响伴随着这首诗，它暗示了一种走出黑森林的方式：但丁由古罗马著名诗人维吉尔引领，由黑森林出发，穿过地狱和炼狱，最后到达天堂，在那里，将见到他暗恋的情人，他在现实世界中无法相遇的贝雅特丽齐的灵魂。对于中世纪的但丁而言,这种解救是诗学上的,但更是神学的。然而,超越的宗教维度却是休斯极力摆脱的,休斯这首诗的发展,走出这个黑森林的过程,并非由一个幽灵引领穿行于浩渺的三界,而仅仅是在一个场景,由一个新的物种探索和引领。

有什么别的东西还在动

在这孤寂的时钟和这张

我以手指摩挲的白纸之外。

这是第一节的后三句,一方面,它进一步延续了上面的问题,呼应了但丁式的现实处境:"孤寂的时钟",这是抽象的概念化表述,它是时间的单一、重复,也是生活的孤独与寂寞;同时,时钟也暗示着终结——死亡,这可谓"普遍的枯索寂灭"的极致状态。然而,更重要的一方面,是它提出了解救的方向,它明确,在"孤寂的时钟"所代表的"普遍的枯索寂灭"之外,"有什么别的东西还在动"。仿佛一个无限放大的焦点,这一活物的"动",突然之间,让这"死亡"活了过来。那个令人窒息的世界摇晃了!

也就是从这个地方开始,这个摇晃世界的活物,让全诗的焦点发生了神奇的转换,精神的困境转移到了一种类似"物化"的解答中,休斯提供了自己对问题的解决方案:全诗呈现的,就是这个活物在黑暗中从蠢蠢欲动到逐渐现身的过程,也是这个活物引领诗的发展走出黑森林的过程,更是一首诗由灵感逐渐印满纸面的生成过程。而在这些推进过程中,黑森林的现实性与象征性,对但丁宗教性的挣脱和世俗的回归，旧世界的克服、新世界的诞生，始终相互交缠、相互伴随，并呈螺旋式上升状态。从下面开始，我们将跟踪它，呈现这个神秘的活物如何闯入、搅动并引领我们的世界的过程。

第一个问题：这个摇晃世界的活物在什么地方？物的僵死世界和精神寂灭的世界，与这个活物是不相容的，它定然在我们"之外"，在时间"之外"（时钟代表时间）。但是，如何理解这个"之外"？我们能够想象一个东西——它在外在的"物的世界"、自我的"精神世界"乃至彼岸的"宗教世界""之外"吗，什么东西可以挣脱这三重枷锁呢？第二节的第一句更深入地提出了这个问题：

透过窗户我看不见星星

窗户隔绝屋内和屋外，透过窗户，可以呈现不同的理解视野，所以，它似乎代我们更深地提出了上面的问题。如果屋外仍是现实，休斯将再次遭遇困境，物的世界的局限一直在那里。透过窗户，是一个主动的向外寻求的动作，"窗"有一般的摆脱效果；或者向更高远的实景，将自己的有限愁绪化入无垠，这是我国诗人抒情的惯用方法；或者，寻求更广阔的、更高深的意义，如康德所言，头顶灿烂的星辰，这是超越性的、外在于我的意义的显现，这种超越性，再往前走一步即是宗教性的象征（星星与宗教有着一般性关联，比如，星象学家、东方三位博士知道基督诞生，就是因为他们看见了代表基督的星星出现在天空）。但诗人很快封闭了这种路径：我看不见星星。那个活物，不在于我，也不在于高悬于我"之外"的遥远意义、超越宗教的闪光。休斯拒绝陷入轻巧的浪漫主义，拒绝走向超越性的救赎。

那么，这个"之外"究竟是什么意思？其实，在英文中，"biside"，它除了"除……之外"，也有"在旁边""与……并行/同时"的意思，也就是：它就在我们旁边，与我们并行。它在说，这个活的东西，一方面有别于我们，在荒野、在森林；另一方面又与我们深刻关联，就在我们手和纸的近处。所以这句诗就变成了，在时钟、手指摩挲的白纸的同时/旁边，有什么别的东西在动。休斯强调的是它"在旁边"与我们"并行/同时"，它所诉诸的并非高高在上、遥不可及的宗教性解答。于是很清楚，虽然"手指"和"白纸"仍属于"物的世界"，但是除了它们，尚无其他更好的接近那个神秘活物的方式，因为它们离我们也离"活物""最近"。这里，休斯通过自己手指的"动"（"move"），与那个活物的"动"（"alive"），从意义的关联和隔行的押韵，以极为凸显的方式强化了这种呼应关系。它似乎在说，因为手指的"动"（写诗），成了接近那个活物的唯一方式，它们同等重要（也就是诗歌与活物的关系）。这样，全诗就同时聚焦于这个活物以及手指的活动上了。然而，以手指月，手并非月，为了更深入地理解这个"biside"在"之外"与在"旁边"的这种矛盾关系，后面更进一步进行了强化：

更近的什么东西

但没于黑暗中更深

正进入这孤寂

诗歌，一个新物种的诞生　·061·

从场景上说，天空没有星星，于是休斯将目光从窗外移到近处，移到手边、纸边。但是他所寻求的，并非眼前的事物，对眼前"物的世界"的厌弃和解脱是这首诗的出发点。休斯企望的是前面提到的活物，然而它与纸和笔仍隔了一层，所以他强调，是"更近的什么东西"。并且，休斯将它描述为——"没于黑暗中更深"，似乎休斯勉为其难，只能借助这种玄而又玄的说法——"更近"。但它又更远，它在黑暗中，"黑暗"是客观的场景，伦敦深夜住所外面一片漆黑；也是休斯的心境，内心"阴郁"和"孤寂"——它是物的世界和精神世界的阻塞凝滞、晦暗不明。但是，这里强调"更深"，在于黑暗意味着未知和神秘性，它是新的发端和可能——那个既不属于物的世界、精神世界又不属于超越性宗教世界的活物，就来源于这"黑暗中更深"处，来源于一种物的世界与精神世界的混沌、汇合的地方。这是一种柳暗花明，因此，这个"黑暗中更深处"，它既遥远又迫近，既杳无踪迹又真实具体，外在于黑夜又内在于心灵：它是物我相互敞开交缠的旋锥。

冰冷，细微，似那暗雪

一只狐狸的鼻子碰触着枝，叶；

两只眼睛转动了，一下

又一下，一下，又一下

第三节，活物出现的第一阶段：狐狸有了生命气息，在黑森林中蠢蠢欲动。这一节的第二行，交代了这活物"本尊"——它是一只狐狸。为什么是一只狐狸？这与休斯以及狐狸本身有关。对于爱动物、爱捉小动物的休斯而言，狐狸是让他一直很沮丧、"从来没有养活过"的动物，它是休斯失败的记忆；而作为动物，狐狸精明、灵动、变幻、难以把握，在众多文化中，它都是一种神秘的存在，介于灵和物之间，休斯将其称为"小妖精""一个幽灵"（对于写作而言，没有比它更适合形容人的念头的了）。狐狸妖艳、迷人，因此，从未捕获成功的休斯，希望在一个新的世界（纸上世界）长久地将它捕获。

这狐狸出现的过程并不容易。前面三行，随着一行一行推进，狐狸的动静，鼻子，眼睛，几乎是一帧一帧地逐渐揭开神秘面纱的，这种句式的错落和主语的放大，加强了狐狸出现的诡异感，也强调了它出现的艰难。第一行，你还完全不知道它是什么，只知道有"冰冷，细微"的迹象，它显得遥远、脆弱、几微，随时可能消失不见。第二行开始露出鼻子，"鼻子"（它对应的呼吸）首先出场，让我们想到西方文化，上帝吹了一口气，于是事物有了呼吸，而有了呼吸新生命才真正开始。第三行，狐狸"两只眼睛转动了"，如果说呼吸意味着生命，那么眼睛则如探灯，它意味着解开身体的捆绑，可以将视野投射得更远，探索更为开阔的世界。于是，诗句进一步明确"动了"，"有鼻子有眼"的生物真正"活"起来了！对于休斯来说，与那个持续的枯索的世界对照，这种别样的生机太难得了，因此，在一首短诗中，第三和第四行连续两行，并没有提供更多信息，而是被"now"充斥，"一下，又一下"，急剧的重复，加之狐狸眼睛本身的圆滑、灵动感，仿佛让我们感觉到，它和我们一样，因为新生的激动，沉浸在一种不能自已的生命力和喜悦中！

诗歌，一个新物种的诞生

这节诗可以分为左右两边，一边是主语狐狸，另一边是狐狸带动的宾语，二者刚好构成一种对照，上面我们看了左边，下面看一下右边：第一行"似那暗雪"，它提示这是一个冰冷的被霜雪覆盖的世界，在句子结构上，它在狐狸出现之前，似乎成了一种阻碍，考验那新生灵的出现；而同时，雪铺天盖地，雪意味着掩盖原有的物的世界，意味着探索新世界的可能（雪当然也是对有待书写的新世界的暗示）。第二行，"触碰着枝，叶"，触碰，是感受这个世界最原始的方式，而"枝叶"，它意味着生机，向上生长，在句子结构上，它在"狐狸"出现之后，似乎在说，因为狐狸的出现，克服冰雪和黑暗，走出黑森林就有了可能！暗雪在前，枝叶在后，中间是狐狸作为主语引领，这似乎在说，狐狸终将克服困难，走出黑森林。这一节，就像一场庆祝，"触碰"这个词的原文"touch"，它也是感动、震动的意思：狐狸初现，带来了世界的巨大变化，带来了截然不同的冲击和新鲜的感动，不同于那"普遍的枯索寂灭"！

这一节诗有着多重的隐喻关系：它关于狐狸生命的迹象（意象选取极富代表性，有鼻子有眼，有呼吸）；同时也是对写作的暗示，诗的灵感闪烁，诗的呼吸和节奏，都与诗歌的推进存在内在关联；它还是对探索"黑森林"出路的一种准备，那只战战兢兢却又极富生命力的狐狸，开始蠢蠢欲动，它似乎兴奋又迫不及待，想要在这个冰封的黑森林中探索了。

把整齐的足迹印进雪里
在树林间，小心翼翼，一个瘸行的

影子在树桩边缓缓移动，

空荡荡的身体将大胆地

第四节和第五节，是活物出现的第二个阶段：狐狸现身，它探索并走出了黑森林。第四节，狐狸在有了生命力后，它开始行动，在黑森林里探索，"把整齐的足迹印进雪里"，因之，这神秘而不易捕捉的生灵开始有了踪迹，那白雪地有了清晰的痕迹。而那个迷宫般的黑森林，在"树林间"出现了新的线索，它正努力试探出一条路来。但是，在冰天雪地中探索，坑坑洼洼，一瘸一拐，并不是一件轻易的事情。这里的"stump"，除了"树桩"的意思，也有"困难"之意（它是克服困难的界标），那只狐狸，很可能在途中就折了足、迷了路，再一次隐没于黑森林中，它如同一个游移在冰天雪地的黑森林中的影子（"shadow"，也可以译为"魂魄"，也或可见与《神曲》的关联），未必可以确定走到我们面前，未必能引出一条出路。所以，"warily"是小心翼翼，也是一个警告。这当然也是写作的隐喻，比如雪地之于白纸，隐喻着写作的艰难探索和尝试，就像休斯所说的，狐狸并不是总能出现的，"正如那么多次，我捕获的猎物并非我之所欲的时候，我所做的那样""我会将它丢进废纸篓"（《诗的锻造》）。但是，在这里我们也看到，"stump"的多义可以在这里复合，困难即是界标，一旦被克服，经受住了考验，狐狸终将克服黑暗，大胆地穿越，越来越真实。

穿过开阔地，一只眼睛，

一种扩张着、加深着的绿，

闪亮地，全神贯注地，

干着自己的事情。

　　经过艰难的探索，经过冰天雪地，狐狸穿过一个个"stump"，终于得以从黑森林中走出，来到了一片"开阔地"。在这里，通过狐狸灵动的眼睛，我们得以看到其中发生的巨大变化：原本黑漆漆、空落落、白茫茫的世界，正如前面"枝叶"所暗示的，它有了生命的颜色——绿色，并且它扩张、加深，变得一片生意！这崭新的绿意，绝不同于屋外黑漆漆一片，也不同于内心枯索寂灭的灰暗——它闪闪发光（"闪亮"）。这里再次与前面呼应，我们看到，由开始休斯的"透过窗户我看不到星星"，到这里，由于狐狸的出现，它走出了黑森林，闪闪发光，给灰暗枯索的世界带来了光亮。

　　但是，这狐狸的出现，不同于物的世界，又不全然是主观的造就——它"全神贯注地，/干着自己的事情"。狐狸自行探索，全神贯注，干着自己的事情（"own business"），它不能被人为惊扰，如同那绿意，那光亮，它扩张、加深、延展，它是自我独立的。狐狸的这种独立性，其实就是诗歌的独立性，诗歌写作，并非"我"的一意孤行（那是精神的黑森林）、主观造就，正如休斯所说，诗"也拥有自己的生命。和动物一样，它们和人保持距离，甚至和作者也保持距离，写成后既不能增，也不能减，否则，分毫之差都会对其造成致命的损害"（《诗的锻造》）。诗歌，就像这只狐狸，它有着自己的身体，自己的灵魂，"每一首诗都是其自身创作过程的一种描写或戏剧化"（《巴黎评论：诗人访谈》）。

三、诗歌，客观有效的纸上新世界

那只雪地上的狐狸，从最开始它微弱的生命气息，到它开始探索，克服难关，穿越黑森林，来到敞亮的开阔地——它实现了自我。而这一切，都来自它的专注，专注于自己的事情，全神贯注地深深沉入"自我"。但是，这狐狸想象的自我，倘若不客观化、物质化，不在我们的世界出现，会是一个有意义的世界吗？它所隐喻的诗歌写作，是否仅仅是主观情绪的发泄，它能够获得客观、真实的有效性吗？如果"我捕获的猎物并非我之所欲"，如此则一切尽成枉然。显然，这只狐狸，在黑暗中暴露了，但为了避免自说自话的癔症，它还需要另一种形式的客观化、物质化。最后一节的第一、二行对此做出了回应：

直到，带着一股突然的浓烈的狐狸热臭
它进入头脑的黑洞。

最后一节，是活物出现的第三个阶段：与人的世界发生关联，它开始客观化，被写在了纸上。如果说，第二到第五节，描写的是一直专注于"自我"的狐狸，它有着某种虚构性，是一只"想象"（"imagine"）的狐狸，那么到这里，它终于在"现实"中探出了自己，它与人的生活世界发生了关系，与第一节呼应，这只狐狸终于在"此岸"、在现实场景中出现了！一个正反合辩证法式的生长。而这种呼应，休斯向我们强调，它来自气味和嗅觉。在第三节中，狐狸有了呼吸，于是走出黑森林有了转机和可能，因为呼吸意味着生命；而这一节，"狐狸热臭"，它所对应的是人的呼吸，这里强调的是，那只狐狸开始在现实中影响我们的生活。对于休斯，对于读者，这种变化当然是巨大的：它让我们从"普遍的枯索寂灭"走出来，就像获得了第二次生命。可对"突然的浓烈的狐狸热臭"试做分析：

狐狸臭，并非取悦于人的香味，相反，它令人不适，甚至反感；但恰恰是这种味道，它既源自现实，又迥异于现实世界的平庸和寡淡，它意味着拒绝陈旧，意味着对日常世界的洗礼。它也告诉我们，这狐狸绝不同于日常的经验，而与诗歌有着严密的内在对应："突然"，是诗歌的不期而遇、突如其来（"sudden"），就像《思想之狐》的翩然而至是因为"那晚突然有了写东西的想法"；"浓烈"，是诗歌意义的重量、强度和密度；"狐狸臭"，则是艺术的陌生化，意味着对认知水平的要求，它让日常发生裂变并获得新的意义，意味着震动！这种重获新生，它与前面第二节的"冰冷"的世界构成对比，这种狐狸臭是"热"（"hot"）的，它是温暖的，带来安慰。它克服着虚无，"进入头脑的黑洞"。这黑洞，原本是休斯的黑森林，是"普遍的枯索寂灭"，但是那活物爬进了休斯的头脑，"统摄"了这个黑暗的世界。因之，那个陷入"黑暗中更深"的世界，那只狐狸，在现实中有了自己的栖居之所——属于狐狸—休斯的"头脑的黑洞"，一个深而又深的，意味着无限可能的创造性的黑洞。

对于这首诗来说，最后两行完成了这个"辩证法"，它回到了最初的场景，一个充满禅意的结尾：

窗外依然没有星星；时钟嘀嗒，

纸上印满了文字。

还是那些事物：时钟，纸；还是那样的场景：夜晚，窗外漆黑一片，没有星星。现实场景看起来没有任何变化。然而，即使羚羊挂角，无迹可求，仍发生了微妙的变化。首先，是曾经的那张白纸，现在印满了文字，一首完成的诗歌。"printed"，是狐狸最初的足迹，同时也是诗歌的完成：那只随时可能消失不见的狐狸，这首随时可能被"丢进废纸篓"的诗，它最终客观化、成立了。而作为全诗的结尾，它让所有的铺垫都与诗歌建立了联系，它让狐狸与诗的呼应关系更明晰了。其次是时钟，最开始的"孤寂的时钟"，这是隔绝、抽象描摹的词语；而此时，它从抽象变为具体，成了清脆的"嘀嗒"作响，"ticks"，这声音就像扣动扳机，将时钟代表的孤寂和死亡撕得粉碎。更为重要的是，全诗牵动的画面，易于被抽象化的视像，被无法复制、转瞬即逝的声音取代，这诗歌的狐狸，让抽象、概念化的时间具体化——不，是声音化，它甚至打破事物压迫性的象征，让世界回归本身，时钟不再意味着死亡，"嘀嗒"本身即是存在，即是意义。这种结尾可谓"渊默而雷声"。

也因此，似乎没有比这更好的结尾了。因为没有任何变化的"表面"，其实就是生活本身。就像休斯的那个戏剧化的现实场景被窗户所分割，这一扇窗户，隔绝着屋里和屋外两个世界，两个世界不断推演、反转。窗外的世界，那个黑暗、冰天雪地、让人迷失、荆棘丛生的荒野，而窗户的里面，是一种属人的、艺术的、为我的存在，它是诗歌的领地——一个不竭的创造性的黑洞。窗户玻璃是透明的，它隔着里外两个巨大反差的世界，同时，它又是同一个世界。世界仍然如其所是。

小　结

以上就是这只诗歌之狐的生长法则。那个物的世界的局限、精神的困境——"普遍的枯索寂灭"被克服，休斯走出了黑森林。同时，休斯童年的动物，从一开始就成了他思维机制的一部分，而二十多年后，它以全新的——诗歌的形式被保留下来，成为了他的语言和表达方式，就像休斯说的，"它们已成为一种语言——一种象征性的语言，也是我一生的语言"（《巴黎评论：诗人访谈》）。至此，我们或许可再瞥一眼，这只"进入头脑的黑洞"，已"长大成人"的狐狸；这首在纸上"印满了文字"、没有被"丢进废纸篓"的诗歌，看看这诗歌的狐狸究竟是怎样的：

它是一个新的物种，如同一个小妖精，它诱惑、吸引着我们；它是隐秘的，灵动，变幻，难以把握，从来不是容易捕获、容易养活的，它可能随时消失不见，让我们的所有努力变得枉然；为了捕获它，你需要付出极艰辛的努力，需要极为专注，不畏缩，攻坚克难，进入当下，"用眼睛、耳朵、鼻子，味觉、触觉，整个身体倾注"（《诗的锻造》），同时，你又需要去除骄傲，打破成见，敞开自己，小心翼翼地听从它，让它自己现身、自我呈现；它不同于僵死的物的世界，也不是我们的主观创造，它是一个意向性的构成和相互成全，从想象到真实，介于物和我之间，有鼻子有眼有呼吸，有着自己的生命独立性，"被一个灵魂所统摄、推动"；它在现实"之外"，不同于这个世界的任何事物，但它又像与现实仅隔着窗户的一层透明玻璃，它们处于完全不同的世界，又处于同一个世界，最遥远又最切近；但它最终仍需客观化、物质化为一个纸上的世界，它需要找到文字、意象、节奏这些"活生生的零件"的对应法则，"如果任何一个零件是死的……那么这个生物将是残缺的，它的灵魂将是病态的"（《诗的锻造》）……

不过，这文字的物质属性一点都不能定义它，它一旦有效出现，就不会消失不见，就像但丁《神曲》中的超越与永恒的追寻，它是此岸的超越、现世的永恒、内在的安慰。就像这首《思想之狐》，"每当我读这首诗的时候，狐狸便会从黑暗中出现，走入我的脑海。我想即使我离世很久之后，只要这首诗还存在，每当有人读到它，狐狸便会从某处黑暗的所在浮现，向他们走去"。这只狐狸，"你看，我的狐狸在某些方面是比一只普通的狐狸更好的。它是永生的，不怕饥饿，也不怕猎犬。不管去哪里，它都会守在我的身边"（《诗的锻造》）。

我想，对于所有人来说都是如此：诗歌，是一个新的物种；一旦诞生，它们就不会死去，不同于其他事物。

附:《思想之狐》

我想象这午夜的森林
有什么别的东西还在动
在这孤寂的时钟和这张
我以手指摩挲的白纸之外。

透过窗户我看不见星星
更近的什么东西
但没于黑暗中更深
正进入这孤寂

冰冷,细微,似那暗雪
一只狐狸的鼻子碰触着枝,叶;
两只眼睛转动了,一下
又一下,一下,又一下

把整齐的足迹印进雪里
在树林间,小心翼翼,一个瘸行的
影子在树桩边缓缓移动,
空荡荡的身体将大胆地

穿过开阔地,一只眼睛,

一种扩张着、加深着的绿,

闪亮地,全神贯注地,

干着自己的事情。

直到,带着一股突然的浓烈的狐狸热臭

它进入头脑的黑洞。

窗外依然没有星星;时钟嘀嗒,

纸上印满了文字。

(休斯作,综合曾静等多个译本)

淬炼生活的匠人
——读希尼《铁匠铺》*

* 本文刊于《麒麟》2013年第3期。

《铁匠铺》是我很喜欢的一首诗。因为它，我不再对希尼漫不经心和走马观花，开始欣赏其朴素外衣下的种种好。一天，我兴致冲冲地把它推荐给一个朋友，伊似乎并不"感冒"，这让我再一次细读了这首诗。真好啊，不同的语言转化之后，它的美并没有失去。

据说，这首诗有所本，希尼小时候有一个铁匠邻居巴利，在学校演出中扮演铁匠时，希尼就曾借过这位邻居的铁砧用为道具。记忆的深渊是诗歌的隐秘发源地，多年后，对这位铁匠邻居的回忆成就了这首诗歌。当然，诗歌并非诗人传记，它往往独立于诗人，因此，诗歌的好仍需要在诗歌本身中去检验，独特性中传达的普遍性，是它通往一个陌生读者的唯一桥梁。

《铁匠铺》是一首很朴素也很小的诗，全诗十四行，虽然没有分节，但是意思非常清楚，层次和轮廓也很明了，标题就划出了一个基本的范围，展示铁匠铺的环境，写铁匠铺里的人——铁匠。

> 我所知道的只是一扇通往黑暗的门。
> 外面，旧车轴和铁箍生着锈；
> 里面，锤在铁砧上短促的丁当声，
> 出乎意外的扇形火花
> 或一个新的马蹄铁在水中变硬时嘶嘶作响。

这是首歌的第一部分，通过观察者的视角，写铁匠铺的环境。"我

淬炼生活的匠人　　·　077　·

所知道的只是一扇通往黑暗的门",它是希尼第二本诗集《通往黑暗的门》书名的来源。"黑暗"说的是铁匠铺的客观环境,据我们所知,铁匠铺狭窄、肮脏、封闭,是不被光照亮的地方。然而,黑暗也意味着神秘,它等待着被打开、发掘和理解;意味着混沌,在中西方古代文化中,混沌是产生新事物和生发意义的矛盾动力,意味着全新事物和意义。好的诗人就在于将含混而丰富的多义有效地赋予他的词语和诗句,这首诗歌就是引导我们洞悉这种神秘的黑暗,通过出入于这扇门,来理解我们原本以为理解了的铁匠生活。

这扇通往黑暗的门隔绝了两个完全不一样的世界。"外面,旧车轴和铁箍生着锈",也是一个客观的事实陈述:铁匠铺的外面堆放着生锈的废弃的铁(铁匠铺外面确是脏而乱充满着腐朽的世界)。旧车轴、铁箍意象的选择很好,随着诗歌的推进,我们可以看出它至少有两层用意:首先,它呼应了后面的"马蹄铁",因为,这些破铜烂铁进入那扇门之后,将实现崭新的焕发;其次,车轴、马蹄铁,都是人的代步出行工具,它是人们日常生活"衣食住行"中非常重要的一环,在当今社会中,人们都"在路上",因此"旧车轴和铁箍"就象征着人们的日常生活。希尼是要告诉我们,摆放在铁匠铺门口等待锻造的就是我们日益生锈、腐败、陈旧、百无聊赖的生活本身。

"里面,锤在铁砧上短促的丁当声",与第二句形成对比,这里开始写被那扇门封闭的黑暗的铁匠铺,它迥异于外面朽坏脏乱的世界,在铁匠铺黑暗的世界里,希尼以精审的洞察、提炼和表现力,调动了三种感觉,力图唤醒我们对铁匠铺全新的认识,他甚至省去谓语,直接将声音——它是持续敲击、有节奏、有力量的音乐——呈现在我们耳际,将画面——它是闪亮的、奇妙的扇形火花——擦亮在我们眼前,以展现这个黑暗世界的神秘的所在,展现里面朝向新生的矛盾的力量——锤子与铁块碰撞发出的丁当声,崭新的马蹄铁诞生的"嘶嘶作响"……这些声音、画面极具质感,又出人意料、转瞬即逝,这当然是劳累生活中的小惊喜和小馈赠。当然,更强烈的喜悦是新锻造的马蹄铁的成型——铁匠铺是一个黑暗的地方,也是生锈的铁重新焕发的地方,它充满着声音、色彩、形象、活力以及力量。

诗歌是一种独特的历程,从一个词到另一个词,从一个句子到另一个句子,一个句群到另一个句群,它们的衔接、推进和转换,既需必然性又需惊奇感。在这五句诗歌当中,一是根据观察的视觉习惯从外而内,二是马蹄铁打磨的过程,自然却充满微妙的转换、画面、声音、多种感官运用造成的交响效果等,这都被诗歌奇异地放大了,在欣赏它们的时候,我们的生活场景、原本可能忽略的短暂瞬间就被照亮、定格,僵化的感官也暂时地被解放了,这些在我们庸常生活中的小小浪花,这是诗歌迷人的光晕之一。

> 铁砧一定在屋子中间的什么地方,
> 一头尖如独角兽,一头方屁股,
> 坐在那儿不可动摇:一个祭坛
> 他在那儿为形状和音乐耗尽精力。

这是诗歌的第二部分,马蹄铁的成型引发了转换。观察者在铁匠铺听到了锻铁的声音,看到了转瞬即逝的火花和新的马蹄铁,于是观察者在猜测这个不动的奠基物——"铁砧"（那让废铁焕发的打造工具）的位置，这使得诗歌上升到一个新的层次。"一头尖如独角兽，一头方屁股"，这大概是希尼小时候的经验和美好的回忆：独角兽是一种神兽，是人们想象的结晶，有着幻想性质，它稀罕而神奇；方屁股，则是一个好玩、可爱、具有世俗亲和力的词语，它突然缩短了与读者的距离。相对于废弃的生了锈的车轴而言，这些当然太有意思、太有意义了。

但诗歌还在往前走，试图拓展意义的宽度，它关于宗教，关于信仰。在信仰里，人们摒除自以为是的理性、怀疑，接受神的恩典，也接受生活，承担生活里的苦难。所以有了接下来的一句，"坐在那儿不可动摇：一个祭坛"，这种字面和内在意义的递进很好，从"方屁股"的坚实不可动摇——不动的推动者，旧铁产生新马蹄铁的洗礼，以及独角兽所带来的童话、幻想、神奇的色彩，在这种有序的逻辑里，一转就到了神圣肃穆的祭坛。祭坛是沟通神和人关系的平台，通过它，人抵达最高的存在（对希尼来说，"祭坛"或许也说明了铁砧与他自己的关联，它带给自己童年的回忆、快乐的时光，这是他创作的重要来源，因此显得庄严神圣，希尼赋予了其不可侵犯的宗教感）。诗歌从一开始到现在，通过铁匠铺的大门，对象从黑暗、陌生的铁匠铺逐渐向我们展开，由门口的败坏逐渐进入鲜活、明亮的锻造磨练的"中心"，那充满声音、色彩、活力与新生的所在；从空间到时间（人的记忆），再到想象、神话、信仰对时空的超越，从世俗抵达宗教，越来越清晰，越来越亲切，越来越丰富，也越来越神圣，诗歌实现了升华——这是一个迥异于外在世界的意义生发的所在！

而就在这个地方，全诗出现了一个新的起点。铁砧被称为祭坛，那就有为它耗尽自己的精力和生命的祭司——铁匠出现了，"他在那儿为形状和音乐耗尽精力"。铁匠在这个肮脏狭小黑暗的狭小空间，为了锻造新的马蹄铁，为着马蹄铁的形状和敲击的音乐，倾注了毕生精力和信念，专注、执着，这些品质都是珍贵而神圣的——因此他被称为祭司。这是一个很好的转折，这个转折让我们把关注点转移到铁匠身上，它自然地解决了意义推进的难题，引导了新的诗行。这种引导，首先是结构上的，开始时诗歌从外而内，观察铁匠铺外面的世界以及铁匠铺本身，当见证了铁匠铺的神圣性之后，就有必要对外面的世界重新认识，有行动自由的铁匠的出现化解了怎样重新回到外面世界的疑难；也因此这种引导也是观察视角上的引导，铁匠的独特观察者身份，来自铁匠铺中心的观察者，它将赋予外面的世界以新的内容。

> 有时，围着皮围裙，鼻孔长着毛，
> 他倚在门框上探出身来，回忆着马蹄的
> 得得声，当汽车成行掠过；
> 然后咕哝着进屋去，一阵砰砰和轻击
> 鼓动风箱，把实实在在的铁锤平。

"有时，围着皮围裙，鼻孔长着毛"，这是延续读者期待的一个开始，诗歌开始关注铁匠。只是，这里与读者的期待形成了落差，沟通神与人的"祭司"并不像想象的那样是一个脱俗、不食人间烟火、披着闪光外衣的形象，他"围着皮围裙，鼻孔长着毛"，这个作为祭司的铁匠，是一个在黑暗、狭窄、潮湿、烟熏火燎的恶劣环境下工作的俗人，肮脏，鄙陋，脏兮兮的。这一句很醒目，画面感很强，这种事实性的描述造成了阅读期待的落差，同时在作为祭司和作为俗人铁匠的身份之间营造了张力。而这个张力，就是架构这首诗弹性空间的重要因素——一个世俗的人同时也是神圣的祭司。

"他倚在门框上探出身来，回忆着马蹄的/得得声，当汽车成行掠过"，铁匠偶尔也从铁匠铺探出身来看看外面。不过，外面的世界是令人失望的。对铁匠精湛的技艺和劳作最大的回报当然是运用，让新鲜的马蹄铁钉在马的脚掌，征战，奔驰，踏在战场和人们生活的疆场，马蹄的得得声就是铁匠至高的荣誉和奖赏。但是对外面的世界来说，铁匠精湛的淬炼技艺却得不到运用，已经显得过时，成了博物馆的收藏，人们出行靠的是冰冷、坚硬的金属钢铁怪物——汽车，已经用不上他精心打造的马蹄铁了。"成行掠过"，写出了在规则制度中庸常而缺乏激情的现代人，写出了单调、乏味、无可忍受的现代生活，它与铁匠铺、铁匠精湛的技艺与劳作毫无关联。既然如此，他就只能依靠回忆，想象自己的艺术与这个世界发生的关系——马蹄触碰世界，发出的清脆的得得声，那是他与这个世界合奏的音乐。这里有否定，有伤感，有痛惜。

人对自我的发现，一个重要方面就是技术，是参与到世界中来并对世界进行改造。只是，我们缺乏对技术清醒的反思和认知，技术维持在什么限度是一个问题。技术不是让我们执迷，不是用来摧毁世界，而是为了更好地开掘，畅通人与世界的关系，让事物的价值在我们内心中更加明晰，否则，我们将在"异化"中遮蔽对存在的澄明。诗歌就是祛除遮蔽，让词语震动，让记忆和经验刷新，在诗意的澄明中，我们存在的意义，技术的界限，被我们发现。希尼的《铁匠铺》就是对铁匠生存和艺术的发现和敞开，就是能充分意识到清脆的丁当声、美妙的扇形火花、得得的马蹄声……这些都是对存在的诗意肯定。

铁匠的技艺和作品未能被世界接受和运用，因此"咕哝着"有些不满，接下来的几行，就是在这种情绪的带动下进行的，一贯到底，非常自然。铁匠带着情绪回到自己的铁匠铺，"一阵砰砰和轻击／鼓动风箱，把实实在在的铁锤平"，两个象声词，两个动词，铁的意象，都打上了情绪化的烙印。它们还是极讲究的，"砰砰"是重击声，"轻击"则是雕琢声，显示了铁匠的锻造力量，也显示了打磨技艺。"把实实在在的铁锤平"，这一句是对全诗的总结，为全诗钉上了一个铅坠一般的东西。这里的铁当然首先呼应诗歌的开头，指的是人们日常生活中废弃的锈铁；同时，这实实在在的铁也是一种象征，象征麻木单调的生活、对艺术的隔膜不理解、对日常事物崭新焕发的拒绝，它既是实际的事物，也代表观点和态度……而所有的这一切，都将在火炉中、在铁匠铁锤的重击和打磨中屈服。铁匠铺肮脏狭小的空间，因为它的淬炼艺术，比外面冷漠、僵化的世界更为宽阔和坚实，胜于任何理想国的宏大构想！

这首诗的好非常多，比如它的简练、自然和朴素，它的声音、画面和力度，它不动声色的隐喻的运用，自然微妙的推进转换技巧，词与词衔接、句与句转换带来的意义空间和惊奇感受，它表面的散漫随意与内在的严谨紧凑……所有这些，归因于希尼对语言的敏感，更归因于对生活的认识，它关于世俗，也关于神圣，关于质疑，但更关于信仰，这种认识将丰富的意义层次、多个线条神奇地融合为一，极其自然地凝聚于铁匠铺的小场景。这些，使得铁匠铺，也使得这首诗本身，充满有机的弹性，成为一个意义的反应堆。

对于儿时曾扮演铁匠的希尼而言，铁匠铺是诗歌本身的一个隐喻，而诗人就是淬炼生活的匠人。这首诗一方面写铁匠，另一方面也是诗人的写照：他们穷其一生思索、创作，"为形状和音乐耗尽精力"。而阅读它们，发现它们的秘密，我们的生活也将变得不同。

附:《铁匠铺》

我所知道的只是一扇通往黑暗的门。

外面,旧车轴和铁箍生着锈;

里面,锤在铁砧上短促的丁当声,

出乎意外的扇形火花

或一个新的马蹄铁在水中变硬时嘶嘶作响。

铁砧一定在屋子中间的什么地方,

一头尖如独角兽,一头方屁股,

坐在那儿不可动摇:一个祭坛

他在那儿为形状和音乐耗尽精力。

有时,围着皮围裙,鼻孔长着毛,

他倚在门框上探出身来,回忆着马蹄的

得得声,当汽车成行掠过;

然后咕哝着进屋去,一阵砰砰和轻击

鼓动风箱,把实实在在的铁锤平。

(摘自《希尼诗文集》,吴德安译)

怎样理解那无解的游戏

——读王强《鳌江站》*

* 本文刊于《广西文学》2019年第12期。

或许，任何物事都是某种意义上的游戏，一个孩子投入的积木或拼盘游戏。诗歌也是如此，面对结构、字词句、标点，就像面对一堆奇妙的积木或拼盘一样，好的作品会让你感到惊讶：这些孤零零的方块竟会拼出这样的宇宙星象图！

不过，阅读和理解它并非易事。好的作品巧妙而精微，理解这游戏需要洞悉其中的规则与秘密。比如，和悬疑片一样，它需要唤起全副身心，跟踪、搜集、辨析、萃取，建构逻辑，发挥想象，串联蛛丝马迹，最后才能"破案"、归于释然。而进一步，作为游戏，它们又有极大的不同，悬疑片常肇端于震惊和困惑，比如希区柯克的某宗谋杀，但随着案情的明朗，疑惑的消解，最后终将回到日常的风轻云淡；而诗歌，则常从稀松的日常入手，逐渐凿开生活中隐藏的裂隙，最后呈现真相，向你指出那个随时可能点燃的炸弹的引线：它难以忽略，无法解决，令人惊恐。

拿这种电影和诗的关系来解说王强的诗显得尤其切近。一方面，他是获得最佳编剧、最佳导演等众多奖项的青年导演，电影的技巧控制已经融入了他的诗歌，在其出版的诗集《风暴和风暴的儿子》中，我们就可以看到它鲜明的戏剧性、画面性、叙事性等特色，他把镜头般的表现力运用到了极致。不过，他的电影终归不是悬疑片，他的诗歌更不是。在这部诗集中，日常的故事、戏剧的场景很多，而他将"内心的暴烈压缩在日常语言的倾诉中"（周伟驰语），外在风物和内心景观相互隐射，困惑和恐惧从来不是得到释然，而是逐渐加深。这其中就呈现了诗歌自身的逻辑。

比如，画面感、镜头感极强的短诗《鳌江站》，作为一个代表性的例子，我们或可以看到它们之间根本的差别。它就是从一个孩子的游戏开始的。

一、关于游戏及其意义的提问

《鳌江站》开始于一个戏剧化的场景，也是一个平常的场景：祖孙三代人在火车站，即将去往某个地方，开始一段新旅程。整首诗截取的就是他们等车的这段时间，一个片段。等车是焦躁、乏味甚至是难以忍受的，在中国，开通动车前更是这样。但对于这首诗而言，这种情况似乎有所改观，因为焦点转向了一个孩子。因为孩子，因为孩子的矿泉水瓶游戏，等车似乎变得有意思，焦躁、疲惫、乏味感有所减缓。这个游戏吸引着旁人——父母、奶奶和"我"——的注意力，似乎成了一个意义的中心。整首诗关注并试图理解的就是这样一个问题：这究竟是一个什么样的游戏，什么样的意义中心？那打发无聊、带来短暂欢乐的究竟是什么？

你的游戏那么好玩儿吗？

这是全诗的第一句，一个不寻常的进入方式。它让艺术空间和现实场景熨贴得严丝合缝，以极具体的方式提出了上面的问题。它带了点好奇和惊讶，同时又带了点旁观和冷漠。不过，这个貌似不经意的问题，却干脆和直接，不同于公共场合礼貌性和虚饰性的问候，它由"我"提出，直接针对游戏的主角——孩子，一开始就打破禁忌，用对话体、第一和第二人称，是"我"和"你"之间的直接沟通和对话，它带着一种隐秘、内在、直接、私人化的性质。诗歌由这个问题引入，似乎要打破这个公共场所表面的虚饰，要揭开、暴露一些东西。于是，全诗围绕这个问题，在列车之旅开始前，开启了一个短暂而不同一般的"理解之旅"。

二、三次理解的尝试及其失败

从第二行开始，这种理解的尝试主导着全诗的发展，逐渐接近这个游戏本身。

> 两个矿泉水瓶被反复摔在地上，
> 你试探着看我，像是用这一动作
> 显示你的活力。你觉得它那么有意思。
>
> 你沉浸在你的幽闭，毫无征兆地
> 对着年轻的父母傻笑。
> 他们的确觉得你是个聪明的孩子。
> 并且不断看我，试图告诉我你的聪明。

> 坐在旁边的奶奶用力搓着
>
> 一个矿泉水瓶。她向下倾力审慎的皱纹
>
> 并用另一个瓶子诱惑你，让你过来。

第一次理解的尝试来自"我"，不过，这个尝试尚未展开就终止了，"两个矿泉水瓶被反复摔在地上"，这个漫不经心的习惯性陈述泄露了"我"的判断：这游戏不过是一个枯燥乏味的"反复"而已。所以这个发问其实近于反问。于是，在第二节，孩子转而向自己的父母发出了分享的邀请，对父母报以笑脸。父母当然更接近理解的可能了。不过，人们所抱有的这种"常识"显然过于乐观了，"幽闭""毫无征兆"说明，他的父母也难以理解，孩子友好的、试图分享和沟通的笑，成了"傻笑"，理解的这种令人沮丧的状况，父母也未能改观。第三次尝试来自奶奶，作为垂暮之年的奶奶，不同于前两次，她变被动为主动，不再以自我为中心，而是转换角色，"返老还童"地学着孩子用力搓着矿泉水瓶，"诱惑"着孩子，希望参与到孩子的游戏中来。她接近了这个游戏本身，甚至抓住了那个魔术般抛在空中的道具——矿泉水瓶子。但是，理解的呼唤并没有得到回应。这个"倾力审慎"的世界与童真的世界，终究毫无关系。

关于理解尝试的三次平实的描述，其实体现了诗人的精心设计。一是角色的设定极富意味。首先是"我"，一个旁观者、局外人，与孩子只是陌生的偶遇。其次是父母，他们与孩子有着血缘关系，和孩子朝夕相伴，也许没有比这更亲密的关系了。这种理解的递进关系显而易见。最后是孩子的奶奶，不同于"我"和父母——都耽于自己的世界、工作与职责等,因此,并不是主动与孩子的游戏发生内在的关系,并非真实期待理解这个游戏——而奶奶则更近一步,她有充分的闲暇,她有照顾孩子的职责,她接触孩子的时间更多,等等,这种理解的现实性、递进关系也是清晰的。二是三种视点和态度的变化。对于作为局外人的我来说,孩子的举动是一种炫耀,为的是通过游戏显示"活力"。在父母眼里,这些举动证明了孩子是"聪明"的,成了自己向外人炫耀的资本。这两次理解中,"我"和父母都处在自己的立场中,外在而疏离,都与游戏本身不相关,对于理解游戏没有任何进展。而在奶奶那里,她不但有了理解游戏的现实性,有闲暇来反思和理解童年;对于临近人生终点的她来说,理解童真也就是理解自己完整的人生,因此还有了理解的迫切性。由此,绝不同于前两种情形,她的理解更为积极,她主动地参与到游戏中来。但是,她也失败了。

三、自我理解是否可能?

三次理解均以令人沮丧的失败告终,似乎关于这个游戏,除了游戏者本人,再无接近和理解的可能。第三节最后一句和第四节,就回到了孩子,回到了游戏本身。

你蹲在那儿,沉入那瓶水的深处。

瓶子里的水,被猛烈翻滚、震动,

被挤压，被控制的激情好像突然得到

释放的出口，喷薄而出。

然后躺在地面上，静静地出神儿。

在这里，不同于成人，孩子的关注点发生了变化，投向瓶中水——水的"深处"。第四节对这种"深处"做了进一步说明："瓶子里的水，被猛烈翻滚、震动，/被挤压，被控制的激情好像突然得到/释放的出口，喷薄而出。"孩子眼中的瓶中水不同于成人，水的翻滚、震动、挤压和释放，它本身就是复杂的，是新鲜、剧烈变动的活的事物，在孩子这里，一花一世界，这是一个瓶子里的宇宙，惊涛骇浪，不同凡响。因此，它激起了巨大的兴味。但对于成人来说，这个瓶中水显然是索然寡味的，所以，它在孩子那里所激起的巨大兴味，它与孩子的关系，反而难以理解。至此，开始的那个问题有了一个模糊的回答：是"水的深处"，是那旋涡般挟裹孩子的东西，让这一切变得有意义。在孩子眼中，这里的"重复"不再是重复，每一次的涌动都是不一样的生发，它深入孩子的"内心"，是一种"纯粹的欢乐"，它让孩子着迷。

不同于成人，孩子的关注方式也发生了扭转。孩子的游戏，不是外在的、客观的、冰冷的"看"，而是毫无保留、不计一切的"沉入"，这个词在这里释放出最大的能量，实现了表现力的最大化，它以极为平常、恰到好处的方式呈现出来，因而更具微妙和爆炸的能量。"沉入"即是沉浸，意味着全身心的参与，意味着自我存在的建立和确证；但这也意味着意识的边缘状态：观看的无意识。由此"沉入"，水和人合一，人成为水的一部分。游戏与水、瓶子与孩子，相互作用、相互构成。它是现象学的，是参与、体验，尚未进入一种对象化、外在化的反观。因此，这种无意识的"沉入"，让这个游戏变得不可致诘：旁观者无法进入、无法理解，深陷其中的游戏者本人也无法对其有反观的认识。这是一个认识的绝境。这游戏，无关乎那个瓶子，甚至无关于水本身，而是某个"深处"。这个游戏，是一个原初意义的生发着的世界，一个不可究诘、无法定义的世界，一个"纯粹"（关于水）的世界，一个充满心学色彩的世界。

这种全副身心的"沉入"，人与水的相互赋予、构成，让诗歌有了丰富的多义性和含糊性。从而，"瓶子里的水"怎么会有"激情"，又怎么能"出神儿"，这些表面的疑惑就有了解答：水的激情、激情的释放因人而有，而人也因水而经历了翻滚、震动、挤压，一个新的世界。水被赋予了灵魂，因此，有失神，有出神；人也近于物化，所以，水流尽，则人虚脱。水爆发，是人之激情的爆发；水流尽，则人失神；空瓶子躺在那里，也是孩子躺在那里，"静静地出神儿"……呼应"沉入"，"出神"在这里也是一个饱含能量的词，它是孩子陷入迷醉，也是瓶中水释放后的若有所失，更是空空如也的困惑和疑问：瓶子里的水是什么？它的翻滚、震动、挤压、喷薄而出是什么？这游戏这意义的中心是什么？这些问题在父母和奶奶那里是无解的，在孩子的游戏里也是不可致诘的。这个"出神"，如同人类永无答案的永恒思考。这是对游戏本身最后也最深刻的发问，来自孩子本人。

四、现实的回应与永恒的轮回

从诗的功能上来说,以"出神"一词结束,也是神来之笔。孩子到达无解的"纯粹的快乐"的边缘,发呆出神,这呼唤转换,呼唤一个新的回应。

> 可能父母还没有了解你的内心,
> 或者你更为接近纯粹的快乐
> 他们并没有体会。他们让你赶快过去,
> 你面对一汪水,捡起空空的瓶子。
>
> 催促检票的喇叭反复喊着你的车次。
> 你们一家人赶忙拉起你和行李,
> 跑进进站口(通向另个世界的入口)。
> 你拿着空瓶,被一群人淹没。

第五节是来自现实、来自外界的反应。首先做出反应的是父母,他们一方面无法理解、无法体验孩子的欢乐,另一方面又承担养育和监护孩子的职责。儿子"失神"、发呆,这对父母来说,可不是好兆头,不是他们期待的"聪明",于是他们叫孩子"赶快过去"。他们有责任从现实中叫醒儿子。父母的声音与后面"催促检票的喇叭"呼应,是来自人日常生活的声音，是现实人生驿站催促孩子从梦幻、纯粹的世界中醒来的声音。到这里，全诗着上了一种凝重的色彩：父母受益于这游戏、这意义中心，打破无聊，获得了短暂快乐；而同时，他们又无法体验、理解这游戏；于是，他们推动远离、取消了这游戏。而这种推动，乃是出于责任和爱的名义，在温情的秩序伦理中进行的：催促他从游戏中回到现实，回到这个嘈杂而令人厌倦、信奉"聪明哲学"（耳聪目明以接物）的现实世界。对于这个也曾"莫名其妙"吸引他们的游戏，他们做出了合乎现实、合乎理性、合乎责任的回应，但这却是逃离理解、扼杀意义的"刽子手"一般的回应。

关于那游戏，从尝试理解开始，到理解受阻，最后以残忍却又合理的主动远离理解告终。虽然每个人都在试图以自己的方式理解，但是，每个人都处在自己"幽闭"的洞穴中，如同孩子沉浸在自己的游戏，每个人都在玩自己的游戏，而对于另一个世界，对于另一个人的游戏和那意义的中心，则无法理解、无法进入。像柏拉图说的那样，人始终如同在与一个影子对话。诗中用了几个显得不自然乃至多余的主观性词语强调这种理解的处境，比如，"我"试图理解孩子的"像""你觉得"，父母与我沟通的"试图"，奶奶试图参与游戏的"倾力审慎的皱纹"，每个人都在努力，但却说着、做着他人无法理解也与他人无关的事情。而因此，越是努力，则越为荒诞；越是关切，则越显疏离。

可怕的是，孩子不但与周围世界彼此隔膜、孤立，身陷不可说不可解的处境，在"沉入"中，他也无法说出那游戏意义的中心；而他一旦"跳出"游戏就是远离——他将永远无法理解游戏以及自己的过去。这颇像芝诺悖论，像赫拉克利特的万物皆流论，人在不断"失神",不断丧失自己。那瓶水,曾翻滚、挤压、充满激情的那活水、那灵魂,一旦倾倒就成死水,而自己则成一只"空瓶子"。甚至,你无法追逐、理解你的当下,你的未来……你的人生,是彼此割离的一段一段,碎片一般。令人无可奈何的是,因为周围的人,因为他自己,这样切割的刀刃,如同属于他的那准时敲响钟声的催命班车,时空的巨大压迫,总会到来,他终将告别属于他的过去。往前一步,进站,投入另一个世界的洪流。而这,已经在周围的人身上,在他们的身份设定上,得到了印证。

在这首诗中,身份设定有着多重意味。一方面,父母,奶奶,孩子,典型的三代之家,这是一个以孩子为中心的,圆满与充满"亲爱"、天伦之乐的幸福家庭。这是以血缘建立起来的最稳定的关系,是一种无法拆解的生物关系,中国古老的儒家也正是在这个基础上建立自己的伦理王国。但是这首诗拆解了这种关系。一旦进入个体最隐秘的世界,一切马上变得无效变得毫不相干,那看似坚不可摧的链条,那最亲近的关系,立刻变得松懈、表面和偶然。人成为一座孤岛,自我成为碎片。像柏拉图的洞穴,熙熙攘攘的世界,不过是依靠一个奇幻灯,将处在三维空间不同的人投射、拼贴在同一个毫无生气的二维平面的人影而已。这正是西方个人主义得以成立的最牢固的生存论基础。而最切近的亲情伦理,反衬、加深了这种绝望。

另一方面,奶奶,父母,还有孩子;过去,现在,还有未来,人生之链完整的三个阶段,刚好在一帧画面中勾勒出来,构成了一种轮回的近乎悲剧的宿命。每个人都在重复他人的故事和经验。我们已经在父母、奶奶身上看到了孩子自己的未来:他终将失去他的童年,失去"心学的自己"和"纯粹的快乐",就像最后一节提示的,他将托负起自己的"行李","赶忙"登上他自己的列车,进入另一个幽闭的世界——一个对孩子的游戏完全无解的世界,一个"空瓶"世界。而这吊诡的"另个世界",就是孩子游戏的原初世界——那个翻滚、震动、挤压和释放的瓶中世界——的扩写,是它的象征和隐喻。

这永恒的隐喻关涉每一个人。这个鳌江站是浙江的一个乡镇小站,也是无数小站中的一个。富于反讽意味的是,诗人2012年写诗时还在的鳌江站,已经更换站名,它不复存在了。它不存在,也许就是无处不在。就像无数被"淹没"的人,都将由此"乘车"经过。因此,这个"你",是孩子,是父母是奶奶是"我",也是读者,是任何一个读到、未读到这首诗的人。人们仍将认真地倾力活于自己的身份(难道还有比这更"活在当下"的?),在偏见中认真地做自己"觉得"对的事(难道还有比这更"对"的?)。理解、沟通的不可能,意义的不可传达,丧失的必然性——人仍将处在必然的宿命的锁链中,也仍将处在深刻的遗忘中,如朝菌不知晦朔、蟪蛄不知春秋,又像一条记忆不过七秒的鱼,在遗忘的无知中陷入自由。

五、诗歌的回应与存在的绽放

然而,这首诗是否就是无边无际的挫败和灰烬,而毫无安慰?在前面的角色设置分析中,我们充分地讨论了祖孙三代,他们对于诗歌极端重要,但对于诗中"我"的关注则显不足。这个"我"究竟扮演什么角色，需要更多的讨论。

在诗中，"我"首先是一个参与者，与祖孙三代处于同一个场景，是一个候车人；"我"也是一个提问者，最开始提出的那个问题，带动了全诗的发展；"我"还是一个陌生的旁观者，在提出那个问题之后，就退居到冰冷的镜头后面，打量、观察着眼前的世界。最后，既不同于以上身份，又与这些身份紧密相关，"我"还有另一个身份，一个记录者，是写下这首诗的诗人。诗人书写，不动声色地记录、打破镜子，不惮揭示恐惧，告诉我们真相，冷静、客观近乎冷漠。但是，正如诗人王志军评论所说的那样：写痛，是因为痛存在；写痛，更因为爱。这首诗不断地向我们揭开伤疤，展示虚无，宣泄沮丧，但并非决绝。也正如我们观察到的那样，不同于祖孙三代，在诗中，"我"像是一个跌出轮回的人，与他们毫无关系（虽然"我"仍是所有人中的一个）。为什么？三代人都在玩一个自己的游戏，在不断认识、理解，诗人也是，他还在不断地赋予存在以意义。

在论及意义的时候，海德格尔曾说，人都是在传统认识论中谈论意义，不管是康德之前的——人的认识要符合对象，还是康德式的哥白尼式革命——人为自然立法，他们都是在传统认识论中。然而，古希腊怀疑论者永恒的疑难让它们陷入无穷后退或自我循环的矛盾，人无法真正认识意义。于是，海德格尔借用其导师胡塞尔的概念，他说，意义的获取，需要的是原初性的、活生生的"看"，以祛除遮蔽、本质还原，见证存在本身的绽放。他还发现，虽然言语道断，但真正能给存在带来澄明的，能展示这种存在之绽放的，还是在语言中，语言是存在之家。而诗人最终承担了这个角色，存在的绽放在于诗歌祛蔽，有效而真实地表达存在本身。

在这首诗中,对存在的绝佳见证,就是孩子的游戏,是孩子所"沉入"的那个原初的世界。这个游戏,瓶中水的翻滚、震动、挤压、释放,是一个因原初地"看"而"沉入"的世界。它既是孩子对世界存在的最初建立,也是孩子对自我存在的最终肯定,因而,这其中有安慰,有最充实稳定的"纯粹的欢乐"。然而,遗憾在于,这个游戏无法和人生与世界、记忆与未来有效衔接,这种欢乐是碎片的,无法绵延。诗歌可以让这种绵延具有可能性吗?看全诗,我们可以发现,孩子的那个游戏,那个更细微、更敞开的原初世界,其实就是整个人生——历经孩子、父母、奶奶等阶段——的缩小版摹写,孩子终将跟随时间的列车,从一个阶段走向另一个阶段、"另个世界"。而瓶中水的翻滚、震动、挤压、释放,就如同人生之流的波澜壮阔、惊涛骇浪。诗人的言说,就是瓶中水的放大和绵延,打破"幽闭"和认识的壁垒,观看人生的汹涌、斑斓、壮阔,让读者"沉入"这宏大的游戏;指示出这种整体的存在,这个意义的中心——在世俗的轮回中见证这绽放着的存在,定然获得另一种"内心""纯粹的快乐"。

《鳌江站》见证了这游戏的"深处"——存在的绵延与绽放。诗人在最初的提问过后,隐身成为一个纯粹的见证者,这记录是对绵延着的存在的呈现,它对于每个"幽闭"在自己世界中的人,对于读者,仿若大病初愈后的冬日暖阳,是治愈性的光。而此时,"我"起初误解的那个词语"活力",满血复活,成为一种安慰。有活力,则有绵延和存在,人生的断片,每一个孤岛,才能依靠词语和诗歌,牵出一条红丝带:过去和现在,孩子、父母、奶奶,"你""我"他,就被串联成

怎样理解那无解的游戏

了一个有机的整体，意义被"看"到并得以保存。就像车站所有人——"我"，父母和奶奶，之所以被孩子的游戏吸引，就因为孩子不是静止的死物，游戏并非僵死的世界——而是一个充满"活力"的世界。那个迸涌、翻滚、挤压以及激情的世界，不仅是孩子的矿泉水瓶游戏，还是诗人看到的作为整体绵延的人生，作为整体"存在"着的世界。

诗人让这个世界成立，诗人加重了生命的层次。诗人也是一个游戏者，诗歌也是一种游戏。

附：《鳌江站》

你的游戏那么好玩儿吗？
两个矿泉水瓶被反复摔在地上，
你试探着看我，像是用这一动作
显示你的活力。你觉得它那么有意思。

你沉浸在你的幽闭，毫无征兆地
对着年轻的父母傻笑。
他们的确觉得你是个聪明的孩子。
并且不断看我，试图告诉我你的聪明。

坐在旁边的奶奶用力搓着
一个矿泉水瓶。她向下倾力审慎的皱纹
并用另一个瓶子诱惑你，让你过来。
你蹲在那儿，沉入那瓶水的深处。

瓶子里的水，被猛烈翻滚、震动，
被挤压，被控制的激情好像突然得到
释放的出口，喷薄而出。
然后躺在地面上，静静地出神儿。

可能父母还没有了解你的内心,
或者你更为接近纯粹的快乐
他们并没有体会。他们让你赶快过去,
你面对一汪水,捡起空空的瓶子。

催促检票的喇叭反复喊着你的车次。
你们一家人赶忙拉起你和行李,
跑进进站口(通向另个世界的入口)。
你拿着空瓶,被一群人淹没。

(摘自王强《风暴和风暴的儿子》)

微尘的无量世界
——读雷武铃《郴州》之二

* 本文刊于《上海文化》2022年1月号。

一年暑期，被坊间称为"隐士一般"的诗人雷武铃，从他学习工作生活的北方，回到家乡湖南郴州，写下了组诗《郴州》。

这是一首夫子自道的诗，共三部分，诗的第一部分告诉读者，除了诗人身份，作者也是大学教授，一个世界文学研究学者。这个盛夏，诗人逃离了书斋，回到家乡，但仍坎陷于"阿拉伯文学"的迷宫，胶着于"家乡、亲人、爱的强烈与无力"——在酷热的南方，这些萦绕在脑中的线团带来了"无以复答"的"闷热的悲伤"。在此环境下，"清醒"似乎成了一种奢望，为了从这悲伤中挣脱，诗人诉诸记忆的夹缝，企望抓住一缕"清爽的记忆"。在第一部分的后面，诗人"在高高的苏仙桥上""停顿了片刻"，也许就是在这时，看到了让他"叹慕不已"的一幕。

这一幕其实稀松平常，就像我们日常从某座城乡接合部的桥上经过时所看到的一个场景：马路，铁道，嘈杂的车流，还有疲惫的小贩和农民工，它们熙熙攘攘，穿梭在我们周围。它显然太过平凡、不值一提，但是，它成了《郴州》的第二部分，成了诗——一种惜字如金的文体。这个不经意的瞬间，这时空隔离出的罅隙，对返乡的诗人而言，既熟悉又不同寻常：或许因为它不同于当时的酷暑，不同于书房中的"阿拉伯文学"的遥远、虚拟和魔幻，它是"全市最凉快的风口"，真实、生动而具体——它触到了诗人内心隐秘的神经，让他感到"清凉"，"叹慕不已"，于是有了这首诗。

它总共五节，三行一节，十五行。粗看起来，它就像那个日常现实场景的复写，语言和文字朴实无华，常规而直白，就像没有经过修饰和打磨一样；陈述性的句子寄于视野所见，全都挂搭于具体的场景和人物，有着极高的及物性，没有任何谓词虚脱。这造成了一种坚实、稳定、克制的效果，甚至语气上也没有任何变化，似乎情感也流连、沉淀、终止于这些平凡的事物，不动声色，不愿意溢出。诗人不愿意暴露"自我"，似乎想让它如一张照片般仅用来记录，目之所见，言之所止，宣示存在即是意义。这种"直白""中立"的色彩，就像诗人所在的地方——一座仅供经过的桥梁；就像此诗所处的位置——它在中间起承接的功能，是要被越过的一部分，轻松，如同一席随意的谈话，随时可以转入另一个话题。

然而，对比和细读之下，这种直白和轻松感得来不易。如同诗的其他两部分一样，场景中人，始终被一股巨大的力量所挟裹，压迫性笼罩着这首诗，让这首诗仿若一个"战场"，人与世界构成了两股相互对抗的力量。而在表达上，这种压迫和对抗却被隐藏了起来，不显山不露水，蜻蜓点水般带过。或者，压力和胁迫就像远山，是一种有景深的、边缘化的淡淡背景。而写作它的人，这个"返乡的人"，更像一个从"战场归来"的人，而非壮怀激烈的"出征战士"——直白感，是历尽崎岖、险阻之后的冲淡和平和；轻松感，则是"战争"之后从巨大的压力下释放得来的。于是，直白、轻松就成了诗的风格，是诗人的苦心经营，而真正理解了它，也就理解了它背后汹涌的力量。

下面，我们来看一下这轻松背后的压迫，以及反抗压迫的"战争"是怎样的。

虽然显得隐微，但诗行中弥漫的压迫感依然可见，并呈现出清晰的层次。首先，它体现在人与物的对比上。在诗中，"运货卡车""长长的货运列车""高高的苏仙桥"与"一座座的楼"，这些庞然大物形成强势的震慑，让场景中人显得渺小而无力。其次，这些庞然大物所构成的世界呈现包围之势：上面是苏仙桥，左边是运货卡车穿梭的车流，右下是长长的货运列车，形成了一个铺天盖地、全封闭的闭环，将人死死地围困其中。而这种现实的围困也体现于诗歌的形式——诗行的分布上，第一节和第四节，是世界形成的巨大"包围圈"，诗中人被包围在第二节和第三节。这是对人逃无可逃处境的双重强调。除了这种压迫和围困，六月的酷热也笼罩着这个场景，比第一部分和第三部分更甚：第一部分写的是上午，夏日的烈日"正给上午的街道涂猛烈的色彩"，令人大汗淋漓；第三部分写的是午后，"焚烧了一天"之后，"泪水"在"奔流"；而这里，则是夏日最酷热的时候，"一天阳光最厉之时"——正午，它写的是一个"空气燃烧出的火焰里"热辣辣的世界。

我们看到，七月正午的流火和机械世界的封锁——这自然与人合造的世界，置人于火海和牢笼之中。在看似散漫、不经意的文字中，诗人将人外在处境的恶劣、残酷渲染到了极致，它铺天盖地般围困，恶魔般扑向诗中的人！

那承受这残酷压迫和攻击的是什么人呢？是"卖西瓜的小贩"和"三个农民工"。对比之下，他们显得极为可怜：他们并非"楼房"里的住客，而是在"高高的苏仙桥下"，被忽视被遗忘的"底层"，是"被侮辱与被损害的"一群人；他们无法立于主干道上，只是"在路边""隔护铁路的路沿上"，在主流的边缘地带；他们甚至连基本的需求也无法满足,连睡觉都那么离奇,身体被折叠进"一只空箩筐",就像被售卖的西瓜般卑微、渺小——对于他们的渺小,诗人在诗的最后将他们比作:大千世界里的"一粒灰尘"。

于是,问题变成了:这微尘般渺小的人,如何对抗那外在世界的压迫?在这"战争"中突围乃至获得胜利是可能的吗?对此,诗人进行了精心设计。

首先在场景上,现实处境的残酷到了一个极限和临界点,于是,诗人转而借力于这种"极限","现实地"营造了一种"超现实"感。七月酷暑的正午,"一天中阳光最厉之时",极度的灼热和强光玄秘变幻,让人的感官在模糊中交缠、形成通感,产生了恍惚,一切都变得不那么真实,在这城市的沙漠中:灼热的气流就像空气里的火焰,楼房在空中飘浮、轻晃,轰响变得寂静。这是如同海市蜃楼奇迹一般的现实:这里,真实弥漫着虚幻,此岸衔接着彼岸,让全诗笼罩着一种现实—超现实主义的氛围。于是,现实的残酷性在超现实中被修改了,那诸多压迫性力量的合围转变了。微尘,也在压迫性的空间中找到了自己的缝隙,获得了自己的"一席之地":河与苏仙桥,荫庇了一种难得的"荫凉",第一部分中那被渴求的"清爽"在这里变成了现实,那狭小的空间已足够小贩和农民工憩息。他们像是逃脱了地狱,进入了一个凉爽的小小天堂。

这种"空间"的获得,也体现于诗歌的形式——诗行的分布上。"空气燃烧出的火焰"(炙热)与"刺眼的强光"(强光)、"一座座的楼"(庞然大物)被分布在第一节,卡车、列车和苏仙桥上的车流(流动的封锁)被分布在临近诗尾的第四节;而小贩和农民工,则被分布于第二节和第三节——那封锁的世界被小贩和农民工分为前后两个部分。这似乎还是一种对人的合围，但这个"战场"，若围堵力量足够大则是"有效的合围"，否则就是"兵力的分散"，其后果就是被拆解、被打破，溃败。那么，在这种对抗中，小贩和农民工的情况如何呢？

一方面，在篇幅的安排上，关于小贩和农民工的文字都分别独立一节（共两节），它们与"合围的力量"（第一、四节，共两节）基本平衡。如果说篇幅上是势均力敌，那么第二、三节的连续并立，则仿佛构成了一股联合的力量。而这种联合，并非文字篇幅上的机械相加，不同于车水马龙、钢铁混凝土世界——它们彼此孤立、各行其是，充满着物质世界的冷漠和骄傲，小贩和农民工则不是，他们分布的两节并非彼此孤立：第三节，在那狭窄的"隔护铁路的路沿上"，三个农民工并非孤立的零余人，他们"头脚相接"，这种打破安全距离、不设防的关联，构成了一个拉长的"线形纵队"，增强了抗争的力量；同时，第二节与第三节也并不隔绝，小贩在"路边"，农民工在"马路对面"，一条马路将小贩和农民工联成一个紧密的整体，一个稳固性最强的"三角军团"！显然，他们已经不再如微尘般渺小了！

另一方面，如果说以上都还是"外在形态"与"表面"上的，那么，"兄弟"这个词，则在"精神维度"上建立起了小贩与农民工、第二节与第三节的内在关联。这是情感—伦理的关联，它意味着生理上的血缘关系，伦理上的情感关系，它看不见、摸不着、无迹可寻，但却是最稳定、最持久、最有力的关系（它构成中国维持两千多年社会秩序的基础）。而即使只是在比喻的意义上使用——指向友谊，也是平等而自由、能唤起巨大精神关联的力量，它让我们想起古语中的"兄弟齐心，其利断金"，《圣经》中的"弟兄"——它代表最大安慰，代表了对抗一切的精神力量。由此我们看到，诗中的小贩和农民工并非渺小的个人，也非隔离的孤岛，他们组成了一个强有力的"力量矩阵"，聚集着核能般的神奇能量。于是，那炙热、那强光、那庞然大物，以及那车流的围堵，它们所构成的外在世界的冷漠、机械的封锁，被中间矩阵的无限能量拆解了、打破了！

这当然是伟大的胜利：在人与世界的角力和战斗中，人的胜利！为了表达这胜利，它原本可以像荷马史诗——攻克特洛伊，战士凯旋——一样，以一场辉煌的竞赛来庆贺；当然，它也可以一语不发——因为它事实上已经胜利。然而，这两种倾向都被扭转了，在诗中，它将其呈现为一个日常而普通的场景，一种无意识的、冲淡的"漠视"——他们"睡着了"。这"庆祝胜利"的方式太普通太平常了，胜利的果实就像来自被迫和无奈：劳累了大半天的小贩和农民工，困了，"睡着了"！但它还是太醒目了——第二和第三节都以之结尾，连续两次的强调，就像对外在世界一次次的压迫和侵袭回之以岿然不动。而值得注意的是，面对这"胜利"，在第四节，"有一刻"，机械世界又纠集力量，发出最后的进攻。只不过，这最后的报复性的进攻也失败了，农民工和小贩"酣睡如故"。

这"最后的进攻"是一种提醒，提醒我们给予它更多的关注。首先是其中的变化。一是"进攻方式"的变化：前面，炎热和车水马龙的合围，它们分别作用于人的触觉和视觉，这里则是搅扰人的听觉，而系着于它的是人最基本的需要——如同呼吸一样的睡眠，这是对人最基本的尊严的剥夺。二是"反抗方式"及其色彩的变化：原本"扰人"耳根、轰鸣不休,剥夺人最后尊严的"震动",在这里,对于小贩和农民工而言变得如同"摇篮"一般,成了"催眠"的轻轻"摇撼"。这种色彩的变化,强化了"胜利"的效果和力量。它让在生活中苦苦挣扎的小贩和农民工,在现代世界冰冷残酷的围困中,如同处身山川河流之"襁褓"中的处子,在经历岁月和现实的摧残之后,诗人让他们变得如同老子的"婴儿"——清净,无染。

这种巨大变化,这种"战争"之后色彩的转换,与我们前面提到的阅读诗歌的"直白""轻松"感息息相关。面对来自现实世界残酷的进击,全诗所呈现的——泰然与超离的态度,冲淡、清奇的画面,"超现实主义"的氛围,以及语言上的直白和轻松感——就如同这首诗中那带给人"凉爽"的风口,让人清醒!它呼应了我们最初提出来的问题,也让我们重新审视这首诗的性质。

这些都提醒我们,当我们分析毕桥下的场景和人,应当将目光移到桥上:那至今我们还未涉及的观察这个场景的角度——"高高的苏仙桥",以及参与并写下这首诗的人——"我"。

"苏仙桥"之所以重要,是因为它在诗中多次出现,是诗人所在之地,维系着诗人与场景的关系。另外,则因为"桥"在中国文化中承载着丰富的文化意义,事实上,在离苏仙桥不远的苏仙岭就有着众多的神奇传说,有着"白鹿洞""升仙石""望母松"等代表道教文化的"仙迹";而"苏仙桥"这个词也具有鲜明的宗教色彩,我们可以对它进行字面上的解释,苏——苏醒和顿悟,仙——道教中的仙人,而桥是佛教中"度"(解脱)的常用比喻:它是一座唤醒你、让你顿悟的桥。加之诗中频繁出现的颇具佛教色彩的词——"燃烧""火焰""寂静""兄弟""灰尘""酣睡""迷""凉快",我们可以清晰看到,它不仅是一首写日常生活的诗,还是一首关于顿悟和超越的"参禅诗"。

由此,我们可以看到桥下场景高度的隐喻性,诗人让它最大限度复活了佛教话语的本源和隐喻意义。焚烧了一天的烈日酷暑,刺眼的强光,卡车的轰响,列车的震动,车流的隆隆声……让这个世界成为熊熊燃烧的"火海",成为"滚滚红尘""人间地狱"最形象的表述——它们都在原初的意义上释放了佛教名相的能量。但是,这滚滚红尘,这无边的烦恼,也成了"修炼"的一个"道场",而桥下人——被这"滚滚红尘"所席卷,被"牢笼"所围困,在"地狱"和"苦海"中经受煎熬和轮回的小贩和农民工,则成了破解世俗迷局的"禅修者""悟空者"。而对于他们来说,"禅修"和"悟空",消灭当下的烦恼,没有什么比"睡着了"来得更为有力:于佛家而言,万法唯识,"一念三千",意识之烦恼是最不可战胜的,克服一个念头,即意味着对万千世界的抵御,克服之即可"一念成佛";而睡眠斩断一切,又弥合一切,让世界的压迫、现实的火海如同过眼云烟——因此,"睡着了",它成了转化现实、克服烦恼最有力的表现。这是"空"的世界,也是一个"无量"的世界,一个无限"广大"的"庄严世界",不同于这现实"罅隙"中"微尘"一般的存在。"睡着了"是一种圆满,经此"不经意的顿悟"——苏仙桥下一片"荫凉",成了"全市最凉快的风口","轰响化成寂静";而小贩和农民工——物质的赤贫者,经此一变,成为人间珍存最富足的拥有者!

看了桥下的"风景"后,我们再来看站在桥上"看风景的人"——参与并写下这首诗的"我"。在这一部分中,"我"始终隐身,就像要把那个处在烦恼中的"我"遗忘一样。但在最后一句他还是出现了，这似乎有其特别的意味。

"桥上人"与"桥下人"，既相同又不同。相同处在于，他们都处身极为恶劣的"外在世界"中，是外部苦难的承受者。不同的是，桥上人在"高高的苏仙桥上"（而非"桥下"），"桥上"是空间位置的不同，也有着不同的象征意味：正如第一部分所说的，这个"桥上人"，处身亲情伦理的坎陷，纠缠于爱的强烈与无力，而作为一个世界文学的研究者，他更多地在书斋中研究诸如"阿拉伯文学"的迷宫，所有这些萦绕在"脑中"的线团，是"内心世界"的压力和"悲伤"。如果说，残酷的环境作用于"桥下人"的身体、眼睛和耳朵——它们属于佛家所谓的"五根"，它是外在世界带给"五根"的折磨；那么，"桥上人"面临的则是内在世界带给人的"第六根"——"意根"的烦恼。而如果前者的"禅修"表现为不自觉的"定"——禅定修炼，后者则表现为有意识的"慧"——智慧修炼，"我"的参与，揭示苦难与烦恼的另一个维度，充实了这首诗，让它呈现为一种"定慧双修"的完整修炼过程。"桥上人"既抽离，也沉入；既是一个"看风景的人"，又是风景中人，这就是启动这首诗歌的巨大张力。

然而，内在的纷扰、轰鸣、震动，这个在头脑和心灵中汹涌的世界，虽然不可见，但不逊色于任何高楼大厦的压迫，任何车水马龙的交缠和封锁。这是一个充满如恒河沙数般无量烦恼的世界！"我"困扰于这个意念的世界，无法"酣然入睡"，不同于在外在世界的轰鸣中"睡着了"的"桥下人"——他们如此深陷于滚滚的红尘之中，如同微尘一般渺小，却又如此逍遥而离尘，宛若无思无虑、一尘不染的处子。

微尘的无量世界

这微尘的世界，令"我""叹慕不已"！

因此，最后一句，"一粒灰尘迷住我的眼睛"，有着丰富的意义。这是描写现实：车水马龙下，桥下扬起的灰尘飘上了苏仙桥，钻进了桥上"看风景的人"——"我"的眼睛。这灰尘是实写。它也是象征，是桥底下被压迫、围困的小贩和农民工，对于外在世界而言，他们渺小如同微尘。但是，这"微尘"的能量是巨大的，它可以对抗整个世界，弥合整个世界——恰如一粒灰尘足以迷住"我"的眼睛。这个"迷"，是迷糊，是灰尘吹进了眼睛；是迷惑，是为这微尘的无量世界所困惑；同时它还是着迷，"我"被这些人，被这个谜一样无解的微小而又无量的世界，迷住了。而最后，是至深的感动，是泪水。因此，诗人赋予了这行诗最饱满、最丰富的层次和意义。而这滚烫、炽烈的感情被隐藏，就像整首诗歌朴素直白，它不着痕迹，寄于眼前一粒渺小的灰尘。

似乎在最后，"我"所面对的来自意念世界的烦恼并未得到解决。但值得注意的是，这个"我"，不仅是参与者、观看者，还是写下这首诗的人，一个"文字训诂者"：正如小贩和农民工之"解脱"，乃在于在现实"战争"的当下"酣睡如故"，诗人也是——如同残酷的现实，每首诗都是一场艰难困苦的历险，是文字迷宫里崎岖的探索和突围，它缠绕人不放，扰人"清静"，而一旦完成，诗人也就从当下解脱了。恰如这首诗，"我"的出现如蜻蜓点水一般，当他如此完美地将以上种种崎岖融于平淡冲和，完成它时，他也解脱了，并变得强大。

附：《郴州》之二

空气燃烧出的火焰里

一座座的楼似乎在空中轻晃，

刺眼的强光使街上车流的轰响化成寂静。

高高的苏仙桥下的荫凉里

卖西瓜的小贩在路边，

在一只空箩筐上折叠着身子，睡着了。

马路对面，他的兄弟

三个农民工头脚相接躺在

隔护铁路的路沿上，也睡着了。

有一刻，他们左边运货卡车的轰响

右下长长的货运列车的震动

和头上十多米高处苏仙桥车流的隆隆声

同时摇撼他们，但他们酣睡如故。

在这全市最凉快的风口，一天阳光最厉之时

我叹慕不已。一粒灰尘迷住我的眼睛。

（摘自雷武铃《赞颂》）

爱的谜题,爱的执念
——读诺德布兰德《双体船》*

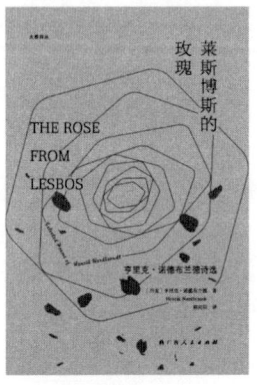

* 本文刊于 2023 年 10 月 11 日《晶报·深港书评》。

诺德布兰德被认为是20世纪丹麦"真正杰出的诗人",但也是个不幸的诗人。他伴随着战争的暴击诞生,1945年3月21日出生于纳粹德国占领下的哥本哈根,出生后一小时,盟军即对位于此地的盖世太保总部进行了大轰炸。此后则是不幸的童年,父亲远离,而母亲接受了一种育儿理论,对他"非必要不触摸",他缺少爱,疾病缠身,是个"问题儿童"。据说,这段可怕的童年经历甚至被心理学家做成了案例。1966年,年纪轻轻的他去了希腊,从此背井离乡,三十年漂泊异国他乡,直到晚年才回到故乡。对诺德布兰德而言,诗歌和旅行成为对抗战争、独裁、漂泊,慰藉不幸的方式。(《莱斯博斯的玫瑰》译后记)

他早早地开始写作爱情诗,被称为"爱情诗人"——爱和诗的结合,弥补了"亲爱"的缺失,成了他流浪人生的据点。不过,爱是个无法解开的谜题,在这场漫长的奥德赛之旅中,爱的打击接连不断,但这位失意情人仍如患了夜盲症的动物,一次次奔赴,不能自已。1967年,他娶了第一任妻子玛莎·布吉塔·基丁,持续了三年;1977年,他和安奈利·福克斯结婚,一直到1983年。此后,则是无数的"玛莎,路易莎,康奇塔、古丽巴哈",众多"无名的爱人"。在1987年的《小传》里他这样写自己的处境:"孤独一人,没有子女,头发灰白。"——爱的失败,让他觉得自己是"那个坐着等待死亡的人"。

即便如此,1990年代初,年近半百的他在遇到小他十八岁的英格丽时,还是如飞蛾般,不顾一切地再次扑向那跳动的火焰。不过这又是一场爱的徒劳,就在二人谈婚论嫁时,英格丽突然死于血栓,年仅二十八岁。不计一切的爱，天翻地覆的痛，在英格丽死后的四年里，凝成了《天堂门口的蠕虫》(1995年)，一部纪念爱人的诗集。其中非常重要的一首诗，就是《双体船》。在其中，诺德布兰德似乎学会了面对失去的办法，于爱人的不在场中自我辩驳，颠破怀疑，最终确证爱的存在。下面我们来看一下这首诗。

一

这首诗开始于一个日常场景，在机场边——据下文应是诗人刚下飞机，两人不经意间看到了海面远处的一个东西。这吸引了他们的注意力，围绕这个东西是什么，引发了话题，一场小小的争论。这是一次普通而"琐碎的谈话"，一个日常生活中的小事件。不过，诗歌就是在这个话题的引导下开始的，并且贯穿了整首诗。

> 你指着远处海面上的某物——
> 那么远，在机场旁边
> 地峡的前面。一艘双体船！
> 你说。但我评论说，
> 考虑到距离，太大了
> 不可能是的。

在第一行中，诗歌将这个东西表述为"某物"（"something"）——

它并未确定是任何事物：没有任何内容属性，没有任何价值立场，空白，中性，等待着被确定。因着这种不确定，谜题和争论开始，这首诗得以展开。

第一节，两人分别表明了自己的观点："你"认为这个东西是"一艘双体船"，而"我"认为它"不可能是的"。这个基本情节，有三点值得特别注意：一是谈话的主体，这场谈话发生在"你"和"我"之间，来自狭小的二人世界，它直接而隐秘，这为后面的爱情主题做好了铺垫。二是引发并主导话题的主体，来自你：是你，火眼金睛，在"那么远"的海面上首先发现了目标；是你，首先对这个东西做出了鲜明的判断，认为它是一艘"双体船"。你成了全诗的引导者，是这首诗的焦点，而我只是围绕着你，并没有直接涉及"某物"本身。三是二人所持观点的性质，你，直接给出判断，态度主观，但却鲜明、笃定无疑！而我，则一来考虑到距离远，二来考虑到太大了，对于"某物"的判断，显得理性而客观。这是两种性质完全不同的争辩。

这一节与标题发生了直接关联，它如同小说一般，交代了地点、人物以及话题。它"像许多谈话一样"，"琐碎"，但就在这种表面的随意中，隐藏了很多用意，就像话题中并未寄寓任何内涵的"某物"，它在茫茫的"海面上"——英文的用词是"on"，它"浮"在表面，并未呈现自身——冰川潜藏在深海中的那一部分。

二

在每一个红灯前,我们停下来,
遥望那个奇形怪状的东西。
后来,傍晚时,在城里
再看不到它的地方,
我们还一直在谈论它:
你不愿轻易放弃你的双体船。

在情节上,第二节延续第一节,二人离开机场,乘车进城。诗歌的推进,伴随着场景和时间的两次变化:先是在大街上——这时还可以"遥望"到那个东西,然后进了"城里"——那个东西已经"看不到"了。但尽管如此,海面上的那个"某物"究竟是何物,这个谜题仍被两人紧密地关注着、谈论着。那么,移步换景后,那个东西可以被确认了吗?

在诗中,它进一步被描述为一个"奇形怪状的东西",仍然是不确定的。显然,这个表述已经不同于第一节,它突破了没有赋予任何内涵、价值的"某物",不再空白,而是强调奇异性,变成了一个引人注意的奇特的东西。它已经成为两人高度关注、放大的对象。对这个东西的观点和态度,你延续了第一节的判断,在你看来,它仍是一条"双体船",即使在昏黄时分,在看不到它的地方。并且,诗中放大了你的主观性，强调这是一种"不愿"！如果在视野范围内，它尚有客观性，那么此刻，诗歌是以其不在场，强调了判断的主观性：那个"奇形怪状的东西"，被命名为"双体船"，乃是出于你的执念！值得注意的是，这一节强调的是你的在场、你的执念，并没有涉及我的判断，我是被你牵引的。

这样就更清楚了，前面两节，与其说是在谈论"某物"，不如说是强调作为焦点的你的存在、你的执念：第一节，你提起注意，做出判断，引发讨论；第二节，时间、空间两次变换，你仍坚持你的执念。你的带动、主导，贯穿了两节诗。而对于我而言，那个东西究竟是什么，似乎没那么重要；其重要性在于你，系于你的关注和执念。两节诗中，"双体船"被你两次重复，观念性被不断加强，因此，我将它表述为"你的双体船"——它成为你的一个执念，你的标志，仿佛你与"双体船"已经合体、等价，"某物"的"不在场"，恰恰突出了你的"在场"。

三

> 我们的谈话都是这样，琐碎
> 像许多谈话一样。然而
> 当我在飞机上，能清晰地看到
> 那不是你认为的东西，
> 我感觉，在离别的痛苦中
> 有一丝得意：你和你的双体船！

第三节，场景再次发生变化。我独自离开，回到机场，登上了飞机。更重要的是，我因之得以靠近那个东西：它不再遥远，而是近在眼前；"理性"的我获得了全新视野、客观的角度，可以从空中俯瞰，已经"能清晰地看到"这个东西。前两节的话题，在第三节有了结果：那个"某物"，可以确定"那不是你认为的东西"，不是"双体船"！这场讨论，答案水落石出。

如果这首诗的主题仅停留于最初的话题，那么这首诗到此就可以结束了。但事实并非如此。相反，此时诗的主题才真正展开。未能确定的第一节中的"某物"，第二节中的"奇形怪状的东西"，到第三节已能确定，我已能"清晰地看到"，但是，诗中只是否定那不是"双体船"，而没有言明那究竟是什么。因为，那个东西之所以有意义，能够吸引我的关注，全都因为你。这进一步明确了，诗的焦点是你。而"离别的痛苦"，以及被"你"所牵系、带动的话题，告诉我们，这两人是爱人关系。爱，是这首诗的真正主题！也因此，"双体船"被赋予了更丰富的意义，十年修得共船渡，它意味着爱和婚姻，"双体船"笼罩在你的头脑中，如同爱笼罩在二人爱的世界中。当它作为一个"某物"的谜题被破解、话题结束的时候，作为隐喻意义上的主题才刚刚展开。

由此，这首诗得以从"那个东西是什么"的话头上得到延伸，正式转向你——执念寄托于"双体船"的你。重新审视这首诗，可以发现：在前面两节，你一直在场，你引发关注，提出话题，做出判断，坚持执念，你成为搭在"双体船"上的绝对主体；而第三节，不同于前两节，主导这首诗歌发展的你，已经"不在场"了。但是，争执不下的那个话题，让你寄托执念的"双体船"，反而让你顺延着前两节，让你以"不在场"的形式"在场"，仍然主导着这首诗的发展。这就是移情的力量。移情，淡化了时间、场景的变化，原本热恋爱人的离别——这"离别的痛苦"，也正因此而得到了缓解，睹物思人，仿佛看到这个东西，就像看到了爱人一样。而痛苦，取而代之的是"一丝得意"，因为在那个争论中，我获得了胜利。

最后一行中的"你和你的双体船！"值得注意：一是在表达上，从第一节的"双体船"，第二节的"你的双体船"，到此"你和你的双体船"，这种表达上的变化，意味着你和"双体船"绑在一起，彻底二而一了；二是主体的变化，第一、二节，说出"双体船"的是你，第三节你不在场时，此刻转述的主体成了我，我已逐渐将你等同于被你称为"双体船"的那个东西，这成了我的执念。因此我们看到，第一节中客观、理性的我，正在逐渐被主观、感性消解，虽然我看清了那个东西，有了答案，但是，在它的真实性与你的执念的角力中，我选择了后者。

另外，这种对"双体船"的重复，延续了三节，虽然它是在不同的场景，服从于不同的需要，有着不同的功能，但是，这仿佛不经意间被念出的重叠和复沓，它已经被单独抽离出来，变成了仿佛牧歌、谣曲和催眠曲一般，笼罩着爱人，也笼罩着这首诗，它对于诗中"双体船"观念的转移，起到了关键作用。

四

> 我一有机会就给你打了电话,
> 却忘了告诉你
> 那肯定不是一艘双体船。
> "没关系,"
> 我后来跟自己说,
> "我随时可以告诉她。"

第四节写二人分离后,我一有机会就给爱人电话,传达思念和爱意。第一行,"一有机会"("as soon as"),强调了分开后思念的迫切,当关于"某物"的话题解决后,它明确了贯注这首诗的主题是爱,是爱人——你引导了这首诗。第二、三行更进一步,明确在"双体船"和爱人之间,对爱人的思念让我"忘了""双体船"的事情——"双体船"让位于爱人。不过,你系之于"双体船"的执念,以及你的不明真相,让我"后来"想起了这个事情。我想让你知道,那个东西不是"双体船"。

这一节中需要注意的是:第一,空间上二人分离,我已经在异地,你不在我身边,但是,我仍在与你通话,因此你虽然不在身边,但仍然"在场"。第二,在第一、二节中,"双体船"是你的执念,它不断被你强调、坚持;而从第三节到这里,是我反复两次提起"双体船",

因为你与"双体船"的合体,你的执念已经进一步成为我的执念。这告诉我们,因为"双体船"与爱人绑在一起,它不再仅仅是爱人的执念,也变成了我的执念——发生了重要的变化。

五

> 下一次我准备了一张便条纸:
> 双体船就列在清单的开头。
> 你没有接电话,我后来才知道,
> 几个小时前你已离世。
> 昨天我又飞过水上那个黑乎乎的东西。
> 我希望飞机坠落,但它没有。
> 你和你的双体船!

对于那个引导全诗的话题——"某物",第一次通电话时,因为迫切的思念和爱,我来不及或暂时忘了提及。于是第二次通电话前,我甚至记下了便笺,"双体船就列在清单的开头",把它放在很重要的位置。"双体船"已等同于爱人。然而,就在打电话前几个小时,爱人已经离世——年纪轻轻的英格丽突然死于血栓!英格丽的死,对于处于热恋、计划步入婚姻的诗人而言,无异于晴天霹雳!对于这种毁灭性的打击,诗中并没有多置一辞,只是写到第三次到机场,飞机再次经过水上那个东西时,诗人表达了自己强烈的感情——"我希望飞机坠落",他不愿意独自一人活于人世,而死,可以让他与爱人在彼岸再次团聚!

这里,你再次发生变化。在第一、二节中,你在场,两个爱人紧密相伴;在三、四节,我离开你,两人分离异地;而这一节,你已离开人世,两人天人两隔。你彻底缺席!然而,这首诗所要确证的,或者说诺德布兰德一生所要解决的爱的丧失问题,就在这里释然:因为爱、因为你的执念,在第三、四节中,你一直被寄托于"双体船"上,从未缺席;在最后一节,在不断移情中,"双体船"成为我的执念,成为你的等价物。因此,你一直都在场,并在死的那一刻达到极致,笼罩乃至压迫着这首诗。当飞机飞过海面的时候,那个"某物",那个"双体船",那个你,让诗人不能自已,情感骤然喷发。它强烈体现于那个飞蛾扑火的殉情念头中。

那个引发话题的东西,在这里也发生了巨大变化。在第一节,远远地看过去,这个太大的东西,只是个空洞的"某物";第二节,随着地点变化,这个不能确定的东西在两个爱人心中唤起兴趣,变得"奇形怪状";第三、四节,当我在空中,位置的靠近让我清晰地看见它,诗人知道了它是什么(但并没有说出);而到这里,最后一节,爱人死后,它成为一个"黑乎乎的东西"。"black thing",在中国有一个相应的词语——块垒,它原指累积的块状物,常比喻郁积在心中的气愤或愁闷,"黑乎乎"这个词语也是如此,它成为诗人强烈的绝望情绪的写照!从没有寄寓任何内容、中性的"某物",到成为讨论的话题,一个等待定义的"奇形怪状的东西",最后成为"黑乎乎的东西",彻底成为情感的寄托物,成为诗人胸中的块垒,诗人可以为之死的执念!而我们也发现，对于这个东西的描述，它"奇形怪状"，它如黑色旋涡一般，但没有根本上的变化，它还是那个没有确定的"某物"。那黑乎乎的东西，是你，也是"你的双体船"，是可以让人目盲赴死，巨大的非理性力量！

让我们回到这艘"双体船"，这首诗的标题。"双体船"，原文为"catamaran"，指的是由两个大小相等的平行船体组成的多体船，它是几何稳定的、安全的，因为首个单词，被简称为"猫"（"cat"）。对于你来说，明确将海面上的那个东西称为"双体船"，一次次认定，"不愿"放弃，成为你内心爱的表达。对于你，充满了主观执着；而此时，对我而言又何尝不是?! 对于诗人来说，如果一开始它还是个普通的东西，那么到了后来，这连成一体的"双体船"，它逐渐成了爱人的代名词——爱人眼中的一只"猫儿"，也因此成了自己的执念，成为两人爱情的代名词。客观、理性、持某种"唯物主义"的我，面对主观、感性、坚持执念的你，已被爱的非理性力量彻底摧毁。"双体船"命运与共、一损俱损，即使一同毁灭，也在所不惜。这首诗呈现的，就是理性逐渐被爱、被情感的非理性所消解的过程，一个理性向情感让位的过程。

这首诗中，连续五节对"双体船"的重复，分别来自你和我，"一艘双体船""你的双体船""你和你的双体船""一艘双体船""你和你的双体船"，它仿佛牧歌和谣曲一样回环。最后，它变得如同魔咒一样，笼罩全诗，也笼罩着诗人，它从爱人口中到我口中，最后变成你的代名词、爱的代名词。这种变化，还可以在第一节和最后一节，描述"双体船"的用词变化中体现出来，在第一行，它是在"海面上"——"on the water",而最后一节,它在"水中"——"in the water","on"到"in"的变化,反映的是视角的变化,更是认识的变化、情感的变化。爱情,并非停留在表面,并非是非争论,而是沉浸其中,被席卷,被淹没。

小结

布列兹托夫评论说,面对爱人的缺席和爱的不断失去,诺德布兰德在这首诗中首次将"不在场"引入诗歌,"将'不在场'从美学和哲学范畴变成了存在范畴"。这首诗所写的,就是这样一个爱从缺席到成为执念最终成为永恒的过程。

它源于一对恋人日常的一个小话题——一个爱的谜题。这个话题中,引发争议的那个东西,伴随着几个具体小场景的变化——从机场到城里再到诗人乘机离开,伴随着爱人的在场、缺席与离世,不断发生变化:它从一个空洞的"某物",变成了等待被定义的"奇形怪状的东西",最后成为一个寄寓绝望情感的"黑乎乎的东西"——但它又从来没有变化。在这场一对爱人——你和我间的争论中,你与"双体船"合体、主观执念始终未变,而起初客观、理性的我,随着诗的发展,被你和你的"双体船"牵引,观念和态度发生了对位性的转化,我的"唯物主义"被你的"观念论"击溃,"双体船"最后也成为我的执念,安慰了我,也淹没了我!

场景的变化中,尤其值得注意的是,诗中三次涉及的机场/飞机:

从最初话题开始——飞机落地，到问题获得答案——诗人乘机离开，再到最后诗人乘机返航——在飞机上表达殉情的愿望。启航与返航，它构成了一个圆圈，一种爱的回环。在这个爱与丧失的旅程中，每一个关节点都涉及机场／飞机，它被赋予了独特的意义。它代表速度，代表飞升的高空体验——它如爱情一般不可思议。它几乎不可理解、不可定义，它背离常识和理性，如眩晕如热病，带来迷幻和疯狂；但这亘古的谜题，一旦不知其所以然地发生，仍然令人忘乎所以、不顾生死，即使被烧为灰烬、消失在火光中，或沉入海底。

爱的这种双重性，让不同文化有了不同的定义。中国正统文化很少涉及爱，撇开佛家、道家，即使是积极入世的儒家，也是如此。如果说爱的非理性与社会的和谐稳定冲突，那么它的迷醉性和疯狂性则毋宁说是摧毁性的。因此，中国文化更多是在婚姻中来谈论男女关系，它讲求的是伦理和责任，是夫为妇纲、夫唱妇随，是秩序是规则，而不再是爱了。西方不一样，在柏拉图看来，男女原本一体，后来被分为两半，在《圣经》中，女人是从男人身上取出的一根肋骨，因此，人终身在寻找另一半以实现合体，获得圆满。不同于中国文化对人超越性和无限性的认定，西方承认人的有限性（甚至是原罪），承认个体的孤独无靠，也承认人生的荒谬性，因此，那不可忖度的爱，即使不可定义，难以把握，令人迷狂，仍焕发着神奇的力量，令人安慰，是另一种意义上的拯救。

对于诺德布兰德来说也是如此，爱如"双体船"，是一个个需要不停追寻、停靠的据点。英格丽是这样一个据点，多年后诗人仍对这位爱人念念不忘，"我爱过的／死去已久"（《一场噩梦之后》）。而英格丽之后，面对衰老和丧失、无常和死亡，在人生的孤旅中，那"不知所起"的爱仍然令诗人"一往而深"。爱不能缺席，否则，死不瞑目的骨头将"报复那些／没有用一个吻给他们合上眼睛的人"（《水母》）。晚年，诺德布兰德返回丹麦，和结婚不久的妻子一起，直到2023年1月31日，人生的终章。

附：《双体船》

你指着远处海面上的某物——
那么远，在机场旁边
地峡的前面。一艘双体船！
你说。但我评论说，
考虑到距离，太大了
不可能是的。

在每一个红灯前，我们停下来，
遥望那个奇形怪状的东西。
后来，傍晚时，在城里
再看不到它的地方，
我们还一直在谈论它：
你不愿轻易放弃你的双体船。

我们的谈话都是这样，琐碎
像许多谈话一样。然而
当我在飞机上，能清晰地看到
那不是你认为的东西，
我感觉，在离别的痛苦中
有一丝得意：你和你的双体船！

我一有机会就给你打了电话,

却忘了告诉你

那肯定不是一艘双体船。

"没关系,"

我后来跟自己说,

"我随时可以告诉她。"

下一次我准备了一张便条纸:

双体船就列在清单的开头。

你没有接电话,我后来才知道,

几个小时前你已离世。

昨天我又飞过水上那个黑乎乎的东西。

我希望飞机坠落,但它没有。

　　你和你的双体船!

(摘自诺德布兰德《莱斯博斯的玫瑰》,柳向阳译)

「归家」之旅与命运之网
——读苏佩维埃尔《偷孩子的人》*

* 本文刊于《学衡》第5辑。

1880年，法国商人于勒受哥哥的邀请到南美乌拉圭工作，在这里结婚，并于1884年生下了苏佩维埃尔。也是在1884年，不到一岁的小苏佩维埃尔随父母回法国探亲，不幸的是，于勒夫妇在这次探亲期间双双去世。两岁时，懵懂无知的苏佩维埃尔随伯父返回乌拉圭，而直到九岁，他才无意中得知自己的身世。

年幼丧亲，之后又遗忘，这双重的命运悲剧深刻影响了苏佩维埃尔，成为他写作的一个重要引线，据说在得知身世后，苏佩维埃尔就开始写他的第一本寓言故事；他也经常跨越大西洋，游走于法国和乌拉圭之间。忆亲，返乡，从此萦绕在他的脑海里，并成为在其作品中与命运斗争的力量。1926年，在完成第一部小说之后，这位追念父母的"诗歌王子"将笔转向孩子，写下他的第二部小说《偷孩子的人》：小说讲述的是南美军官菲雷蒙·比加上校到法国巴黎，因一个偶然的机缘决定"偷孩子"，最后带着孩子们返乡的故事。虽然苏佩维埃尔强调比加不是自己的化身——他说："那是一个如此喜欢孩子以至于要去偷的人。而我，我有六个孩子了，我不需要去偷。"但是，父母—孩子，法国—南美，离乡—返乡……这些相同的元素，让小说仿若苏佩维埃尔的投影，成为他对返乡主题的一次深入探索，成为他沉思人与命运关系的角斗场。

小说围绕着比加"偷孩子"的主线，叙事线索流水一般和缓、舒展，画面一帧帧推进犹如慢放的镜头，不过，作为深受象征主义影响的诗人，苏佩维埃尔并不执着于情节——它只是露出水面的冰山一角，而注重以象征、隐喻、暗示建立内在结构，这样，归家、返乡与命运的主题,就与小说表面的单线条发生了深入而幽微的激发、碰撞,形成了犹如交响乐一般严密、稳定,并汇聚巨大能量的结晶体。这也让小说如他的诗歌一般意味深长,值得深读。下面,我们就通过解析小说中的诸多象征、隐喻、暗示,来细致梳理小说的内在结构,深入隐藏在水面下庞大的冰山体,呈现苏佩维埃尔的探索和思考。

一、引子,比加上校的精神"离乡"与"流浪"

小说中,"偷孩子"的故事是整部作品的核心,尤其是"偷孩子的人"比加与两个孩子安托万和玛塞勒的故事,占据了全书的主体。然而,要真正理解这部小说,对隐藏于水面下的整座冰山一览无余,需要于浮光掠影的文字中攫取、补充更多。比如,与小说结尾所展开的"返乡"形成对照的,小说的一个重要"引子",比加从南美旅居法国这个"离乡"背景,就事关小说宏旨,这个被隐藏的部分牵引甚至主导着整部小说的发展。

比加缘何"离乡"?在小说中,直接原因是由比加自己说出的:"让我背井离乡的唯一缘由就是那位共和国总统的妒忌,他憎恨我。"(《偷孩子的人》,张可馨译)深陷政治斗争,曾经的盟友——那位胡安总统背叛,窃取了战争的果实,这是比加离乡的直接原因。然而,这种政治上的斗争及其伤害似乎无关紧要,比加只是蜻蜓点水般提到,仿佛因为它太微小而不值一提。苏佩维埃尔当然是故意为之,作为受象征主义影响的诗人,他所注重的并非这个"事实上"的原因,而是"离乡"

的象征和隐喻义，它的普遍性对于苏佩维埃尔乃至任何人都同样有效。小说专注的是其深层的原因——精神意义上的"离乡"和"流浪"。

为了呈现这种精神处境，苏佩维埃尔塑造了一个忧郁、孤独的主人公比加，他心思细腻而敏感——这样他就能深入自身、深入孤独，他"能一边喝茶，一边叼着银烟管吸上好几个小时，连头都不转一下"，他"总是藏在自己的孤独中，如同藏在繁密枝叶后的野人"，这种孤独已经深入并彻底笼罩了比加，用他自己的话说，是"生活在地狱般的孤独中"，它带来了极其晦暗的生活：在来到法国之前，比加甚至从来没有笑过，"他的唇间找不到一点亮光"，这当然是令人绝望的、毁灭性的，像小说结尾他决定"返乡"的自问自答一样，比加"离乡"的真正原因，是他"活不下去了"！所以，为摆脱这"地狱般的孤独"，寻找一个"活下去的理由"，这才是比加要"换换天花板了，甚至天空也要换"——"离乡"的真正原因。而结束精神的流浪，方能"归家"与"返乡"。

这种精神上的"离乡"和"流浪"，小说否定了很多外在的原因。首先是物质上的，比加有着殷实的家底，在南美拥有农场、庄园和咖啡种植园，吸雪茄，住大房子，生活过得奢华。其次是社会地位上的，比加当过海军船长、带领过骑兵队，他是"一位重要的人物，一位战无不胜的军官，一位共和国总统候选人"，他受到民众的尊重和爱戴，所经之处"撒满了鲜花"。丰盈的物质生活，显赫的社会地位，这些都无法带来安慰。相反，它们成为比加精神"离乡""流浪"的推动力量。战争也是如此。一方面，比加纵横闯荡，他带领过骑兵队，当过海军船长——这一海一陆，意味着比加征伐范围之广阔。另一方面，战争是血腥、残酷的，死亡和毁灭所带来的幻灭感，对于敏感的比加来说，意味着情感体验的极致。他还探索过知识的边界。比如读书，他广泛涉猎，涉及"社会学研究、医学和战争书籍"，但也并未解决问题。所有这一切，世俗生活的"名利场"、大风大浪的"战场"、波谲云诡的"政治场"、生命幻灭的极致体验，以及对于知识的求索……比加这些几乎无所不包的丰富经历，触到了各种探索的边界，但这些都无法解决他的问题，反而加重了他的孤独和失落。

我们看到，比加的种种努力和探索，由外在走向内在，由物质走向精神，由"大"回归于"小"，由惊险回归于日常，只剩下"家"，家庭成了承载最后回归的温和港湾。——"归家"成为最后的一条路。"归家"的重要意义在于，它是"返乡"的落脚点，这就是苏佩维埃尔摒除一切，希望干净利落直击的核心：以"归家"作为精神"返乡"的最后探索。

但是，"归家"谈何容易。在世俗意义上，比加有一个"幸福的家庭"。妻子很漂亮，亮晶晶的眼睛，"光洁美丽的脸庞"，品性温和、贤惠、大度，绝对忠贞，是"温柔的完美女人"；而比加本人，温和、细腻、体贴、善良，是男人"想成为的样子"，和妻子从来没有争吵过、生过气，他是楷模丈夫。他们无疑具备了"幸福家庭"的所有条件。然而，作为"归家"的经典象征，荷马提醒我们，奥德修斯的返乡之旅绝非易事，他经历了十年惊心动魄的海上历险，同样，苏佩维埃尔也打破了这看似和睦、美满的表象：比加的这场婚姻已经持续了十五年之久，漫长的生活无法忍受，即使妻子贤惠如斯，也将它描述为"残酷的沉闷婚姻"，悲哀于它让自己变得面目全非，以至于为了让生活继续下去，只能向圣母"虔诚地祈祷"。"归家"之旅，是陷入孤独、绝望的比加最后的探索，这只是小说的背景。而这部小说，就是这场"归家"之旅的尾声，比加如奥德修斯一样将在这场战斗中做出最后一搏。

可以说，为了这最后一搏，苏佩维埃尔在小说经营上可谓煞费苦心。他通过政治斗争让比加"离乡"（"事实上"的），并象征性地跳转到苏佩维埃尔关切的主题——"精神上"的"离乡""流浪"上来。而此时，"返乡"的探索已经开始。作为背景，苏佩维埃尔于只字片语中说出比加的种种探索：世俗生活"名利场"，大风大浪的"战场"，生命幻灭的情感经历，波谲云诡的"政治场"……比加穷尽一切探索，最终选择了"归家"之路。而为了配合这种探索，苏佩维埃尔塑造了一个"完人"：物质条件、社会地位、家庭关系完美，甚至战争也未让他变得麻木、迟钝，比加感情丰富，心思细腻，苏佩维埃尔的用意就在于让他深入内心，敏锐地感知精神的困境；至于道德，比加人品极佳、修养极好，心肠柔软，谦恭仁慈，是一个谦谦君子，这是小说的一股重要的冲突力量和推动力量。苏佩维埃尔就是希望摒除一切干扰，将这样一个人放到灵魂的审判场上拷问，直击核心，为的是小说一展开，就进入最本质的问题。

那么，在"归家"之旅的尾声，比加能否抓住最后的救命稻草？

二、"偷孩子"，弥补"归家"之旅缺失的最后一环

"归家"之旅，比加面临的首要问题是，即使比加是模范丈夫，妻子是"温柔的完美女人"，他们的婚姻仍然面临困境，是一场"残酷的

沉闷婚姻"。对于比加夫妇而言,似乎他们的"圆满家庭",唯一的缺失就是没有生孩子,于是,救命稻草落到了"圆满家庭"缺失的那唯一一环——孩子身上。

孩子对于比加无比重要,孩子的缺失是个巨大的困扰,让他觉得"自己这样一个男人没有孩子,这让他倍感屈辱"。在条件几近"完美"的比加那里,这个缺失无疑被无限放大了,以至于让他变得有些疯狂,想象自己对一个陌生家庭主妇说,"我只是想要一个孩子";他甚至自欺欺人,在房间里呓语,做起了梦,想象自己的妻子生了双胞胎。在比加看来,这种需求似乎就是他"生活过不下去"的根源。妻子也为自己的不孕愧疚,建议"试试别的办法"。孩子意味着未来、可能性和生命力,对于比加来说则尤其如此,他甚至赋予孩子宗教性的圣洁意味,他十分反感法国夫妻不愿生育,认为"巴黎这座城市没有孩子,它的面孔是不纯净的"。显然,孩子是让家庭圆满的最后一环,这"精神上的孩子"就是比加的支撑。

终于,一个冬日偶然的机缘,比加在伦敦动物园看到了一块走失孩子招领的告示牌,这使他陷入沉思,"居然有人孩子多到能把他们丢了",于是有了躁动不安的想法:"偷孩子"——"偷孩子"以弥补"圆满家庭"的最后一环,也因此有了现实的可能性。

为了集中于小说主题不偏离,苏佩维埃尔首先对所谓的"偷孩子"——这个在道德和法律上存在问题的行为进行了辨析。最开始,比加被称为"不速之客""绑匪""小偷",在小说展开后它们被修改了,被"偷"的五个孩子中,无论哪一个都不能被称之为"偷":第一次,是来自伦敦大街上的弗雷德、杰克兄弟,他们与其说是被"偷",毋宁说是被父母遗弃；第二次，是被遗弃在大楼里的约瑟夫，他是在生病发高烧无人照料时，被比加从床上抱走的；第三次，是最小的安托万，是比加从失去抚养能力的伊莲娜手中救下的；而最后一个孩子玛塞勒，则是比加在其父亲的万般请求之下收留的。这些孩子不是被遗弃，就是被请求收留的。因此，客观来说，比加"偷孩子"的行为实际是一种道德上的善。苏佩维埃尔甚至从孩子的视角来重新定义这个字："偷"这个字让安托万想发火，而"其他孩子说这个字的时候却只带着一丝敬意，就像在贵族家里说贵族，或者在某位院士家中说我的学院同仁一样"。这里，"偷"的意义发生了全新的改变，变得神圣化、圣洁化。

那么，为什么要称之为"偷"，不称之为"收养"呢？这是因为"孩子"对于比加的重要意义，对于曾经的"行动派"比加来说，"偷"是一个主词，从"收养"到"偷"，是由被动变为主动，"偷"，强调的就是其主动性和选择性，它是比加满足自身需求的行为，一种积极主动的探索。

小说中，"偷孩子"的过程也呈现为一种由随机、偶然，到后来有计划、有目的、有选择的过程。比加四次"偷孩子"的变化体现了苏佩维埃尔的这种用心。第一次，弗雷德、杰克兄弟是比加在伦敦大街上"偷"的，这次纯粹是偶遇。第二次，比加进入大楼抱走被遗弃的约瑟夫，开始有了主动性。这两次都是作为背景涉及的，而第三次安托万的被"偷"，也就是小说中重点展开的一次，已经全然不同于前两次了：安托万是比加物色了很久的孩子，经过了周密调查、了解，寄送了礼物，甚至安托万的母亲和保姆都察觉到了。这一次，完全是有预谋的行动：比加要"偷"一个可爱的、让自己满意的孩子。而最后一次,再次发生变化,不同于之前都是男孩子,比加这一次的目标,是"一个小女孩";并且进一步,比加有了明确的审美要求:"太丑""矮胖""妇女"都不要。为了"寻觅猎物",比加到音乐厅,到杂技场,"在巴黎二十个区四处探索","驻足在一家私立女子学校门前,目不转睛地盯着女孩子们看了四个小时"。至此,他仿佛真的成了一个让"那些父亲母亲……吓得半死"的小偷了。

我们看到,孩子的逐渐增多,以及四次"偷孩子"的变化,清晰地呈现了"偷"字意义的变化,对于比加来说,"偷孩子"是弥补"圆满家庭"缺失,实现"归家"之旅的最后一环,是对于意义和价值的确认过程。下面,让我们跟随孩子安托万,来看看比加在小说中的第一次努力以及失败。

三、"完美的孩子"安托万,以及比加"归家"之旅的第一次失败

小说具体描写"偷孩子"的过程始于安托万。并且,小说开篇长达两三节的篇幅,就是以"被偷的"安托万的视角展开的。这乍看有些问题:为什么撇开小说主人公比加以及其他孩子,而从安托万开始?显然,苏佩维埃尔有更多的考虑。

这是因为,比加与安托万有着重要的代入关系。首先,安托万在小说第一行全新的现身,"穿着一身新衣服,像是要迎接新生活",这种新鲜感、"新生活",就是深陷孤独、绝望当中的比加希望获得的,是比加求索的最终目标。其次,安托万所陷入的迷失场景,他所面对

的"闹哄哄的""嘈杂声""冷漠或悲苦的面孔",他的渺小感、迷茫感和无力感,正是比加精神迷茫的写照。最后,安托万寄望于"从成千上万不同的呼吸声中寻求统一",找到回家的路,也暗示了比加的"归家"之旅。所以,表面上的"偏题"其实是独辟蹊径的有力代入,它为呈现比加的处境和问题提供了一个独特的视角。

更为重要的,七八岁正是一个孩子最为天真可爱的年纪,安托万聪明伶俐,楚楚动人,最招人喜爱;同时,七八岁孩子眼中的世界,是一个童真的世界、崭新的世界,绝不同于成人那陈旧的、令人厌倦的世界——安托万这样的主观镜头,不仅打动读者,也是打动比加的原因。安托万就是比加夫妇希望找到的完美的、理想的孩子!因此,不同于前三个被动"收养"的孩子,安托万作为比加梦寐以求的孩子,是比加第一个完全变"被动"为"主动""偷来"的孩子。为了"偷"安托万,比加有预谋地准备了很久,这对于小说来说是极为重要的,这意味着比加主动探索的开始。

的确,所有的孩子中,安托万分量最重,带给人的印象最深,他是比加夫妻最"满意的",也获得了最热烈的爱、最好的尊重、最细心的呵护:吃饭时坐在比加旁边,"最美味的菜肴给安托万"。他匹配了比加疯狂拥有孩子的欲望。那么,这个天真、可爱、活泼的孩子——"完美的孩子",让比加寄寓厚望的孩子,给"圆满家庭"画上完美句号的孩子……他解决了比加的问题吗?

没有。这个"完美的孩子",曾被赋予圣洁灵魂、意味着生命力的孩子,后来却让比加觉得"像个画着袜子和双腿的木偶"。比加原以为孩子是救命的稻草,对孩子的爱是自己活下去的理由,却被证明是失败的——多次"偷孩子"就是多次失败，就连这个"完美的孩子"也是："上校已不是第一次感到自己的爱在毫无理由地消减，这仿佛是某次灵魂地震留下的恶果。他大部分的爱都在不知不觉中消失了。很长时间以后他会惊异，自己倾注了那么多温柔的地方竟然只有死亡留存。"小说对安托万浓墨重彩，恰恰是以这个"完美的孩子"反衬比加对孩子的爱的失去，非常有力！

那么，如何看待比加"偷孩子"的努力呢？"偷孩子"是比加组建"圆满家庭"的最后一环，以孩子形成一个圆满的家庭，形成夫妻、父母、子女、兄弟完整的家庭关系，所以，这种努力首先是一种伦理上的努力；同时，以"偷孩子"建立子嗣关系，父母子女代代相传、因因相续以至于无穷，它所建立的也是一种生物繁衍的关系，所以，这种探索也是生物意义上的。因此，比加"归家"的努力，其实是一种服从生物规律、伦理法则的努力。这种努力，是一种不自知的对命运的妥协。对此，苏佩维埃尔引用了一个贯穿整部小说的典故来进行说明：编织。编织是古希腊神话中命运三女神最日常的工作，她们照顾生命之树，将各自搓成的命运之绳结成命运之网：每个人诞生之际，其一生的命运之网就被织好了。她们所遵从的，是奥尔劳格的意志——宇宙间的永生律，最古老最新生最强大的力量。

生命之树与命运之网在比加这里结合了，比加决定"偷孩子"，便是遵从命运女神，顺从、妥协于自己的命运，以"圆满家庭"的天伦之乐让自己活下去，延续自己的生命之树。所以，在安托万之前，他已经习惯于织毛衣，或缝一块蓝布，"不管是用针还是用机器，没人能比上校更会做衣服，要是能在为孩子服务的过程中把手指刺出血，他甚至会幸福得不得了。有了这些从喧闹大街上捡来的孩子,能照顾他们吃、穿、住,他还奢求什么别的乐趣呢?",不过,悲哀的是,"完美的孩子"安托万一出场,便暗示了对比加这种努力的破坏:安托万穿着新衣服,这让比加的编织没那么紧迫也没那么重要了,比加的努力开始受到冲击。直至比加最终认识到,"偷孩子"对于自己是没有帮助的,"我注定会生活在地狱般的孤独中,即使我一个接一个把世间的孩子都偷回家也无济于事"。

孩子作为拯救比加的可能性,其实在与比加呼应的两条副线中已经被否定了。一条来自安托万的母亲伊莲娜,一条来自埃尔班。

伊莲娜家庭殷实,样貌美丽,但是丈夫的意外死去,彻底颠覆了她的生活,让她变得极度焦虑,心力交瘁,忧心忡忡。而就像比加一样,在寡居生活里,她也一直在努力寻找生活的希望,"心不在焉的目光恨不得同时盯着好几样东西",甚至向一个情人寻求过安慰——如同"一株需要支柱的植物"般的依靠。然而,拥有孩子的伊莲娜不同于比加,她的寄托并非安托万,孩子丢失后,她还是沉醉在丈夫去世的阴霾中。即使"安托万找回来了,她却仍在无望地寻找。她的心不再习惯于宁静平和,似乎在焦虑的刺激下才能频频跳动",她觉得"无比愚蠢、无比空洞","她在灵魂深处已被沉重的外壳左右,只剩焦虑这根细丝还维系着她与外界的联系",她绝望至极,灵魂无所寄托,最终,气若游丝的她在一次震惊之下,死了。

作为一条与上校呼应的副线,伊莲娜良好的条件,孤独的精神处境,以及寻找精神寄托、活下去的理由,都与比加有着惊人的相似性。甚至焦虑也是,正如伊莲娜的心"在焦虑的刺激下才能频频跳动",比加也是如此——在妻子担心"偷孩子"被揭发,担心危险产生时,比加说:"是,我就在危险旁边吃饭睡觉,晚上它的气息还在我鼻子里飘荡,就是为了确保我的存在。但是我不怕,这不过是家里的另一个孩子罢了。"比加一语透露了整部小说的惊天秘密:孩子,只不过是确保自我"存在"的一种方式,危险也是如此,它是"另一个孩子"。这些,暗示了比加"偷孩子"努力的必然失败。

另一条副线是埃尔班,上校"偷孩子"的名声在外,让埃尔班慕名而来,不过不同于比加以"偷孩子"自救,不幸的父亲埃尔班以"送孩子"——将自己唯一的女儿玛塞勒送给比加来获得救赎。"偷孩子"的努力被否定,小说也由此进入了另一种探索。

四、"亲爱"与"情爱"纠缠的玛塞勒,以及比加的第二次失败

小说的两个主体部分分别与安托万和玛塞勒相关,在男孩安托万身上的努力失败后,玛塞勒成为牵动小说的主要线索。玛塞勒仍是以"孩子"的身份进入比加视野的:一方面,埃尔班送出自己的孩子,是因为上校是"偷孩子的人";另一方面,安托万证明,"偷男孩子"已经失败了,失败让上校开始着手"偷女孩子",玛塞勒也是因此进入了比加的视野。

不过,"完美的孩子"安托万已经证实"偷孩子"的失败,那么,男孩女孩又有何区别,玛塞勒进入小说用意何在呢?

因为玛塞勒已非一般意义上的孩子,她已经十四岁,年纪不小了。

在生理上，女佣看到她的身体后，拒绝为她洗澡；而埃尔班请求上校收养玛塞勒的原因，恰恰是因为"女儿已经不是孩子了"，妻子随时可能让她堕落；并且，不仅年龄和生理，玛塞勒心理和气质也不同于孩子，她楚楚可怜，面容娇柔，手脚纤细，苍白而敏感，"她的目光中流淌着一种超出了孩子气的温柔"……显然，这次"偷"的"孩子"，作为众多"孩子"中唯一的女性，已经决然不同于比加"偷"的任何一个孩子，比加因此自己总结，玛塞勒已经是"一个女人，真正的女人，我是说，法国女人"。

也因此，比加对玛塞勒产生了一种模糊而微妙的感情。当比加第一次带玛塞勒回家，妻子和其他孩子不在的时候，一种崭新的情愫就产生了，这让"比加更高兴了。这个面容娇柔的孩子，这个嘴唇皲裂的孩子，单单想到能跟她独处一室，比加就已激动万分"。而玛塞勒穿的那件原本属于妻子的睡衣，也因此成为一种象征，一种奇妙的替换和寄托，"这件睡衣在他眼中早已失去了爱情的光泽，而现在，近在眼前，它竟与自己生命中最玄妙的奇遇纠缠在一起"。之后，他的心完全被玛塞勒占据，他注意到了那把在缝纫机旁边，从来没有使用到的吉他，"上校拿过吉他，微微背对玛塞勒，他的心完全被女孩占据了，只愿为她弹奏，他唱起比达利塔，难以言明的欲望在歌声中悄然涌动"。吉他代表音乐、艺术，艺术无边界，意味着世俗阻隔的打破——玛塞勒唤醒了比加的爱情！为此，上校反复自我宣示、确认："我爱玛塞勒。"

这种爱，对比加而言是拯救性的，它让"一个深刻的活着的理由来到了家中"。爱的神奇能量激活了已近麻木的比加，于是，有生以来，第一次微笑在比加脸上一闪而过，"不含一点杂质"；它让比加的世界发生了崭新的变化：他开始注意生活的细节，每天早晨还戴上了"那鲜亮到与年龄不相称的领带和那看起来无比活泼的丝绸"。对于由爱给比加僵死生活带来的变化，对于生活激情的重新燃起，苏佩维埃尔将之比喻为点燃生活的"火堆"，比加说："在这座价值三万法郎的宽敞公寓里，没有一匹马，没有一头母牛，没有一只鸵鸟，没有一只凤头距翅麦鸡，也没有铁丝栅栏！但我有火堆！"比加罗列这些充满生命力的野性动物——它们是速度、力量、飞翔、高度的代名词——来对照，以突出这"火堆"对于自己生活的重要性，以及带给自己的生命力。

这是一种巨大的变化，它几乎就是比加最初"离乡"所要寻找的！于是，苏佩维埃尔呼应开头的"背井离乡"，郑重而富于象征性地，首次提出了"返乡"的主题——即便他仍流浪在巴黎，那点燃生活的"火堆"让比加仿佛回到了家乡——南美田园，回到了一种完美的"和谐"："围坐在炉火旁的众人仿佛身处南美田园，欧洲人紧挨着真正的殖民地移民。一切之中，没什么比那火堆更能让外族人融入周遭，让这千差万别的一伙人和谐起来。"那打破隔阂的吉他奏出了美妙的音乐："在吉他婉转的曲调中，在黑暗中微笑的脸庞间，在主仆齐聚一堂的古朴氛围里，在回忆充盈的寂静中，遥远的国度慢慢升腾，仿佛自海底升向水面的航船。阿根廷，巴西，乌拉圭，当双唇唤起这些鼎鼎的大名，您就会想到各色经停港和港口，那里停泊着空空荡荡的心，还有塞满商品的高高的集装箱。"这里的用词都有着明确的指向性，家乡那"遥远的国度"慢慢升腾，而比加那曾经"空空荡荡的心"终于驶至"经停港和港口"，塞满了意义的"高高的集装箱"——它彻底打破孤独，仿佛就是比加所要寻求的意义和活下去的理由。此时，它并非"现实上"的返乡，而是比加所追求的"精神上"的返乡。

至此我们看到，由玛塞勒牵引，小说灵巧地带我们进入了重要的转折：它是所"偷"的孩子性别上的变化——从男性到女性，玛塞勒替代了安托万，这象征性地体现在吃饭座位的变化上，"玛塞勒被安排在上校右边，那通常是安托万的座位"；它是比加所寄寓的情感性质的变化，从对孩子的"亲爱"转换到了对"一个女人"的"情爱"，孩子——女孩——女人，苏佩维埃尔由"孩子"自然而微妙地设置了这种转换，它是小说中第一次探索失败——对孩子的"亲爱"毫无理由地消减乃至于"只有死亡留存"后，必然发生的转换。

这种情爱是一种拯救，一次意义的自我建构，它超越了身体、年龄、贫富等的限制，是一种绝对、宽广、没有限制的平等。但也因此，它是非理性的、破坏性的，是对比加"归家"方向——弥补"圆满家庭"重要一环的破坏，它拆解了两人的伦理关系，比加与玛塞勒的"父女关系"不再，玛塞勒"孩子"的身份名存实亡。由安托万所寄寓的由追求"圆满家庭"对生物定律、伦理法则的服从，在玛塞勒这里终止了，她带来了一种生物学上的"断奶""告别奶瓶"。也因此，它是对于命运的破坏。我们看到，贯穿小说的那个古希腊的神话——"命运之网"在这里被彻底打破。在安托万那里，比加编织的意义受到冲击；而在玛塞勒这里，情爱意味着比加对命运的彻底摆脱，在缝纫机和吉他之间，比加选择了吉他，而将缝纫机抛弃了，"我从来没敢想过为她设计裙子，更别说给她量尺寸了"。"现在他连缝纫机都毫不在乎，而从前每次用脚踩动踏板他都能索取到那么多小小的快乐！"显然，原初那种因顺从命运和生物定律的对孩子的"父爱"，那种"小小的快乐"（或说压抑）被激情、欲望、情爱取代了。而缝纫，此时只不过是在"做着毫无益处甚至有害的工作——有时他会彻底弄坏一块蓝色或白色的漂亮布料"。

然而，玛塞勒身上"孩子"和"女人"的张力，"亲爱"与"情爱"的矛盾，一直在比加身上斗争，在发生作用。作为一个道德上的"完人"，比加最初追求的是因顺生物规律、伦理法则的"归家"，比加当然明白，从始至终，他对玛塞勒的这种情爱就是对家庭、伦理、既有的秩序的破坏。于是，生物规律、伦理法则，与情爱的冲突在比加这里激烈演绎：玛塞勒让他"荒唐"地"想到缝纫机"，因为它构成了对这种破坏力量的制约，"监印工一走，上校就立刻逃回房间不管不顾地缝纫起来，他要安抚自己因慷慨而兴奋的神经。他在机器上缝着，疯狂地缝着"，这种伦理上的混乱和扭曲，道德伦理与情爱欲望的破坏性之间的冲突，在比加因避免患流感搬到玛塞勒隔壁后，到达了极致，小说成了比加内心激烈斗争的战场："比加听着隔壁的动静，想用挂在墙上的套索绑住自己的腿。他把这卑鄙的想法赶出了脑海，嘴唇贴着枕头轻声抱怨起来。他竟然到这个年龄还要忍受对自己的厌恶，忍受对自己男性气概的厌恶！"他还邀请自己的仆人和自己同住，以打消自己的非分之想。这种煎熬不可思议的结果就是，他"头发一夜间全变白了"！

苏佩维埃尔通过比加让我们看到了两股相互对抗的巨大力量。一面是无边无际而绝对平等的情爱，它源自身体和情感，带来破坏和混乱，有摧枯拉朽、打破和颠覆一切的能量；这种情爱，对于比加而言又是人生断崖上最后的快乐，是一种建立——获得安慰，获得活下去的勇气。另一面是伦理规范和道德法则，它源自头脑和理性，沉淀于家庭，对于平淡、庸常的日常生活是建构性的，但对于比加内在自我精神的建设而言，则是无力的、失败的。这种源自头脑和理性的道德伦理，对于那发乎身体和情感的情爱意味着束缚和钳制，它也能爆发出巨大的力量以与那破坏性相抗衡。这种剧烈的冲突和斗争，唯有比加这样的人——正如前文描述的——才能深刻体验到，一夜之间全白了的头发就是其胶着斗争的明证。

情爱受到了道德的限制，但我们可以问，倘若比加任其性情，放纵自己，玛塞勒对于比加是否会是拯救性的？苏佩维埃尔并没有直接回答这个问题，它让其终止于比加焦灼的困境中。但小说在其他地方，对这个答案有否定性的暗示——情爱是不稳定的，甚至是随意的：对比加而言，玛塞勒让他第一次笑了，但当他看到伊莲娜美丽而错愕的脸庞，"平生第二次，比加露出了微笑"；对玛塞勒而言，她对比加怀有爱意，但时隔几年，当再次看到那个侵犯了她、让她厌恶的约瑟夫，却觉得他"像一朵浪花"，并呐喊出自己的爱情。爱的这种不稳定，注定比加无法得到彻底的拯救。

既然如此不可拯救，那比加未来何去何从，如何从两难中摆脱出来？

五、"孙子"胎死腹中，与"归家"之旅的又一次失败

比加面临极端艰难的选择，"亲爱"与"情爱"，怎样选择都是错。那么，小说如何发展？苏佩维埃尔似乎无奈地给出了一个解决办法：

约瑟夫对玛塞勒的侵犯，让玛塞勒怀孕了！

怀孕，是"儿子"约瑟夫与"女儿"玛塞勒的一个结晶，对于"道德完人"比加而言，这让原来因情爱而近乎遮蔽的伦理关系得到凸显，让他对玛塞勒的爱彻底失去了理由，让比加的情爱受到了致命打击。在和妻子谈到玛塞勒的怀孕之后，上校这样总结道："对，嘘。嘘，直到人生最后一刻！"这个"嘘"是比加对妻子说的，也是对自己说的，是对情爱冲动的压抑和绝望。那么，未来何去何从，怎样才能熬到"人生最后一刻"呢？比加只能选择一如既往，企望于回到"圆满家庭"，再次对"未来"寄托希望。——问题在于，"偷来的"孩子即使如安托万般完美，也无法解决问题，那么，这个孩子有什么不同呢？

比加认为："这个新生儿怎么赞美都不为过！"他之所以对这个孩子再次寄寓希望，庆祝起新生命来，是因为这个孩子有所不同。首先，这个孩子不同于之前"偷来的"孩子，他是自己"女儿"的孩子，它将自然诞生在自己的家里，这打破了比加家不孕的魔咒："有个孩子要降临在我家了！……我以为这间房子早已无法孕育新生，没想到它马上就要将一个活生生的人带来世间了！"其次，不同于之前的"孩子"，这个孩子是比加的"孙子"，"我既没有儿子，也没有女儿，我觉得上天肯定在为我准备孙子一类的东西，这项工程直到完结，直到到达完美的顶点才能在我面前现身"，他将孙子的到来看作"圆满家庭"这一工程的完结——"完美的顶点"。因此，在第一次服从生物定律失败、"圆满家庭"的希望破灭后，这次，他将生命的涟漪和波纹扩大，"孩子"延伸到"孙子"，这是比加回归"圆满家庭"的又一次崭新尝试。在一次次丧失、一次次打击之后，比加强迫自己把新生命的降临看作对他漫长等待的奖赏。压抑了对玛塞勒的爱后，比加将希望转移于新生命的到来，这是他晦暗生命的最后一线光明。

这也是从情爱的不稳定和破坏性中，回到"家"的安全、稳固，以及由之带来的内心的秩序和笃定中，所以得知玛塞勒怀孕后，对比爱的虚幻，比加咒语般强调"家"的实在性："这是我家的墙，我家的天花板，我家的地板。很少有人会想到这些东西，它们如此平常，却又如此可靠地在环绕四周的宇宙中保护着我们。孩子们睡在这里。那个还是胚胎的孩子也睡在这里。"这一努力，是回到家，回到儿孙满堂，就是回到生物规律的链条中，回到命运女神的魔咒之中。于是，我们看到那个关于命运之网的神话再次出现：之前，因为爱，比加并未为玛塞勒设计裙子；而此时，因为命运，它重新为玛塞勒做了裙子（为了让玛塞勒到南美后肚子显不出来）。只不过，这一次不是比加亲自做的，而是请裁缝——这让我们看到，随着"自我—孩子—孙子"向外扩散的涟漪，此时，比加和"自我"越来越远，他已经放弃主动权，彻底陷入被动的命运掌控。这种回归，是一种疲惫的"安心"，是放弃自我的"睡意"。

虽然新生儿带来了希望，但被命运之手摆弄的比加，丧失了自我的比加，似乎也失去了点燃自己生命的"火堆"，又开始对生活毛躁、大意起来，他不再关注自己的衣着，不再注意生活的细节，甚至，裤子上两颗纽扣的一块皮露了出来都浑然不知，直到为孩子所嘲笑；这种不经意的嘲笑其实是深刻质疑，"几代人都会笑话我的。……我再也不会出现在玛塞勒面前了，出现在安托万面前也不行，甚至出现在我本人面前也不行"。这种无法面对，是对之前源自自我的种种探索——因安托万、玛塞勒等而来的探索的否定，是源自更深层次的困惑，而他几乎是因此而极其随意甚至莫名地，在和埃尔班的谈话中决定了"返乡"。这第二次提到的"返乡"是"事实上"的，而不是"精神上"的。

从一开始，比加就在寻找自己的生机，从"偷孩子"，到爱上玛塞勒，再到玛塞勒怀孕，比加坎陷于命运之网，他已经不是曾经的比加上校：大海航船上的舵手，战场上的常胜将军。这些，让比加的背井离乡之旅彻底失败，可以说：比加的离乡，是自己的主动选择，"离乡"即是精神的"返乡"之旅；而此时他的返乡，则是他精神诉求的被迫放弃。在比加看来，南美不同于死气沉沉的巴黎，在故乡那湛蓝的天空下，"他曾经习惯的一切也在那里等他。……紧紧抱着活鸡的商人一周去三次厨房，他在窗前一周听三次鸡叫！"。然而，返乡注定失败。因为，他就是因那"习惯的一切"而孤独、厌倦，以至"背井离乡"活不下去的。当他从妻子的口中知道"没有孩子降临在这个家。这是上帝的意愿"时，"孙子"的流产——"归家"闭环的被打破，让他最后的救命稻草被切断了。

六、死于"公海"，比加的"无家可归"与最后的失败

返乡注定失败，小说再无发展的可能，所以最后收场的地点，并不是比加的家乡南美田园，也不是流浪地巴黎，而是漂浮在大西洋的一片"公海"——彻底流离失所的航船上。"公海"，意在将小说多重复杂意义熔于一炉，如同容纳一切的大海，进行最后的总结。

下面我们来看，它缠绕了哪些复杂的关系和意义。

首先，海是比加曾经生活和战斗过的地方，他曾纵横闯荡，海洋是他的战场，作为海军的船长、领航者和舵手，海也是标志他胜利的疆域。同时，《奥德塞》的返乡神话——奥德修斯的长达十年的返乡之旅也发生在海上，海，让比加与奥德修斯的对应关系更为清晰了。

其次，海奔腾不息，意味着年轻、活力和生命力。这种活力和生命力是比加"离乡"希望获得的，所以，"偷孩子"才成为他实现救赎的最后一根稻草。也因此，结尾处比加将海和"孩子"关联起来，"这大海孩子气、爱玩又粗心，真该变成孩子的天地！只有年轻的双眼才能凝视大海"。这其中，最具活力乃至反叛性的，是他"偷来的"孩子约瑟夫：被"偷"时，他躺在床上发热，他比他人高过一头，他踢足球，鲁莽无礼，这些，都让约瑟夫与众不同，充满了激情和活力；而三年之后，在这"公海"上约瑟夫彻底蜕变，他成了爬在船头桅杆尖端的水手，比加看到这个"水手正在向上爬，动作灵巧得惊人"，惊叹说"仿佛某位天神正在返回天空"。只不过，比加所渴望的这种天神般的生命力，并不属于他自己。

与这种生命力有关，海充满欲望和激情，因此也是打破禁忌、破坏规则甚至无视道德的力量，一种混沌的力量。大海波涛汹涌，暗藏汹涌，就暗含了这种混沌的欲望与激情："浮动的海浪……只有海浪、泡沫、溅起的水花和跃出水面又永远消失的鼠海豚。……他们成千上万混乱的欲望，这些没有回声的箭日夜不停地射出……"这样的欲望，在约瑟夫身上，"仿佛杯中一小片不肯融化的阿司匹林"；在比加身上，是一股拯救自己的力量——但它必然面对道德力量的冲突。结尾处，在这汹涌激荡的大海上，比加身上的两种斗争的力量仍在上演：当他得知玛塞勒流产，混沌的情感再次激发，"想将玛塞勒留给自己未来的幸福"；而当他得知玛塞勒、约瑟夫重归于好，在海上鱼水之欢的时候，作为"父亲"他表示坦然和理解，并且希望成全他们，"让他们不受打扰"。但是，即便如此，当他看到玛塞勒陷入爱欲的神情，"这实实在在的一刻"还是让他"惊愕"，带来了致命的一击！

所以，大海也意味着危险，它是无边无际、看不到岸的无望，是黑暗的无底深渊，是淹没、埋葬一切的死亡之地。如果说，渡海之前，比加仍在"考虑"未来；那么，在海上，他最终确认了，于是他摒弃了活下去的欲望，做了最终的选择："没有什么会把他跟海水分开了，铁栏杆不会，活下去的欲望也不会。起立，身体绷直，扎进大海！""客轮结实的船体如庞大的绝望般与他擦肩而过"，他终究"难逃一死"。

于是我们看到了海的所有含义：它宽广，美丽，无边无际；它激越，永不停息，充满了活力；当你深入，会发现它深不可测，暗含汹涌，充满了破坏性的混沌力量；而最后，在它真实的海底，你会发现它致死的力量，淹没和埋葬一切。海的这种多义性，旋涡般全面地总结了小说，与比加、与小说构成了深刻而内在的映射关系，他的生平经历，他为"活下去"所追求的生命力，情爱与道德的斗争，以及打破命运的努力……它们如同绞索一般纠缠，映现在比加的"归家"之旅中。

而这奇异的混合体，从海面到那深不可测的海底，就是一个透过表象抵达真相的过程。海面上，那飞扬的泡沫在浮光的映照下，无尽变幻的花纹美丽绚烂，如同人类建立的文明，如同比加拥有的声名利禄，如同带给他巨大制约力量的社会规范和家庭伦理。在比加看来，人类文明就是这泡沫，是冷峻真相外的装饰品，让自己看去像某些立体装饰画，如同"（一）只量产的长颈瓶，就像其他长颈瓶一样"。然而，一旦深入大海的深处，进入自己问题的中心，这些文明的"无比脆弱的泡沫"就显得极为无力，就像它因海浪而起又终将被海浪拍碎一样。苏佩维埃尔让比加引领我们，识破泡沫的幻影，从罗曼什海沟下见证那赤裸的真相，然而，正如卡夫卡那命悬一线的饥饿艺术家所呈现的一样，那真实的存在令人恐惧，带来绝境，意味着彻底的无家可归。

"公海"就是这种无家可归的象征。它不受任何国家的管辖，它既非家乡，亦非他乡，葬身于"公海"，就意味着在地理上，比加身份的丧失，彻底的无归属感；而国家意味着文明，这就意味着在精神上，比加所面临的处境和问题，并非人类文明能解决——这是比加"归家""返乡"的彻底失败。也是苏佩维埃尔努力的失败！

结　语

年幼丧亲以及对亲人遗忘，双重国籍却又无家可归，苏佩维埃尔一出生就被这一奇异的悲剧命运笼罩。作为孤儿、流浪者，他终其一生都在苦苦探索归家—返乡主题以及它们与命运的关系，并寄寓于他的作品——比如这部《偷孩子的人》。他试图由"偷孩子"而"归家"

"返乡"，努力打破孤独，挣脱命运之网，于命悬一线中做最后的搏击。因此，"偷孩子"被赋予了丰富的象征意义："孩子"意味着生命、活力以及未来，它是"精神上"的，是活下去的理由；而"偷"，意味着主动性以及迫切性，意味着人积极探索的努力。但是，违犯法律的"偷"字告诉你，"孩子"原本就不属于你，你终将孤独、一无所有，终将无法挣脱那命运之网。正如比加的失败所说明的，正如苏佩维埃尔自出生就被悲剧笼罩，再怎么努力也于事无补。

那么，这篇小说的意义何在，或者说苏佩维埃尔的意义何在？

这场如同奥德修斯一般"归家"与"返乡"的精神苦旅，它是曲折、痛苦的，但也是富于魅力的——因为那探索和历险本身。正如安托万眼里的伊莲娜那样，这个因丈夫去世而被思念、痛苦折磨的人，这个有些灵魂出窍，手里提着灯笼在茫茫夜晚中四处游荡的人：她皱着眉头把玩无意义的东西，以沉默守着长夜也以沉默来诉说，她周围的一切"朴素得出奇""看不出有何用途"，但却"闪闪发亮"，"她双手交叉放在膝上"，脸上"挂着六颗晶莹的泪珠"——这个被忧郁纠缠得气若游丝并最终死去的人，如同圣母一般！在安托万眼中，她的"魅力似乎在无形之中焕发新生了，如同瀑布水声落在密林的喧闹之上"。也因此，"离乡"不再是"背井离乡"的"流浪"，而是一种"周游世界"。正如伊莲娜见到离家的安托万所说的那样："他有点像度假时的我，离开家去周游世界了。"也正如比加上校返乡时所愿望的那样，他希望带给孩子们"一次完美的旅行"，"要好好地在地球上走整整一圈"。这篇小说也是这样。

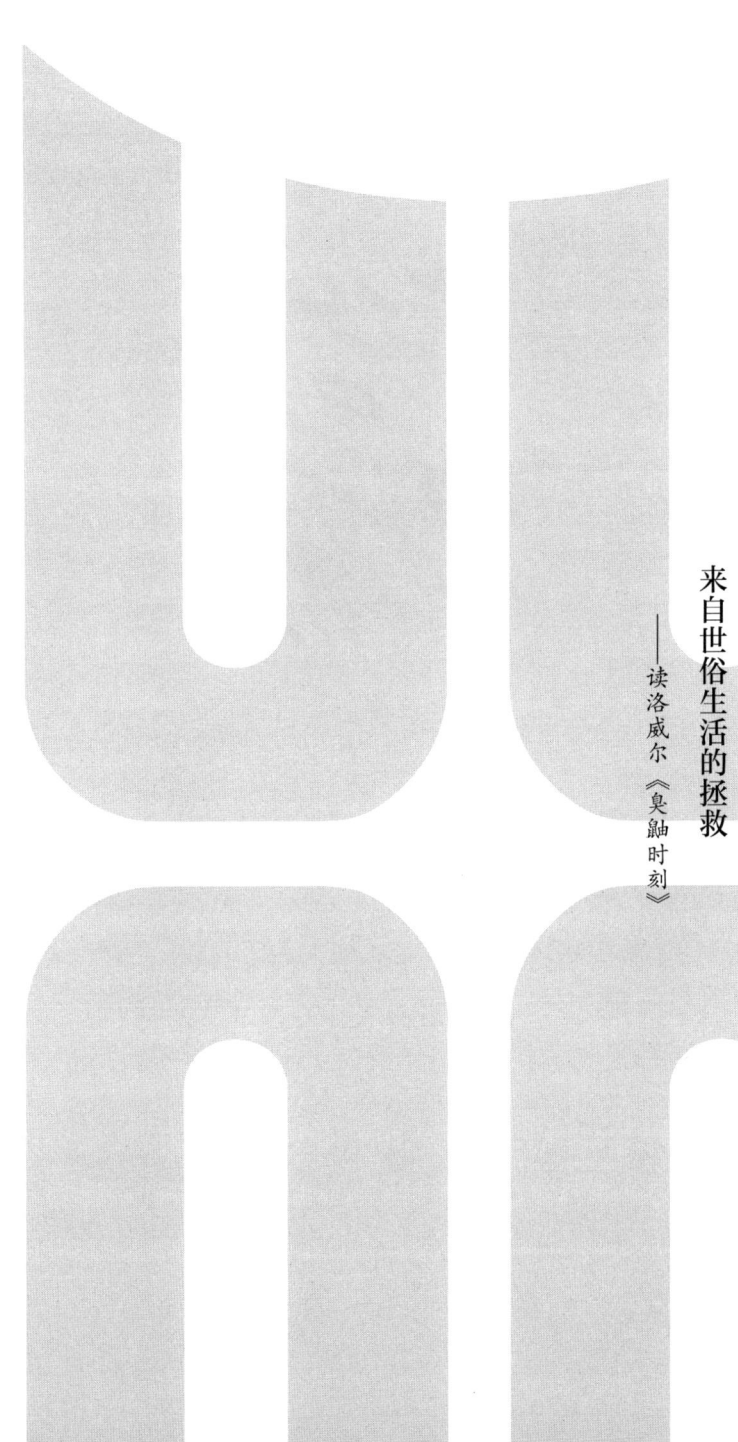

来自世俗生活的拯救
——读洛威尔《臭鼬时刻》

1972年，作为多年的好友，毕肖普在一封信中这样语重心长地告诫洛威尔："艺术根本不值那么多。"（《海豚信》，程佳译）

这句话，或许可作为洛威尔诗歌的总结——没有多少人能像他一样，"把诗歌变成能够承载一个人的全部重量"（《威廉·卡洛斯·威廉姆斯》）。他曾致力于优雅工整的传统，借助象征，将自我隐藏于历史、经典和宗教中，却又轻易放弃这已经娴熟的题材和技艺，彻底推翻自己树立的标志荣誉的界石，转而从那新鲜的生活中攫取灵感和生力。爱与婚变，传统与信仰，精神躁狂与自杀倾向，他在众多剧烈震荡的旋涡中心游移、挣扎，并将种种生活的隐秘，多重的矛盾和冲突，与脑海中疯狂涌动的风暴，投入创作，转化为诗歌。不断地颠簸于刀锋和浪尖上，并短暂停留于躁狂风暴幻化成的诗歌安静的中心，似乎就是他的工作。

没有哪个诗人像洛威尔那样将诗歌看得那么重，也很少有人像他一样，将如此多错综复杂的关系清晰地体现于一部诗集——1959年版的《生活研究》中。或者更具体一点，集中体现于其中的一首诗，也就是写于1957年的"自白派"开山之作《臭鼬时刻》。它是《生活研究》中的最后一首诗，但撇开前面受形式主义影响的几首，它也是这部诗集最早完成的一首。洛威尔称之为："这一诗歌序列中具有沉锚功能的一首诗。"（《谈〈臭鼬时刻〉》）《臭鼬时刻》对于洛威尔的意义，也许再怎么强调都不为过。

那么，一首诗如何承载这么多的问题，并将它们熔于一炉，使其成为有机的一体，就值得特别关注。事实上，种种的驳杂、矛盾和冲

来自世俗生活的拯救 · 165 ·

突，的确给这首诗造成了难度，就像洛威尔自己说的，这首诗乍一看画面"懒散""构图飘忽不定"，充满了"种种随意的、不确定的安排"……显然，要真正认识这些问题，还是要进入这首诗本身。

一、困境，精神与写作上的不可承受之重

1964年，也就是《生活研究》出版后的第五年，洛威尔曾在一次座谈会上，对三位诗人评论家（贝里曼、尼姆斯、威尔伯）对《臭鼬时刻》的评论做过专门回应，最后形成了《谈〈臭鼬时刻〉》一文。其中，洛威尔提到"这首诗是怎么写的"的问题，言简意赅地涉及了这首诗的诸多方面，甚至"泄露了私人的秘密"，对理解这首诗有很大帮助。

洛威尔首先提到的，也是他极力想从诗中去掉的东西，自己的精神躁狂问题，他坦言，"约翰·贝里曼的病理图非常可怕地接近那个真实的事件""击中了靶心"（《谈〈臭鼬时刻〉》）。

洛威尔的精神问题由来已久。他曾说到，大学毕业时，刚刚结婚，找不到工作，因为太紧张，精神就有些反常。后来，婚姻变动，让他精神上常处于一种可怕的"上紧发条"的状态。而最大的冲击，是父亲于1950年、母亲于1954年接连去世，洛威尔因此两次患上精神躁狂症。尤其是母亲的去世，他写到自己患病的感受："母亲去世后的那段时间，我开始感觉到不知疲倦，极度乐观，感觉受人威胁，也威胁到他人。""醒来时，我怀疑我的整个灵魂和它那数以千万计的精神纤维、非物质的神经末梢、可感知的触角、心灵的雷达等，都被一根橡皮软管给弄伤

了。"他甚至由此产生了自杀的念头,"我对着镜子盘问自己那张脸,关于自杀的问题""为什么不死?死了算了"(《在失衡的水族馆附近》)。

洛威尔因此不得不在神经医疗康复中心住了一段时间。为了治疗,在医生的建议下,洛威尔1956—1957年一直都在写自传(三篇回忆散文),直到《生活研究》。从1951—1957年,后五年中才写了五首"乱七八糟的诗",也就是《生活研究》开头的那些诗。而《臭鼬时刻》及其余的诗,是"重新受到启发"而完成的。这部具有回忆性质、代替散文自传的诗集,是精神诊疗的一个代替物——洛威尔的精神疾病是从诗中获得治疗的,而非宗教。洛威尔一出生就随家人信仰新教,虽然1940年大学毕业后,洛威尔与信仰天主教的小说家琼·斯特福德结婚,为了"学习一门宗教的丰富性",短暂放弃了清教而皈依天主教。但在骨子里,洛威尔说,自己"一出生就是一个无信仰的新英格兰新教徒。我的父母,还有我看到的每一个人,都是无信仰的新英格兰新教徒。他们上教堂,但信仰很荒谬"(《与伊恩·汉密尔顿的谈话》)。对于洛威尔而言,宗教是无力的,他的慰藉来自诗歌。

与精神问题相关,洛威尔提到另一个极端重要的问题,就是自己早期写作的问题。洛威尔1944年出版第一部诗集《不一样的国度》,1946年出版《威利爵爷的城堡》,1951年出版长篇叙事诗集《卡瓦纳家族的磨坊》,写作、出版密度很高。然而,从1951年到1959年《生活研究》的出版,用了九年时间,事实上,《生活研究》集中写作于1957年以后,而之前的这段时间,"那不多的几首还是三四年前写的",这是非同寻常的。洛威尔陷入了创作的困境。

洛威尔的早期写作源于形式主义诗学的影响。哈佛大学未毕业,他便于1937年转入肯庸学院，求学于新批评派大师兰色姆门下；大学毕业后，1940—1941年又在路易斯安那州立大学的诗人批评家布鲁克斯和沃伦的指导下读过一年研究生。这段时间，他遵循着新批评派的传统写法，受益于艾略特、克莱恩、泰特、燕卜荪，"古希腊罗马经典，伊丽莎白时代的戏剧，17世纪的玄学派诗歌，古代和现代的批评家、审美学家和哲学家"，"完全赞同格律严明，赞同穿上过去的全副铠甲"（《威廉·卡洛斯·威廉姆斯》），偏爱强劲的修辞、错综复杂的宗教语汇和神秘难解的象征隐喻，致力于"形式工整而内容艰深"的创作。这类诗是用以教学的绝妙好诗，但洛威尔还是认识到了其中的问题。他发现，它们大多只是按程式，变成了一种让写作者殚精竭虑的修辞，"已经成为某种过于专业化的东西，处理不了太多体验。它已成为一门手艺，纯粹是一门手艺"。这种旧的形式主义诗歌越来越僵硬，已成为一种负担，让洛威尔感到"越来越令人窒息。我无法把我的经验用紧凑的韵律形式表达出来"，"那种规则似乎损坏了诗歌情感的真诚"，"你解开它，感觉到智力，还有经验，不管其中投入的是什么，都是肤浅的"。这些，让洛威尔开始对紧凑的形式不那么尊重了，已经意识到："必须有所突破，回到生活中去。"（《与弗雷德里克·赛德尔进行的访谈》）

由此有了《臭鼬时刻》的写作契机。洛威尔提到，1957年3月，他在美国西海岸参加读诗活动时听到金斯伯格朗诵《嚎叫》，大受触动，这才发觉原来自己写的诗，"它们的风格似乎很遥远，充满象征意义，而且难以捉摸。……我觉得我的旧诗把它们真正的意义隐藏了起来，许多时候都只是给出一个僵硬的、没有幽默感的，甚至是难以理解的表面。……我自己的诗似乎依旧像那深陷沼泽之中的史前怪物，被自身笨重的盔甲拖累至死。"(《谈〈臭鼬时刻〉》)他觉得，写作散文自传的那段时光，反而对自己的影响更大，"威廉姆斯又成了一个典范，一个拯救者"(《威廉·卡洛斯·威廉姆斯》)，于是洛威尔转向自由体诗，"开始尝试用一种新的风格来写作。……当我开始写《臭鼬时刻》时，我觉得我所知道的关于写作的大部分知识都成了障碍"(《谈〈臭鼬时刻〉》)。

另一个影响因子是诗人毕肖普，这首诗就是献给她的，诗中的"主教"原文"bishop"也是语含双关，向毕肖普致敬。毕肖普对洛威尔影响很深，"重读她也意味着我将突破窠臼，放弃原来的手法。她的节奏、习惯用语、各种形象和诗节形式似乎是属于后一个世纪的"。对于毕肖普1946年出版的《南与北》，洛威尔说："《人蛾》里，出现了一个全新的世界，你不知道在任何一行之后会发生什么。它在探索。它和卡夫卡一样富于原创。她得到了一个世界，而不仅仅是一种写作方式。"(《与弗雷德里克·赛德尔进行的访谈》)这样一个富于"探索""原创"的"全新的世界"，是洛威尔早期创作所缺乏的。而《臭鼬时刻》的"模本"，就是毕肖普同年（1957年6月22日）发表于《纽约客》上的《犰狳》，他说："这首比我的诗好得多，我听过她读，后来我还随身带着。《臭鼬时刻》和《犰狳》使用的都是短行诗节，都始于一连串的描述，最后以一只动物结篇。"(《谈〈臭鼬时刻〉》)只要稍作对比，正如洛威尔提及的，不管是题材，还是诗歌节奏，"探索"性、"原创"性等，洛威尔都受到毕肖普的深刻影响。

就像贾雷尔的建议，洛威尔的诗歌需要"自发性"，德尔莫尔·施

来自世俗生活的拯救

瓦茨也提议他对直接体验开放，这些对于洛威尔的写作无疑是意义重大的。洛威尔的《臭鼬时刻》，负载着以上诸多问题，它放弃了传统的主题、修辞和韵律，"从令人窒息的高雅风格传统中解放出来"，从此，把诗歌带回了生活，一个全新的世界。在这首诗的初稿中，最初的标题是"灵感"，也许就是因为这个原因吧。

下面，我们就回到这首诗本身。

二、一个隐士女继承人的冬天，以及传统的没落

《臭鼬时刻》写的是美国一个真实的地方——缅因州卡斯汀海滨小镇，第一节中的瑙提勒斯岛以及第三节中的蓝岭山都在此地。洛威尔也在卡斯汀继承了一套房子，算得上小镇的居民了——所以他打破早期写作的禁忌，罕见地在诗中用到了"我""我们"，自白派的一个标志之一。这个滨海小镇是他偏爱的消夏地，1955—1959年的夏天，他都在这里度过，包括写作《臭鼬时刻》的1957年夏天。

需要提到的是，这个地方属于新英格兰地区，是17世纪由英国移民开拓的殖民地，其早期欧洲定居者是逃避宗教迫害的英国清教徒。大多数新英格兰地区早期政教合一，历史上留下了宗教不宽容的烙印，个人行为受到严格限制。经过两三百年后，新英格兰地区在宗教、文化、经济、政治等方面，都遗传了英国的传统。洛威尔所写的这个小镇就是以此传统为背景的。在诗的第一、二节，洛威尔首先向我们描述了此地的一个女隐士，一个英国传统的继承者。

瑙提勒斯岛的隐士

女继承人,仍在她的斯巴达式木屋里过冬;

她的绵羊仍牧放在大海之上。

她的儿子是主教。她的农场管理人

是我们村的首席理事;

她已年老昏花。

渴望

维多利亚女王时代的

等级私密性,

她买断朝向她那片海岸的

所有碍眼之物,

任它们倾颓。

  这位女继承人是两节诗的绝对主语,这首先体现在诗歌句式上,两节诗中"她"出现七次,就像一位世袭的女皇一样宣示着主权。可以说,两节诗都是在"她"的意志的主导下推进的。那么,这是怎样一个继承人呢?

  首先,这位女继承人继承了丰厚的财富。对此,洛威尔用所有格进行了强调,尤其是第一节连续用了四个"她的"("her")——排比式的所有格,宣告着她全面的富足:物质上,她拥有房子、绵羊、牧场,甚至可以任性地买下一片海岸;地位上,她出身高贵,崇尚维多利亚时代的风尚,甚至农场的管理人也是村里的首席理事,儿子是

来自世俗生活的拯救 · 171 ·

主教，都不是普通人；文化上，作为移民，她继承了英格兰丰厚的文化，宗教信仰……可以说，居住在新英格兰的这位女继承人是全面传承英国传统的一个典型代表。

然而，这多重所有格所宣示的诸多传承中暗含冲突，这在第一行和第二行"隐士/女继承人"这个原本一体却遭强行分行的称呼中得到了强调，"女继承人"与"隐士"体现出一种矛盾。一方面，经过两三百年的发展，美国社会经济飞速发展，跨国公司规模不断扩大，已成为高度发达、开放的商业社会，物质极大富裕，新事物不断涌现。对于女继承人，物质上根本不存在问题。另一方面，英格兰贵族传统与早期清教徒传统，要求它的继承者过高尚、优雅、虔敬、忍耐、独处的严肃生活，而其修炼的方法就是离弃世界，成为一个"隐士"——一个不错的归宿。所以，前面两节诗固然写了"女继承人"的富足，但更是寡欲的"隐士"的写照。二者的冲突中，这位继承人也许感受到，物质的丰盈无法带来真正的快乐，于是选择了后者，而前者不过是成全后者的工具。可以通过后面的诗来细看：

第二、三行"在她的斯巴达式木屋里过冬；/她的绵羊仍牧放在大海之上"。古希腊斯巴达人注重忍受现世生活的困苦，奉行苦行和禁欲主义，鼓励摒弃奢侈和享乐，培养自我克制、忍耐的精神。所以，"斯巴达式"意味着原始、节制、苦修的生活。而"绵羊"温和、忍耐、平静，也是一个具有宗教意味的词。第二节进一步透露，这位女隐士"渴望/维多利亚女王时代的/等级私密性"，维多利亚女王一生生活严谨、工作刻苦，是那个时代的道德典范和缩影，女继承人为了维持维多利亚式的生活，买断面朝她那片海的所有障碍物，拒绝与社会的一切联系，她将自己隔离在一个孤岛上，过上了封闭、隔绝的生活，拒绝时代的变化。这些告诉我们，这位隐士崇尚的是维多利亚式的、清教徒式的原始、俭朴、寡欲、隔绝的生活，也是安静、平和、不受干扰的生活。她住在简陋的木屋里，她的苦修是贫困的，即使物质极大丰盈；她面对的大海辽阔，但因封闭、隔离，也是苍茫、荒凉、无人烟的，这当然也意味着精神的荒芜——物质的富足和精神的苦修，这种强烈的对比让我们感受到其中的矛盾、怪异乃至疯狂。

但是，女隐士所向往的高贵优雅的维多利亚时代已经成为过去时，朝向它的精神苦修注定也是没有结果的。就像第一、二节不同于其他诗节，明确使用了过去时态！

这种艰难乃至畸形的处境，在第一节中，是以颇具象征意味的时间节点来总结的：两个"仍"告诉我们，这是一个没有活力的寒冬，是个没有新生和欢喜的终点，是个苦苦忍受的难熬的冬天；对于女继承人，她已进入人生的晚年，"年老昏花"，老态龙钟，死之将至，也是她艰难的晚年。而在第二节中，则是用空间来总结，它投向了女继承人所倾力维持的秩序，如同她所购买的那片海岸，一片衰败，最后一个词总结了这一切："倾颓"。这个破败的场景，是外在景观上的也是内在精神上的，是她内心的一种投射。而最富于深意的，也许是女继承人儿子的身份是主教，天主教规定神职人员是不能结婚的，这意味着，这位女继承人绝了后嗣，没有未来——传统没了继承，注定没落。

总之，这两节写了一个继承者，她所继承的传统是丰厚的，但它呈现为一种自大、固执的封闭性，抵御物质与流行、速度的冲击，拒绝变化，拒绝开放，这意味着无法面对新时代，也无法带来新生，注定成为过去式，被淘汰。财富呈现为消极的意义，最终，那片破败和荒芜的海岸，成为这位颓颓老矣的继承者一生的写照！

这位"隐士女继承人"是一个人物典型，并非真实存在。关于自己诗中人物的真实性，洛威尔曾说，"那些人物都是纯粹虚构的。我试图把我实际看到的形象和我实际经历的事情以间接的方式放到诗歌中来支撑他们"（《与弗雷德里克·赛德尔进行的访谈》）。这位继承人，是英国传统的代言人，更是洛威尔的代言人。正如洛威尔说的，《生活研究》是某种意义的自传。洛威尔与这位女继承人之间有着诸多的相似性：一、在地域上，洛威尔居住的小镇卡斯汀，位于一个半岛上，他在此继承了房产，也是一位继承人；二、洛威尔也是新英格兰的英裔，并且出身于波士顿的名门世家，家族出了很多大人物，诗人就有詹姆斯·罗素·洛威尔、艾米·洛威尔等；三、在身份上，他也是一名清教徒，虽然结婚后短暂信仰了天主教。二者的这种同一性，集中体现于诗中的一个用语——"我们村"，女继承人和自己是同类人。

当然，对于洛威尔而言，所谓"传统"首先意味着写作上与形式主义的关联，《臭鼬时刻》也留下了洛威尔早期创作的影子，我们能看到意象上的关联。在其早期写作中，随处可以看到《威利爵爷的城堡》《凯瑟琳的梦》《我的上一任公爵夫人》之类的诗篇，来自宗教、历史以及充满象征性的人物。这首诗也是如此，"瑙提勒斯岛的隐士""斯巴达""维多利亚女王""主教"等，都让我们看到了其早期诗歌的延续，而洛威尔也许正是用女继承人的古怪和无望，来象征传统写作的困境，它是一种沉重的负担，"像那深陷沼泽之中的史前怪物，被自身笨重的盔甲拖累至死"，没有未来。

最重要的关联也许是心灵状态上的,女继承人在传统中越来越沉浸于"自我的帝国"。在空间上,任性地将一切面向外在的世界和关联全都切断;在时间上,则抗拒时代的发展和变迁,将自我封闭,精神上的问题无法解决。这个封闭、孤立的世界是没有活力的、荒芜的,是一个难熬的"寒冬",正如她不可挽回地进入晚年,她所精心维持的景观必将衰败、倾颓——正如洛威尔当时在精神上所面临的处境。

三、两个小镇居民的秋天,以及现实的崩塌

> 季节病了——
> 我们已失去我们夏日的百万富翁,
> 他似乎从一本L.L.比恩精品目录上
> 跳出来的。他航速九节的帆船
> 拍卖给了捕龙虾的渔夫。
> 红狐狸的颜色,覆盖了蓝岭山。

第一、二节,瑙提勒斯岛的"隐士女继承人"继承了传统——物质和精神上的财富,但并没有带来未来,而是陷入了精神上的孤独与疯狂。海的封闭、孤立、隔绝导致了风景和内心的破败、荒芜,于是,第三节洛威尔从瑙提勒斯岛移到了内陆、岛屿旁的蓝岭山——它四通八达、开放,它转向了女继承人在物质上的"继承人"——一个百万富翁,商人长于沟通,处理人际关系,这都是对女继承人封闭、隔绝的突破。

来自世俗生活的拯救 · 175 ·

诗人贝里曼说，第三节意味着"纯粹的世俗成功取代最初的清教徒的拯救理想"的努力，它仅仅体现在物质上——这位新时期的百万富翁就是这种拯救理想的代言人。这种单一性，在用词的所有格上也有所体现，在女继承人那里，一连多个"her"宣示财富的丰盈，而这一节所有格"his"只出现了一次——它只象征着单一的物质财富。

那么，这位"继承人"的物质情况如何？他曾经是"百万富翁"，拥有航速九节的私人帆船（20世纪中期这已经是飞速了），"帆船"不同于上两节的封闭和拒绝变化，它代表着敞开、速度和交流，代表着当时新兴的活力。而就其商业影响力而言，他的名字曾经在"L.L.比恩精品目录上"，L.L.比恩是美国创始于1912年的著名户外用品品牌，它代表着积极、外向的生活方式，进入其精品目录是开放、外向的商业成功的体现。通过这几个关键词可以看出，这位百万富翁代表了新英格兰经济曾经的活力，代表着新英格兰的黄金时代。

但是，新兴的经济发展趋势已经不再，繁盛已经没落，经济萧条衰落——那位百万富翁已经不在了。诗中的"失去"（"lost"），有理解为死了，有理解为破产了，不管怎么样，他失去了财富，他的没落体现在：它那飞快的私人帆船被拍卖了，卖给了捕捉龙虾的渔夫，值得注意的是，渔夫是最原始的职业，传统慢节奏的生产方式与飞速的帆船构成鲜明对比；而最直接的体现，是他的名字从目录上消失了，他的地位已经不再。这位曾经盛极一时的百万富翁，破产了，崩溃了——因之，那取代精神拯救理想的"纯粹的世俗成功"，也宣告失败。

这种物质上的失败，经济理想的破灭，也被洛威尔象征性地落到了一个场景上。第一、二节，女继承人死之将至，她溃败在人生的

"冬季",而第三节,百万富翁的黄金期是在"夏季",夏季是诗中的具体时令,也象征着商业繁盛的时代,而"红狐狸的颜色,覆盖了蓝岭山"告诉我们,现在是秋季,草木凋零,一切归于肃杀,夏季所有的繁盛与辉煌都已过去。正如这一节,时态用的是过去时,新时代失去了它的百万富翁。这里,洛威尔将季节的象征色彩体现得淋漓尽致,它将全诗的主要基调圆融地统摄了起来——沉淀在一个秋季的场景中。

在洛威尔看来,正如第一、二节中的女继承人,这种拯救的理想也是扭曲、怪异乃至疯狂的,它集中体现于第三节的第一行诗:"季节病了——"它是对于整节诗的总结。这个"病了",客观上是季节更替变化,是时间的变化,正如红狐狸的颜色覆盖了蓝岭山——秋季到来。同时,它也是一种价值上的判定,一种病态和扭曲。它首先表现在"捕龙虾的渔夫"上,这个词语原文为"lobstermen",这是洛威尔的自造词,直译就是"龙虾人",它是个怪物、变态人。同时,远山上的红狐狸色,观感上就像蓝岭山"感染了"红色,生了锈,有了污点,它也病了。第一、二节,女继承人老了,而这里进一步,自然也从葱茏的青绿变成了锈红——自然也"老"了。靠近瑙提勒斯岛的蓝岭山,也是一派病态的景象!

> 如今,我们的同性恋装潢师
> 把他的店铺装饰一新,迎接秋天;
> 他的渔网布满橙色的软木浮漂,
> 他的补鞋匠的凳子和锥子,也是橙色;
> 他的活计不挣钱,
> 他宁愿结婚。

来自世俗生活的拯救

在时间上，第一、二节是在冬季，写的是陷入了英国古老、遥远的传统中无法自拔的女继承人；第三节则是刚过去的夏天，写的是已经过气的百万富翁，用的也是过去时；而第四节，则从前三节的过去时转为现在时，写"如今"，明确了是写秋天，写的是小镇上的一个装潢师。

这位装潢师，不同于前面诸节，他所面临的处境发生了巨大变化，虽然六行诗中连续用了四个所有格"他的"（"his"），但他已经全然不同于那位女继承人和百万富翁，在物质上，他所拥有的只不过是店铺里的一些小玩意：渔网，补鞋匠的凳子和锥子。这是生活失败的表现，而"补鞋匠"一词更让这种破败彰显无疑。这位装潢师所拥有的，不过是一些维持低微生计的、零零碎碎的小物件，绝不同于他那些曾经富有的邻居们。女继承人的富裕毋庸置疑，百万富翁即使破产也可以拍卖航速九节的帆船，而这位装潢师，在物质方面更为拘迫、更加贫乏了，由物质上优渥的女继承人，到破产的百万富翁，再到靠卖小玩意为生的装潢师，生计问题的可怕面貌一步步残酷地向小镇居民逼近。

这位装潢师，不同于拒绝变化、将自己封闭起来的女继承人，也不同于被时代抛弃的百万富翁，为了适应季节的变化，不被时代抛弃、不落伍，他在态度上发生了根本变化，他"主动"做了诸多努力：黄色是秋天的颜色，为了配合秋天的颜色，跟上时间的变化，他把店铺装饰一新，"他的渔网布满橙色的软木浮漂，/ 他的补鞋匠的凳子和锥子，也是橙色"，他把店铺都刷成了黄色，这与女继承人的骄傲自大迥然不同。但我们也发现，装潢师所拥有的渔网、凳子、锥子，相对于当时新英格兰地区高度发达的商业贸易，它们都是古老、传统的，是直接从事生产生活的工具，它们属于过去的传统，它们都过时了。"浮漂"一词告诉我们，它们就是一种标记，一种对于传统的象征。装潢师的努力，只是在"表象"上适应季候的变化，实际上完全跟不上时代，他没法经营好自己的店铺，他的努力并没有效果，"他的活计不挣钱"——最后，这一节仍回到了百万富翁所面对的问题——他无法摆脱贫穷，无法抵挡经济的没落。最终，为了生计问题，他决定结婚，以此依靠他人维持生计。

然而，这位装潢师是一位同性恋，在性别的倾向上，异性对于他是没有吸引力的，迫于生存被逼结婚，这完全是对自己性取向的一大扭曲。同时，这位装潢师——某种意义上的"艺术家"，他把那些真实的、功能性的物品——渔网、凳子、锥子，变成了自己店铺里的摆设，一种装饰品，艺术品一般的存在，这种去真实性的物品，是一种保留过去、保留传统的方式，只不过，它是在店铺那死去的"博物馆"中，而非现实中。——这多重的扭曲，是这一节对于"季节病了"的又一个呼应。这位同性恋装潢师，出了"毛病"的身体，即便通过婚姻解决了生计问题，这样的生活也是没有未来和希望的。

于是我们看到前四节中三个不同人物的命运：第一、二节，女继承人，她拥有丰厚的财富，但最后并没能实现拯救；第三节，百万富翁，他是女继承人"物质上的继承者"，但这种"纯粹的世俗成功"的追求最后也破产了；第四节，装潢师，他将物质上的贫乏推至极致，为了生存，甚至扭曲了自己的心性。这些小镇居民，它们都没能实现拯救，他们的人生都是失败的。可以说，前四节洛威尔描述了缅因州

来自世俗生活的拯救 · 179 ·

海边小镇卡斯汀所面临的传统与现代、身体和精神的诸多问题——这里扭曲、病态、疯狂，缺少生机，呈现为一片全面的破败景象。洛威尔总结说："前四小节的目的，是要展示缅因州一个日益衰败的海滨小镇，展示一幅懒散的、多少有些让人感觉亲切的画面。然后从海洋移向内陆。荒芜一路哀嚎，穿过这片风景，但我尽量用一种宽容、幽默和随意的语调来描述这悲哀的景象。画面构图飘忽不定，但方向是从外在的景观沉入自然那种种随意的、不确定的安排以及衰败之中。"（《谈〈臭鼬时刻〉》）

前面的女继承人是洛威尔的代言人，这里的百万富翁和装潢师也是如此。小镇里的三个居民，其实是从不同角度呈现洛威尔的"自我传记"。第三节中的百万富翁的没落，正如洛威尔家族的落败，也有研究者指出，蓝岭山的红蓝颜色是洛威尔精神问题的暗示。第四节的装潢师模仿秋天，涂抹没有实用性和功能性的色彩，也是对洛威尔作为艺术家的暗示。镇上的居民预示了洛威尔自己，这种代言人的角色，在修饰三个不同人的代词——"我们的"表露无疑："我们村的首席理事""我们夏日的百万富翁""我们的同性恋装潢师"，这些同一个镇上的居民，原来都是"一个人"——自我。那么，这个"我"是谁呢？

四、一个存在主义者的夜晚，以及自我的绝境

前面四节，洛威尔从海洋移向内陆，通过三个小镇居民向我们描述了缅因州一个日益衰败的海滨小镇，一幅衰败、没有生机的景

象——这就是诗中所谓的"季节病了"。这四节主要集中于"写景",涉及的都是他人的生存处境。无疑,这些虽然语带双关,但在写作上仍是间接的,显得隔阂。于是从第五节开始,一方面顺延上面一节,由装潢师的现实感和生活紧迫感进一步迫近,它突破了前四节小镇居民的间接代言,开始全面从外在走向内在,从他人走向自我,从"我们"写到了"我",直接写自身的感受。

> 一个昏黑之夜,
> 我的福特牌都铎爬上山丘的头骨;
> 我注意到恋爱中的汽车。头灯关掉,
> 船壳挨着船壳,躺在一起,
> 市镇的墓地,一级一级地延伸……
> 我的大脑不太正常。

洛威尔声称,前四节是在最后四节几乎完成之后写的,"《臭鼬时刻》是从后往前写的,我想我是先写了最后两节,然后是再倒着数的那两小节。不管怎么说,有一段时间我只有像现在这样的后四节,它们之前什么也没有"(《谈〈臭鼬时刻〉》)。事实并非如此,洛威尔的手稿并不支持这一说法,在原名为《灵感》的初稿中,前面其实还有四节诗,只是后来做了重大修改。事实上,《灵感》也是以"季节病了"这句开始,表明了洛威尔明确将内在与外部环境联系起来的意图。

这一节是写诗人的一次经历,在一个夜晚,洛威尔乘车到山丘坟

来自世俗生活的拯救

地的所见所闻。他看到了情人们开车到墓地上做爱。这也是一个怪异的场景，一个关于爱欲与死亡的场景。这个场景，一方面极自然内在地延续了前面几节，另一方面又深入推进了这首诗。它似乎在解释，衰败并不仅表现在"季节出了问题"——"季节病了"，也表现在"心灵出了问题"——"灵魂病了"。下面我们——来看。

第一行，"一个昏黑之夜"，这是一个特定的时间。这个时间，延续了前面诸节不同的时间环境，是时间维度的继续；同时，这一节又不同于前面泛泛写一个季节，而进一步呈现了一个具体的时间场景——秋天的一个夜晚，因为这种具体性，"所有内容都生动起来"。正如季节所具有的象征性，这个"昏黑之夜"，它隐射了前面四节所涉及的日益荒芜、衰败的"悲哀的景象"，也涉及小镇里的三个居民的尴尬处境，就像对它们进行的总结：它既是外在场景，也是扭曲的精神处境，它呼应了洛威尔头脑的黑暗、混乱——精神躁狂症，诗人从这一节开始把视角从"季节病了"转向"精神病了"，引向了"我的大脑不太正常"。

在这样一个夜晚，"我的福特牌都铎爬上山丘的头骨"。"福特牌都铎"，这个意象呼应了前面女继承人的矛盾：都铎王朝被认为是英国君主专制历史上的黄金时期，这个名字代表了现代人对于鼎盛的传统、森严的等级、平静的社会氛围的追求；然而，1949年福特旗下新出的轿车，意味着时髦、开放、现代、高速运转的新时代，同时也意味着冷漠。这个综合的意象，描述了如同女继承人一般的处境，一个怪异的、扭曲的、难以兼容的矛盾体。"山丘的头骨"原文为"the hill's skull"，将山比作头骨的比喻，关联着下文的墓地，它让我们想起

"calvary"（skull）——耶稣受难的骷髅山，这个意象因之建立起了与宗教的想象性关联：这种清教的诉求意味着枯竭、死亡。所以，第二行这个关于死亡的表现主义意象也是骇人的，令人毛骨悚然。

也就是在这样的山丘墓地上，"我注意到恋爱中的汽车"，以及汽车中做爱的情侣。这一幕是荒诞、扭曲的，它表现在两个方面。一方面，是死亡与爱欲并置，恋人对死者、对死亡毫无敬畏，在坟地上做爱的荒诞。在这个场景中，洛威尔将纯粹的肉体欲望表现得淋漓尽致，黑夜中什么都看不清，"they"躺在一起，"hull to hull"，洛威尔特意让这些词的所指变得模糊：这个"they"既是恋人，是车，也是坟墓；而"hull"，既是车身，也是人的身体，关键是，它并没有承载灵魂，而是"空壳"——它们是没有精神的肉体，指代纯粹的欲望。这刚好与女继承人的情况构成对反。最重要的是，生与死，纯粹的欲望与清教的戒律，因为黑夜融为一体，正如洛威尔头脑中精神躁狂的混沌。

另一方面，正如诗人奥哈拉指出的，是洛威尔"偷窥"的荒诞——洛威尔深更半夜跑到山上偷窥情侣们做爱。"我注意到恋爱中的汽车"，"注意到"原文为"watched"，有的翻译为"伺察着"，更强化了这种偷窥行为的不正常、不道德。虽然在评论中，洛威尔解释了这段有意为之的"窥淫之旅"事实上来自惠特曼："望着那对恋人的情节并不是我的经历，而是来自沃尔特·惠特曼晚年的一段轶事。"（《谈〈臭鼬时刻〉》）作为一种戏剧化的情境，它在艺术上是成立的。对此，洛威尔在这一节的最后一句做了总结："我的大脑不太正常。"这是对前面"季节病了"，所做出的重要深化：精神也病了。

这是一个肉体欲望之夜，也是一个精神病患的精神苦难之夜。对

来自世俗生活的拯救

于这两节，洛威尔提到了16世纪神秘主义诗人圣约翰，"我希望我的读者会记得十字架上的圣约翰写的诗"，这里的诗指的是圣约翰所写的《灵魂的黑夜》，洛威尔从这首诗中选取了几行——"一个昏黑之夜""它们躺在一起""此地无人"，这几行诗贯穿了《臭鼬时刻》第五节第一行到第六节最后一行，可以说是这两节诗的触发点以及归结点。引入圣约翰的诗行，就是将墓地上的性行为、"窥淫之旅"等病态行经，归结于清教徒在性方面的压抑，以及令人窒息的爱欲表达，将黑夜与性的渴望作为传达精神空虚的载体。黑夜意味着肉体的释放，但也是"灵魂/精神的黑夜"。这也许是同为清教徒的女继承人和洛威尔的共同表达。

总之，比较前面四节，我们能在这一节感受到清晰的变化。首先，前面泛泛说的场景和人物，从这一节开始变得具体，正如洛威尔所说，它所关涉的是一个"生动起来"的具体场景，它是现实的、活生生的当下，而不是一般的、历史的、文化的。这个漆黑的夜晚，对于洛威尔来说，"并不舒适，它是世俗的、清教的、不可知论的，是一个存在主义者的夜晚"，这个黑暗的夜晚，受制于清教的诫命与精神躁狂症，它并不舒适；同时，黑暗也意味着模糊、打破界限（包括道德边界），意味着暧昧的欲望。更为重要的，迥然不同于前面四节中苦修的隐士女继承人和性取向不同的同性恋装潢师，这一节是纯粹的性爱——一种动物性的行为，它与生育发生了直接关联，人与人发生了最切近的关联——身体上的亲昵和合一。这里，即使是片刻性的，人不再孤独，不再绝望。

车载收音机哀鸣,

"爱,哦无忧无虑的爱……"我听到

每个血液细胞里,都有一个病了的灵魂抽泣,

仿佛我的手掐住了它的喉咙……

我自己便是地狱;

此地无人——

前一节写一个黑夜的场景,最后一行总结为"我的大脑不太正常",第六节则进一步由外在的黑夜转向对诗人内心"黑夜"的剖析。并且,它将这种心灵的黑夜推至绝境,深入了死亡问题,写了精神的荒芜。

在写作上,第一、二行接续上一节的场景:第一行是坟山上汽车播放音乐的场景,第二行借助音乐点明主题——"无忧无虑的爱",有的译为"随意/轻率的爱",这一行虽然显得随意,但它如同一个总结——爱,不管它是"无忧无虑的",还是"轻率的"、来自纯情欲的,都已全然不同于前面的几节,孤独的隐士,破产的百万富翁,同性恋装潢师——他们都是"不孕"的,没有生机的;而这里——爱河泛滥!在象征死亡的坟墓之上,一辆辆车,一个个身体,紧紧躺在一起,这就是死亡之上的爱欲和生机。我们看到,它几乎是以一种扭曲、怪诞的表现主义的方式,来回应前面衰败的场景,对抗死亡。

第二行到第三行,由具体场景中的音乐,"爱,哦无忧无虑的爱……"——那"内心的声音",正式转入了不太正常的"我的大脑":"我听到/每个血液细胞里,都有一个病了的灵魂抽泣/仿佛我的手掐

住了它的喉咙……"。这是写洛威尔自己内心的怪物，描述自己精神患病的严重情形，他将身体的痛苦和精神的痛苦融为一体：这种痛苦是剧烈的、全面的（每个细胞），也是流淌在他的血液里的、内在的、不可去除的，这种痛苦被洛威尔形象描述的"整个灵魂和它那数以千万计的精神纤维、非物质的神经末梢、可感知的触角、心灵的雷达"探知到了。这种痛苦导致的直接结果，就是"仿佛我的手掐住了它的喉咙……"，洛威尔因精神的折磨有了自杀的念头，进入了死的问题。这是对前面诸节的进一步深入，从他人、物质、外在的荒芜，进入自我、精神、内在的荒芜。而真正的荒芜，是死。前面的种种压迫到洛威尔这里，直接转化为现实的、肉体的压迫，"我的手掐住了它的喉咙"，直接选择断送自己的生命——自杀。洛威尔曾直言自己躁狂症的精神体验，也坦言自己的自杀倾向，曾对着镜子盘问自己："为什么不死？死了算了。"

　　后一行，洛威尔将痛苦的原因分析总结为"我自己便是地狱"。这句诗源自弥尔顿的《失乐园》，因反抗上帝权威而被打入地狱的天使撒旦，化成蛇引诱亚当与夏娃偷吃了禁果，从而被逐出伊甸园，撒旦因此说，"我自己便是地狱"，地狱不在外面。它也让我们想到存在主义哲学家萨特的名言"他人即地狱"，洛威尔就曾与自杀结合谈及这个问题："我的脑海里想到的，是萨特或加缪的一段文字，讲到达至暗的某个点时，唯一自由的行为就是自杀。"（《谈〈臭鼬时刻〉》）"他人即地狱"出自萨特的剧本《禁闭》，说的是三个被囚禁的鬼魂等着下地狱，但在等待中，三个鬼魂彼此之间不断欺骗和互相折磨，最后他们领悟到：地狱并不是刀山火海，他人即地狱。洛威尔这里说的"自由"

是与"存在"相关的概念,萨特认为,存在先于本质,是人的自由选择、行动让主体成为自己的;而作为主体,每个自我都想把他人变成客体,以实现主体的掌控。所以,萨特的"自由观"带有一种强烈的"否定性",甚至具有悲观的色彩:"人被迫自由"。也许正是因此,洛威尔才说:"唯一自由的行为就是自杀。"

但是,从哲学和艺术的角度来审视自杀,像萨特和加缪一样,就是"一个存在主义者"的问题了。在《存在与虚无》中,萨特意识到自杀的倾向是一个真实的存在主义的时刻,这一"荒谬的"选择,这种激进的自由,也是一种对"存在的肯定",它会加强自我审视和自我创造。因此,萨特庆祝这痛苦的时刻。加缪也是如此,在《西西弗斯的神话》中,加缪称自杀的问题是"一个真正严肃的哲学问题",一个可能产生价值的问题,因为它意味着"觉醒"的意识。对加缪来说,地球是一片"沙漠",人类与它的关系是"荒谬的"——这就是洛威尔所说的"此地无人"。然而,加缪认为,自杀最终会被拒绝,因为自杀本身杀死了荒谬,它调和了思想和世界,而世界应该永远不调和。人类意识的高度将永远是对荒谬的沉思,而不屈服于自杀的诱惑。

写作问题,精神问题,此时对于洛威尔无疑形成了极端的压迫,自杀成为问题。然而,这个独特的"存在主义者"的问题,像萨特和加缪所说,最后会导致自我审视和自我创造,对于为艺术可以牺牲一切的洛威尔来说,也已成为一个值得庆祝的时刻。怀疑和希望是两姐妹,死亡意味着极度的否定,而否定也意味着肯定:极度贫困后的重生。于是,洛威尔说:"我晚上的睡梦使我如此沉醉,我乐意睡在虚无的睡眠里。我早晨的梦是如此让我沉醉，我愿意继续活下去。""我说着这两句话，打着唱歌一样的哈欠……"(《在失衡的水族馆附近》)

正如这一节最后一句，"此地无人"——它高度总结了景象的衰退、凋零，人的不孕，精神的绝境，世界的荒谬。但这精神荒漠，也正是一个存在主义者的夜晚。它否定了一切，让你创造性地感受、审视当下。于是，"从这里就有了最后两节中我的臭鼬们的行进与坚定"（《谈〈臭鼬时刻〉》）！这个存在主义者的时刻，就是获得启示的时刻，臭鼬出现的时刻。

五、臭鼬时刻，以及来自世俗生活的拯救

只有臭鼬，在月光下

搜寻一口吃食。

它们直着身体，在主街上阔步挺进：

身上是白道道，月光射入了火红的眼，

走在三一教堂的

白垩之燥和尖顶之梳下。

这一节接续前两节，时间上仍然写的是夜晚，它向读者描述了小镇街道上的场景。情节上，它也接续了上一节，最后一句"此地无人"——没有人，但街道上有动物。据说，缅因多臭鼬，它们大多晚上到市镇找吃的，这一节就是写大街上大腹便便的臭鼬。在第一到四

节写小镇的居民，第五、六节写诗人的内心，在几近"自杀"之后，第七、八节呼应前四节，由"内"转向"外"，回到了外面的街道：无法回避的现实。经过一个辩证上升式的返回，终于，这一节正式与诗的标题相关，开启了属于臭鼬的时刻。

"只有臭鼬，在月光下／搜寻一口吃食。"迫于饥饿，迫于生存，臭鼬来到人生活的大街上来寻找吃的。虽然这一节写的是动物，但它与前几节仍然保持着内在的关联。第一、二节写冬季的女继承人，她继承了丰厚的财富，极为富有；第三节写夏季的百万富翁，他曾极为富足，但是后来破产了；第四节，秋天的同性恋装潢师，他越发贫穷，为了活下去甚至选择结婚；第五、六节延续前面的种种衰败，进一步写"我"内心的"贫穷"，自杀的念头。这两节，写的仍是一种"贫穷"，甚至是一无所有的"赤贫"，只不过主体并非人，而是一种动物。然而关键是，它们不同于人——小镇居民们在不同的处境下，孤独、绝望，甚至有了自杀的念头，而臭鼬们，这些卑微的动物，它们却为了一口吃食，冒着危险来到了大街上，为生计忙碌。"赤贫"的它们，表现了对于生存的强烈欲望，这与前面诸节构成了巨大反差。

这是怎样的臭鼬呢？不同于黑暗中扭曲的"我"，在月光下，"它们直着身体，在主街上阔步挺进"。"主街"象征着现代世界——它扁平、空洞、机械，小镇上处于现代世界的人们，黑夜中模糊的人，是一群退让、怀疑、踟蹰、疯狂，活在过去、毫无生气、没有未来，甚至渴望自杀的人。而不同于小镇居民，这些臭鼬，它们"身上是白道道，月光射入了火红的眼"，身上颜色鲜亮，火红的眼即嗜欲之眼，它们生动、具体，充满了原始生物的生命力，带着浓烈的生存欲望。它们"直着身体",似乎并不卑微,而像主人一样,"在主街上阔步挺进","阔步挺进"原文为"mark",就像"行军",无所畏惧,坚定而充满力量。这是个戏剧化的场景,这些臭鼬不同于耽于"头脑幻象"的"我",它们大胆无畏地行动,就像追逐大风车的堂吉诃德,与现代社会的没落、凋零形成鲜明对比。就像洛威尔写的,臭鼬们的行进是"坚定""不切实际""反抗式的"。

最后两行写臭鼬所处的地点,它们"走在三一教堂的/白垩之燥和尖顶之桅下"。"三一教堂"意味着宗教,宗教象征着精神的救赎和慰藉,它将人从孤独、苦闷与绝望中拯救出来,超拔如高高耸立的"尖顶之桅",它是人精神高尚的象征。然而这里,宗教并不能带来拯救,正如小镇上的居民,洛威尔精神崩溃几欲自杀。宗教的无力通过"白垩之燥"一个词语得到充分体现,尖顶高耸着,但是干枯、空洞、毫无生气,冷漠而残酷——这里体现的正是洛威尔对宗教的怀疑。但是,不同于高高在"上"的教堂,在它的"下面"("under"),那卑微的臭鼬,那身上有着"白道道",眼中闪烁火光的臭鼬,积极,热烈,富于生气,充满生活的欲望——与宗教形成鲜明对比:它们一"上"一"下",代表两种不同的生活态度。这些,截然不同于小镇居民,表面没有灵魂的动物,它的"soles"(直着身体)刚好和"souls"(灵魂)构成谐音上的关联,它们弥补了灵魂的缺失。

正像洛威尔自己说的,他的诗作并不是宗教诗,"或者说它们只是使用了宗教意象",但是,"它们似乎比早期的那些诗作更虔诚"(《与弗雷德里克·赛德尔进行的访谈》),也充满了拯救和启示。

> 我站在我们的后门
>
> 台阶上,呼吸着这浓烈的空气——
>
> 一头母鼬,领着一队孩子翻垃圾桶。
>
> 它的头像楔子,扎入一杯
>
> 酸奶油,垂下它的鸵鸟尾巴,
>
> 拒绝害怕。

经过前一节之后,作为一个"存在主义者"的洛威尔,看到了在小镇上充满生命力的"行军"的臭鼬——小镇上的这些独特的"居民",给这个凋零衰败的小镇带来了崭新的气象,也带给自己拯救和启示,于是,仿佛奥德修斯般经历了一段精神苦旅后的洛威尔,又回到了"我",回到了"我们"——

"我站在我们的后门/台阶上",这明确了我看到臭鼬的具体地点。不同于五、六节,沉陷于"自我"精神的人,"我"的灵魂"每个血液细胞"都"病了",没有出路;而"后门/台阶",则从自我走向了外在。我们正常进出的大门——"前门",它所象征的一般的努力——女继承人、百万富翁、装潢师以及"我",都是没有未来,没有希望的;那充满生命力的臭鼬是不会从"前门"经过的,要看到它们,只有随着臭鼬的生活方式,在"后门/台阶上",换一种看世界的方式,另辟蹊径,才能与生命的奇迹照会。

更换了崭新的角度后,"我"在"后门/台阶"上,终于得以"呼吸着这浓烈的空气"。首先值得注意的是,"浓烈"原文为"rich",也有"充裕""富裕"之意,前四节在一片衰败、腐朽的场景中,破产的百万富翁、被逼结婚的同性恋装潢师在物质上都是贫困的；而贫困在臭鼬身上被克服了，"rich"一词就是一个标志，它意味着生命上的丰盈和富足。其次是"呼吸""空气"，呼吸意味着生命，小镇的居民笼罩在一片封闭、令人窒息的氛围中，那继承丰厚财产的女继承人将自己封闭起来，而洛威尔，"我的手掐住了它的喉咙……"，甚至有了自杀的冲动，活在"自我的地狱"中；不同于这稀薄而令人窒息的空气，臭鼬带来了"浓烈的空气"，涤除了陈腐污浊的气息，从窒息中解脱出来，带来了新的生命力。在这里，我们还需要注意洛威尔是怎样理解生命的来源的：在创世纪中，上帝用泥土造人，在泥土中吹入生命的气息，创造出了"有灵"的人；而这里，这"生灵"所吸入的是臭鼬的空气，是臭鼬而非上帝，赋予了人以灵魂和生命。臭鼬如同上帝，洛威尔是在诗中而非宗教中，实现了拯救。那个已经在某种程度上自杀"死去"的洛威尔，因为臭鼬重新获得了生命！

此时，"重生"的洛威尔已经和臭鼬合体了，他仿佛获得了新的生命和形象，臭鼬成为洛威尔的代言人。

"一头母鼬，领着一队孩子翻垃圾桶。"翻垃圾桶，是写臭鼬卑微的生存，那头母鼬，出于对自己的孩子们、对家庭的责任，忍耐着低微的现实，它只能在人们垃圾桶的残羹冷炙中，求得延续生命的一口吃食。但是，这里的垃圾，人们生活的废弃物——与前面呼应，它也意味着过往和传统，甚至，它就是小镇的衰败和破落的象征；然而，它们对于另一个物种而言，性质已经全然不同，它们是食物——臭鼬翻检垃圾桶，就是对衰败的小镇、人们的生活进行重新探索，并对它们进行新的定义。这生活的垃圾，从另一个角度来看，是财富宝库，是生命的来源。

那么，这是怎样一种崭新的探索呢？"头像楔子，扎入一杯/酸奶油，垂下它的鸵鸟尾巴"，这两行向我们描述了臭鼬吃食的神态，头往奶油瓶扎，尾巴往上翘，它让我们看到：一方面，是臭鼬的专注，对眼前事物沉浸式的全身心投入，这是现实求生的象征。此时，人们眼中的"垃圾"、人们所抛弃的奶油恰是臭鼬的盛宴，月光下，臭鼬"扎入一杯/酸奶油"的神态，全然是一副享受晚宴的神情——这也许就是贝里曼将其解读为圣餐的原因。另一方面，这两行也暗示了观念的变化，臭鼬的神态，是把头埋在沙地里躲避现实的鸵鸟的神态，这意味着一种看待现实的观念；我们不应该再从小镇居民的角度来看，而应从另一个物种来看，我们应该改变的不是现实本身，而是对现实的看法。因为垃圾从来都是原来那个样子。

观念的变化，是巨大的变化！我们在最后两行用词的暗示中看到，这本应对人有所畏惧的臭鼬，完全不是人们印象中的样子。它们"直着身体"，不像卑微的小动物，"阔步挺进"，如同威武的部队"行军"，而"头像楔子，扎入一杯/酸奶油"，"扎"原文为"jabs"，也有"刺""戳""猛击"的意思，它洋溢着一股原始、野蛮的力量，如同一支好战的"军团"。这支团结、充满温馨力量的"军团"，它们生气勃勃，坚定而充满力量，无所畏惧，行走在空乏、苍白的现代化的"主街上"，试图在这全面崩塌、没落、凋零的现代小镇上，在这荒芜（"此地无人"）的废墟上，像主人或君王一样，重新建立一个属于自己的崭新秩序，统治衰败、混乱的废墟和徒有其表的宗教。这样保持着旺盛生存欲望的"军团"无所畏惧，它们绝对不同于那精神和物质全面

来自世俗生活的拯救

崩塌的小镇居民，也与"我"不一样——它们感觉不到痛苦，"不会害怕"！

这个无畏的堂吉诃德，与不孕的主教、没有未来的女继承人、百万富翁、装潢师和孤独绝望的"我"——小镇上的"我们"形成鲜明的对比，母鼬，成功孕育了她的后代，而且是"一队孩子"，这个与"我们"截然不同的物种——"它们"不再是孤独的，它们生气勃勃，沉浸在自己的"圣餐"中。

而此时，洛威尔饱受折磨、痛苦不堪的心灵终于解脱了。臭鼬时刻，就是诗人获得救赎的时刻——不是源自崇高的理想、历史、传统、宗教，而是来自平凡的世俗生活。而这，让他得以告别传统写作以及精神疾病的困境，迎来新生，也迎来崭新的创作，自白派诞生！

小结

这首诗写的是缅因州的一个海滨小镇卡斯汀，它涉及这里的老居民，女继承人，百万富翁，同性恋装潢师，以及"我"自己。这些居民都处于自身独特的"贫困"中，小镇呈现为一种衰败、凋零的气象，毫无生气，散发着死亡的气息。通过小镇居民，洛威尔深深地凝视着自己内心的深渊，"我的大脑不太正常"，它容纳了洛威尔当时所面对的所有问题，文化传统、精神疾病、宗教难题、写作困境等，甚至濒临自杀的边缘——洛威尔由此隐喻性地指出：这个海滨小镇一片荒芜，"此地无人"！

但是，小镇上的独特"居民"——臭鼬，在"后门"才能看到的全新意义上的"居民"，刷新了人的眼睛。不同于前面的居民，它们散发着浓烈的气息，眼睛闪烁着火焰，充满了对生存、生活的欲念，它们如堂吉诃德般无所畏惧，成群结队，如同军队，充满了原始、野蛮的生命力，团结而不再孤独，坚韧而富于毅力，旁若无人、不顾一切地沉醉在自己的盛宴中——这臭鼬，是对生存的欲望和勇气的赞颂。从海上孤岛到蓝岭山、山丘墓地，再到有教堂的主街，活在过去的女继承人，活在现在的装潢师和"自我"，面向未来的臭鼬，这首诗将缅因州的海滨小镇连成一体，将过去和未来的时间连成一体，而最后，这生机的力量代替了宗教对人的拯救，反驳了洛威尔自杀的唯我论，它向世人吹入气息，洛威尔得到了重新焕发：在"后门／台阶上"，告别精神的躁狂，获得新生，跟随臭鼬进入崭新的世界。

更重要的是，对于视诗歌高于一切的洛威尔而言，这首诗将一切熔于一炉，从凝滞的传统、头脑的深渊、抽象的宗教……回归当下具体的生活，回归一种文学自白，它带来了一种崭新的诗歌——新的主题、新的语言、新的节奏，洛威尔说，自己开始"突破窠臼，放弃原来的手法"，摆脱那"被自身笨重的盔甲拖累至死""深陷沼泽之中的史前怪物"，"尝试用一种新的风格来写作"，学习"属于后一个世纪的""节奏、习惯用语、各种形象和诗节形式"——这一切，都是通过《臭鼬时刻》实现的，一个具有开拓性的自白派诗歌形成。

《臭鼬时刻》，意味着对"存在主义者"洛威尔带来的洗礼和拯救，但它不是来自任何超拔的理想和远视的光芒，而是来自生活，那广袤而生鲜的未被开发的原野。

附：《臭鼬时刻》

（给伊丽莎白·毕肖普）

瑙提勒斯岛的隐士
女继承人，仍在她的斯巴达式木屋里过冬；
她的绵羊仍牧放在大海之上。
她的儿子是主教。她的农场管理人
是我们村的首席理事；
她已年老昏花。

渴望
维多利亚女王时代的
等级私密性，
她买断朝向她那片海岸的
所有碍眼之物，
任它们倾颓。

季节病了———
我们已失去我们夏日的百万富翁，
他似乎是从一本L.L.比恩精品目录上
跳出来的。他航速九节的帆船
拍卖给了捕龙虾的渔夫。

红狐狸的颜色,覆盖了蓝岭山。

如今,我们的同性恋装潢师
把他的店铺装饰一新,迎接秋天;
他的渔网布满橙色的软木浮漂,
他的补鞋匠的凳子和锥子,也是橙色;
他的活计不挣钱,
他宁愿结婚。

一个昏黑之夜,
我的福特牌都铎爬上山丘的头骨;
我注意到恋爱中的汽车。头灯关掉,
船壳挨着船壳,躺在一起,
市镇的墓地,一级一级地延伸……
我的大脑不太正常。

车载收音机哀鸣,
"爱,哦无忧无虑的爱……"我听到
每个血液细胞里,都有一个病了的灵魂抽泣,
仿佛我的手掐住了它的喉咙……
我自己便是地狱;
此地无人———

只有臭鼬,在月光下

搜寻一口吃食。

它们直着身体，在主街上阔步挺进：

身上是白道道，月光射入了火红的眼，

走在三一教堂的

白垩之燥和尖顶之棍下。

我站在我们的后门

台阶上，呼吸着这浓烈的空气——

一头母鼬，领着一队孩子翻垃圾桶。

它的头像楔子，扎入一杯

酸奶油，垂下它的鸵鸟尾巴，

拒绝害怕。

（摘自洛威尔《生活研究 致联邦死者》，杨铁军译）

神圣自我的发现
——读沃尔科特《爱之后的爱》*

* 本文刊于《星星·诗歌理论》2023年第9期。

1970年代，饱尝爱恋之苦，经历婚姻失败的沃尔科特写下了《爱之后的爱》一诗，此时他已年近半百。该诗1976年收录于《海葡萄》出版，受到很多人喜爱，后来被收入多个诗歌选本。对于沃尔科特来说，这首诗似乎成为他对爱的一种总结陈词，在论及此诗时，他就曾说："当爱人失去了所爱，他发现自己必须回到自身，而且也许，那种并非针对自身的爱和失去爱的体验，加强了他的爱——不是对于自身之爱，而是某种对于个体而言的爱本质的意义。"（《德里克·沃尔科特诗集：1948—2013》，鸿楷译）.

那么，怎么理解这首诗，又怎么理解沃尔科特所说的"自身""爱本质"？下面我们来看一下。

一

这首诗共十五行，体式相对自由：松散的抑扬格，没有韵律上的讲究；六个短句，加上穿梭于不同小节的三个长句，长、短句错落，句式显得散漫。在语气上也是如此，它从头到尾使用第二人称，语言平实晓畅如一场对话，而就在和"你"的这场对话中，它以将来时预言了一场宴席：一位特别的"客人"到来，你邀他入座，奉上食物，最后与他一起用餐。全诗句式简单，用语浅白，但娓娓道来之际，诗人已经在奇巧的叙事、语言的互文中，生成了一个意蕴丰富的理解

神圣自我的发现 · 201 ·

空间。

第一节，在情节上，乍看它仿佛两个久不见面的朋友再次聚首，对于这个朋友的到来，主人充满了友善，重聚的氛围融洽而美好，五行诗中连用"满心欢喜""欢迎""微笑"三个词，加强欢乐的基调。这个画面具体、亲切，就像日常生活中真实发生的那样。但稍一细看，这个场景并不是日常化的，因为这朋友，是"你自己"！这让整首诗突然变得抽象，不可思议。似乎是为了摆脱这种抽象，通过两个意象，诗歌镜头一般推近"自己"："在你自己的门前"，这是一个流浪在外的人回到了家；在"自己的镜中"，则进一步从外在转向内在，从世界转向了自我，焦点集中于镜中的那个影子——自己。那么，"自己"是谁呢？人难道不认识自己吗？

第一节带来的问题，后面并没有直接给出回答，而是调转话头，与标题关联，谈起了两段"爱"，以此来为"自己"赋义。第二节先是谈起了你和这个朋友的爱，"你会重新爱上这个曾经是你的陌生人"，这告诉我们：你曾经认识这个人，但后来陌生了。为什么会变得陌生？第三、四节交代了原因。"情书""照片""绝望的小纸条"，三个关键词托出了一段被简化的爱情：你爱上了"另一个人"，因此你忽视了这个人。这当然是你对这个人的背叛。不过，"绝望的小纸条"也告诉我们，这段移情别恋终将失败，以"绝望"告终。也正因此，你得以满心欢喜地欢迎这个人回家，并重新爱上他。不同于你的背叛，这个人"爱了你一生"，即使你将他遗忘，他仍"一直用心记着你"，他对你绝对忠诚。而这个人，就是"你自己"。由此，我们看到了两种爱：男女之爱，以及"爱之后的爱"——自我之爱。前者是对后者的背叛。

第一节之后，仿佛是对你背叛的指责，诗歌的语调发生了变化。第一节友好、欢乐的语调，原本可以顺延至第二节（第六行），但实际上紧接的是一个语气冰冷的祈使句："坐这儿。吃吧。"这是极为突兀的变化，第二节以及接下来，对话中夹杂着一连串的"给他""取下""揭下""坐下""享用"。同时，第一节松散的长句，后面多变成简单的短句，它强硬，不容置辩，成为要求甚至命令。它要求你：物质上，给他喝，给他吃；精神上，把你的心归还给他——这是身体和精神上无保留的付出。你还得对自己的背叛做个了结，"取下"那情书、照片、小纸条，彻底放下那一段爱情，以及关于那段爱情的一切。最后，你还要从镜子中"揭下"自己的影子——那个曾象征着你和自我分离的影子，此时，它已经不需要被照见了。

第一节照出自我之间的影子，为什么在最后一节要"揭下"？因为此时，在诗中被极致压缩的信息里，你从移情别恋的背叛摆脱出来，重新发现"真爱"——爱上了那个流浪在外、一直忠诚于你的"自我"，你与"自我"合二为一了。这是这首中巨大的变化，曾经的爱带来"绝望"，而此时的爱——"爱之后的爱"，让你满心欢喜！你因此可以坐下来，享受新的生活。

这就是乍看之下，这首诗向我们呈现的基本面貌。它是首一气呵成，轻盈、小巧而完整的短诗，因此令人喜爱。然而，诗中的"自我"是谁，"真爱"是怎样的爱？沃尔科特所谓的"爱本质"该怎么理解？如此诸多模糊的问题，让这首诗显得游移恍惚，缺乏支点。显然，这首诗还需要进一步的审视。

二

事实上，沃尔科特信奉基督教循道宗，如果熟悉《圣经》的读者，会发现伴随这首诗发展的各个关节，充满了密集的宗教暗示：这首诗与《圣经》尤其是福音书构成了紧密的互文关系。福音书讲述了关于圣餐仪式的故事：在圣餐中，耶稣和十二个门徒一起吃逾越节的筵席，大家坐定，耶稣请门徒喝葡萄酒、吃饼，并明言饼是他的身体、酒是他的血，是他"为多人流出来，使罪得赦"的；他还在席间做了预言，预言了自己的死，预言门徒犹大将要（为三十金）出卖他，门徒彼得怕受牵连，也将一夜之间三次否认认识耶稣；他还表态不再喝葡萄酒，直到复活时，在天国里再同门徒"喝新酒的那日子"。圣餐之后，所有预言应验，耶稣被钉上十字架死时，遍地黑暗，天地震动，磐石崩裂，七日以后耶稣基督复活——这是个重要的时刻，是福音的到来。

这种对应关系，让整首诗的情境发生了巨大变化，诗中的诸多飘忽不定也因此可以得到确定，它有力地充实和支撑了这首诗。可做简单梳理。

第一，语言方面。基督教为了有效地向信徒传递信息，语言往往清新自然，有亲切直白大众化的特点。而这首诗，除了主题抽象，语言朴素平易、直白晓畅，对普通人而言几无阅读障碍，它延续的就是《圣经》的语言风格。

第二，人称方面。福音书中，耶稣在圣餐上对门徒说话，用的是第二人称。这首诗也是如此，它使用第二人称，就是在仿照耶稣，如一位仁慈的父亲直接对你说话，温和体贴，循循善诱：对你的背叛，他也心怀不满，带着责备；但他并没有放弃你，仍在对你提出要求和希望。这种面向你的对话，让整首诗语调放松又严肃，充满温和的谆谆教诲。第二人称，撇开了旁观者，让这首诗充满了私密性，也让这场谈话突破层层屏障，迅速破防，进入你灵魂那隐秘的核心。

第三，关于"真爱"。正如《圣经》所说："爱是从神来的。凡有爱心的，都是由神而生，并且认识神。没有爱心的，就不认识神，因为神就是爱。"（《约翰一书》4：7-8）真爱是从神来的，在《创世纪》中，上帝正是因为爱，照自己的形象造了人类的始祖亚当、夏娃；而在福音书中，正是为了"使罪得赦"，在圣餐之后他又做出牺牲，被审判，被钉上十字架，献出了生命。人原本是从上帝而来，上帝与人原本是一体的——因此，耶稣就是诗中那个"爱了你一生"，即使"你"背叛仍"一直用心记着你"的人，他就是那个更好的"自己"，神圣的自我。

第四，关于背叛。耶稣在圣餐中预言的背叛，一是指犹大为了金钱告密，二是彼得为了生存不认自己。它们都是源于世界、源于世俗之爱，而这世俗之爱的极致，是男女之爱，它是对上帝最初的背叛：上帝造的人类祖先亚当，原本无忧无虑地住在伊甸园里，但因不听告诫，偷吃了禁果，陷入与夏娃的爱欲，从而背叛了上帝的爱，被驱逐出人间乐园。这正如本诗中，"你""因另一个人"的爱，而背叛了"爱了你一生""一直用心记着你"的人。人的爱欲，甚于金钱和求生的欲望，是一种源于世俗、拒绝分享、极度自私的占有欲，也因此成

神圣自我的发现

为背叛上帝的代表性力量。对此《圣经》做了总结："人若爱世界，爱父的心就不在他里面了。因为凡世界上的事，就象肉体的情欲，眼目的情欲，并今生的骄傲，都不是从父来的，乃是从世界来的。"（《约翰一书》2：15-16）

由此，我们对"爱"与"爱之后的爱"，就有了更确切的理解：前者是世俗的男女之爱，它是狭隘、自私、暂时性的，它限于二人世界，是"假爱"；而后者是神圣的上帝之爱，它无限、包容、始终如一，它是奉献与牺牲，是"真爱"。要挣脱世俗之爱，投向真爱，人就要学耶稣做毫无保留的牺牲和奉献。在诗中，这突出体现在第八行诗：给他酒。给他饼。给他你的心……连续三个"给"（"give"）重复，这意味着物质和精神上的双重奉献，毫无保留。它与爱欲的占有构成鲜明对比。

第五，关于酒、饼和重生。我们看到，诗里宴席中被要求奉献出来的酒和饼，就是福音书圣餐中耶稣请门徒们吃的。葡萄酒和饼，在《圣经》中是极其重要的文化符号，而在圣餐中，它们更被视为耶稣的血和肉——这两样食物，意味着生命之源：吃它们，意味着再生。

这个获得新生的时刻，是第一行诗中预言的那个时刻，"The time will come when..."，是你从背叛中回归，重新爱上神圣"自我"的时刻；也是耶稣在圣餐中所预言的复活时刻，"the days will come when..."（《路加福音》21：6），在天国里和自己的门徒"喝新酒的那日子"。——这也就是诗中用将来时的原因，为了迎来福音！此时，你告别爱欲的"绝望"——爱而不能的绝望，正如耶稣受难时山崩地裂的世界末日，在最后一行，迎来复活后"新的日子"——诗的原文

· 206 ·　泥淖之歌——"大雅"诗的无字书

"life",是"生命",也"生活""日子"——享用生命的盛宴。这不是世俗的快乐,而是神圣的"elation",一种极乐!

三

总之,这是一首关于真爱与神圣自我发现的诗,一首抽象的诗。但是,诗人将其处理为一场与众不同的人与"自我"相认的宴席,诗歌因而变得具体、日常,并且乍看晓畅直白,轻盈灵巧,带给我们一气呵成的轻松惬意。而当你理解它与福音书严丝合缝的互文关系之后,你会愈发感受到这首短诗的巧思和匠心。它《圣经》式的语言,预言式的将来时,圣训式的第二人称,巧妙地融于宴席场景,与福音书高度重合。一方面是情欲之爱到自我之爱,另一方面是门徒的背叛和耶稣的复活,而因着二者的紧密联系,最后,人在自我的发现中,克服绝望,骤然变得庄严而神圣,仿若重生,得享受生命丰盛的宴席,获得了极乐!

一首小诗,如此不着痕迹地负载两条线索,承载如此复杂的文化含义,颇为难得。

当然,这首诗也非一味于神圣中凌空高蹈,人发现了神圣的自我,但人仍是有限的肉身,难免沉湎于尘世的爱欲。正如沃尔科特虽然在此诗中做到了"人间清醒",但其一生,仍前仆后继"执迷不悟",从一个爱人走向另一个爱人,从一段婚姻走向另一段婚姻。标题"爱之后的爱","Love After Love",原本就是爱的循环,正如在创世纪之初,亚当、夏娃正是在上帝的爱中，走向背叛，陷入男女间的爱欲。从世俗之爱到对上帝的爱，与从上帝的爱到世俗之爱，刚好构成一个循环。因此，这首诗高昂乐观的抑扬格后面，是不得已的悲剧底色。正如最后一句，"Feast on your life."，在《圣经》中，"feast"原为"eat"，沃尔科特变"吃"为"享用"，享受人生、享受生活，"享受生命的盛宴"，在诗中实现了情感色彩的变换！但是，它毕竟是在"吃"血和肉——在消耗自己的生命——生命必将消散，这多么日常却又可怕啊！

在西方传统中，结果似乎必然如此。人与神、有限与无限、内在与超越，都是截然分离的，尤其是在基督教传统的深刻影响下，难有其他可能。在此传统下，失败的婚姻，无常的爱恋，让年近半百的沃尔科特在世俗生活中已然看不到希望，于是转而寄望于某个超然的自我，某种"天命"——在基督教传统中，这个超然的自我除寄望于全能而宽仁的上帝，似乎再无其他。而中国有着别样的传统，其理想人格即有限而无限、内在而超越，于世俗中成就神圣——成佛成仙成圣，正如《周易》所谓的"大人"，他能"与天地合其德，与日月合其明，与四时合其序，与鬼神合其吉凶。先天而天弗违，后天而奉天时"。我们不知道，沃尔科特若理解这种超越性的人格，他的诗歌会呈现怎样的样貌。

附:《爱之后的爱》

这样的时刻总会到来,
你会满心欢喜地
在你自己的门前,
自己的镜中,欢迎你的到来,
彼此微笑致意,

并且说,坐这儿。吃吧。
你会重新爱上这个曾经是你的陌生人。
给他酒。给他饼。把你的心
还给它自己,还给这个爱了你一生,

被你因另一个人而忽视
却一直用心记着你的陌生人。
取下你书架上的情书,

还有那些照片、绝望的小纸条,
从镜中揭下你自己的影子。
坐下来。享受你生命的盛宴。

(沃尔科特作,阿九译,有改动)

从流水的表面到深处
——读希尼《在图姆桥边》[*]

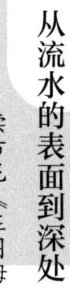

* 本文刊于《出版广角》2016年第16期。

今天，人们对希尼的爱戴已成不争的事实，这之中，既包括政治名人、歌坛明星，也包括普通读者。在希尼《电灯光》译后记中，诗人杨铁军提到一对他偶遇的爱尔兰情侣，他们就这样评价希尼，"在爱尔兰，他就像神一样"，希尼写普通人、写日常生活，无疑为普通读者深度阅读与理解诗歌提供了可能，不过，倘若你因此只是走马观花、浮光掠影地阅读，则往往难以形成与诗歌本身相匹配的认识。

比如《电灯光》中被有些人认为最好懂的《在图姆桥边》：

> 那里平坦的水流
> 从内伊湖流出之后溢过堤堰
> 看起来像越过了地平线的尽头
> 闪闪发亮，落入巴恩河的
> 绵延不断的现在进行时。
> 　　　　那里设过检查站。
> 那里九八年的反叛少年被绞死。
> 那里野外空气里的负离子
> 对我来说是诗。正如此前有一次
> 肥美鳗鱼的黏液和银光，也是。

诗集中译本提供了大量宝贵注释。这首诗也是如此，这为我们了解这首诗提供了必要的信息：图姆村位于北爱尔兰最大、最宽阔的淡

从流水的表面到深处 · 213 ·

水湖内伊湖的西北角，这个湖由上巴恩河等几条河流注入，湖水经下巴恩河向北流出。诗中提到的图姆桥位于下巴恩河，站在图姆桥边，能看到茫茫的内伊湖面，也能看到湖水在下流越出湖面，注入下巴恩河。诗中涉及的其他内容也均为可查的事实。

如此看来，这首诗是对巴恩河、内伊湖的一种描述：前五句是以图姆桥为视点，由上而下，顺着湖水的流向而移动；后五句增加了历史方面的材料，由河流延伸到历史，并由湖面扩展到一个立体空间，写到空气，最后回到水中的鳗鱼。以此，似乎可以说这首诗是层次清晰的，但也是简单的，我们大可以把它当作一首带点感怀的"散文诗"来理解。不过，希尼并非"散文诗"也非"乡土诗"写作者，如果停留在以上粗泛的理解上，对于被奉为神的希尼，对于一首仅十行的短诗，都是不够的。

显然，这首诗歌需要进一步的阅读。

一

正如诗人雷武铃所说，"希尼诗歌的中心就是他出生成长的那片土地，那片土地上的人们"，理解希尼诗歌，一个进入的好办法是对希尼生平、诗歌背景的了解。希尼在诗歌中的参与程度常成为支配诗歌结构的一个重要元素。这首诗尤其是这样。希尼1939年出生并成长于北爱尔兰的图姆村，20世纪70年代从北爱尔兰迁出。写《在图姆桥边》时希尼六十岁左右，是在晚年写故国故土、自己的家乡。根据这个背景，综合诗中"桥""水流"一般所具有的象征性提示，"绵延不断的现在进行时"所直接指示的时间，我们可以很快把握诗中隐藏的另一条线索：时间线索。这条线索并非如一般被认为的那样可有可无，它在诗中一开始即发生作用，是一条结构性的线索，对于我们重新把握这首诗意义重大。下面以此对照细看一下。

第一行，"那里平坦的水流"，写的是内伊湖湖面，湖面宽广而"平坦"（"flat"），这看起来只是在陈述一种事实，但因希尼的代入与时间线索的介入，它也寄寓着态度和价值评判。对一个老人来说，这种"平坦"也是对晚年生活日常的认识与描述：日常生活重复、单调、贫乏，平淡无奇如同"平坦"的死水。第二、三行，"从内伊湖流出之后溢过堤堰／看起来像越过了地平线的尽头"，这两行写内伊湖下流湖水漫过湖面，注入下巴恩河，也是在陈述场景事实，但在时间线索下，对已年届花甲的老人而言，此"尽头"也是富于象征意味的人生处境："堤堰"意味着湖的边际、尽头，堤堰之截水，正如人之不愿死；水流之终究要越过堤堰抵达尽头，正如人之必死归于虚无。"地平线"原文"the flat earth"（"flat"再次出现），"earth"除"地球"之意外，也有"尘世""世间"的意思，也是对世俗生活的暗示。所以，虽然字面朴素，平铺直叙，并无情感的直接流露，但其中隐含人生处境与现实环境的对应与映射，隐含生命消逝的无奈和隐痛。

所以，前三行看似漫不经心，实则举重若轻：饱满的意义和复杂的关系借助一个长句子，通过其不同成分在不同诗行的分布，通过诗歌换行产生的错位感，形成一种水流、时间流动与消逝的效果。这里，每个词语负载着丰富的意义，也承担着结构的功能，这与表面的舒缓节奏形成对反。一个句子呈现了河流的流向，也展现了前五行的观察角度，这让前半部分推进自然，更为全诗搭建了一个附着多层意义的支架；河流与时间两条线索、字面和隐喻紧密贴合，两条线索的发展高度融汇，支配着整首诗的发展。因时间线索与希尼的代入，我们可以理解，全诗平缓如水流一般的句子与一个老人平缓的语调相关，同样，前三行行文之朴素、景物之扁平，以及干枯的主词加谓词的支撑结构，也都可以做同样理解——因为，在一个老人那里，生活与时间，就如这波澜不惊的湖面。

然而希尼并非一个绝望的诗人，他的诗歌是安慰性的，克林顿就这样评价诗人："（希尼）是爱尔兰人民和世界的礼物，是我艰难困顿时的慰藉。"这在第四、五行可以看到："闪闪发亮，落入巴恩河的/绵延不断的现在进行时。"这两行顺着水流，从平坦流淌的内伊湖表面转向了闪闪发亮的巴恩河，转向水流的截面。这两句诗中，一改前面无声音、无色彩的静态、表面、枯燥的描写，出现了两个生动的形容词，"闪闪发亮""绵延不断"，水流开始变得富于光彩和动感，变得丰富、立体起来。这是色彩的变化，也是态度和观点的转换，这种对流动的凝视，出现了与水的平面流向不一样的力量：轮回的悲伤被当下的流淌所"遗忘"（希尼语），是该诗的一个重要转折和发展。

值得注意的是，第五行结束于内伊湖落入下巴恩河流动的截面，而未进一步将视线投向下巴恩河及其流动本身，为什么？

二

如果说前三行是顺着水流方向写表面，接下来的两行进入一个截面，是对流水表面的突破，全诗的后五行，就是对这个截面的进一步延伸。希尼将目光从流水、时间表面转移到流水与时间的截面"present"，并因凝视而出离，进入一个新的观察视角。

第六、七行，"那里设过检查站。/那里九八年的反叛少年被绞死"，出离中介入历史，内伊湖的历史。写湖的表面之后写历史是自然的——为立体展现内伊湖，但相对前五行的语脉而言，这里突然涉及政治与死亡则有些突兀。然而细看，这里仍是一种顺承和延续：一方面，延续前面五行隐含的时间线索，另一方面，又与上五行顺着流水的写法构成对反，接续第四、五行，进一步写一种"逆向"的力量。后五行专注于这种"逆向"的力量。表面上，似乎流水冲刷一切，时光冲淡记忆，但意义并不是一个人类学或历史性的概念，死亡并不意味着意义的消逝与遗忘。如，诗中"九八年的反叛少年"罗迪·麦考利就被历史铭记了。因此，这种突兀感恰恰是为形成一种冲击效果，进一步充实那个时光的截面，那种在阻滞中停留、闪闪发亮的东西：顺着流水、时间流向之表面，是虚无；而进入截面，在对抗、否定和逆反的寻求中，意义往往就此生成——恰如历史上捍卫自由的起义。为了呈现这个"逆向"的逻辑，希尼除了让死亡呈现冲击的效果外，还有更多细节上的考虑：检查站是对行人前行的阻滞，反叛（"rebel"）

从流水的表面到深处

少年是对主流、强势的抗阻，都是与水之流向、人之放任自流相冲突的力量；而选取罗迪·麦考利，也与这个"逆向"的逻辑紧密相关：曾经的"反叛"事件，现在已成为爱尔兰历史上三大起义之一，"反叛少年"已成为著名的民族英雄，是推动民族独立和发展的象征性的力量。希尼告诉我们，时间、流水并不是席卷、左右一切的，意义和价值并不会在流逝中烟消云散，那些在历史、在深渊中被误判的东西，会被纠正而越来越清晰明确，而不是模糊。从诗的结构性角度，希尼是在强调那种逆向的东西所构成的正面意义。

不过，就历史事实本身而言，反叛少年终因绞刑缺氧窒息而死。第七、八行以生与死的"一息"之隔，巧妙地接续了其中的内部关联，"那里野外空气里的负离子／对我来说是诗"。由凝视出离于历史而回归当下，其中内在的推动仍然是那股逆向的力量——负离子意味着呼吸和生命，以对抗窒息与死亡。"负离子"原文是"negative ions"，用词仍可见一种逆向、否定的力量。希尼在说，这种力量是由死向生转化的原因和动力，是呼吸，是生命之源。也是在这个意义上，希尼直接对诗歌进行了定位，"（负离子）对我来说是诗"，这就回到了前三句提出的问题：对于一个老人，如何面对时间之流逝、生活之贫乏，以及无可避免的丧失与死亡？希尼的回答是诗——诗是焕发，是永续的生命。

对于诗歌所能赋予人的，希尼曾说，写作所赋予你的就是……去获得内心生活的波涌、来自内在的供给或者一种不期然的力量感，去漂流，去跳脱出自我。最后两行就是朝向这种意义的刷新与重新赋予。"正如此前有一次／肥美鳗鱼的黏液和银光，也是。"通过诗歌，视角再次由现实当下回到最开始谈的内伊湖。这两行和前两行表面相似，实则作用不同——诗歌成了转换性的中介力量，另一座"桥梁"：诗人不但在图姆桥边打量巴恩河，也是在诗歌之"桥梁"边，打量时间与人生的河流。只是，通过诗歌之嫁接回到内伊湖——并非泛泛回归，由对逆向力量之认识，以及富于慈悲性的关怀与转化，此时关注点已从"平坦"的死水到活生生的鳗鱼（黏液意味着生机），从湖的表面到河流深处涌动的中心……意义内涵已经根本不同。

在用词上，整首诗从一种"平坦"（"flat"，平坦的水流，平坦的大地）发展成为"肥美"（"fattened"）：表面地、外在地看，水流和大地都是"平坦"（"flat"）的；内在地、深入地去看，则水流中心暗流涌动，鳗鱼圆肥（"fat"），闪着鳞光，充满生机活力……这里也有一个语言游戏：字母"l"为表面地观看一条河流，"去除"这种外在观照，"flat"则为"fat"——"扁平"则变得"丰满"；同时，就"fat"的色彩，也可以看到后五行的微妙变化，如果说"rebel"带着决绝，则"negative"使这种色彩有所减弱，到了"fatten"，则否定的力量消解，充满圆融的中和色彩——它有养育、培育之意（诗歌与生活，需要悉心培育！），全然投向了一种正面的、有机的乃至氤氲的神秘之力。

三

希尼诗歌的诸多特点在这首诗中得到体现。单就用词来说，希尼并非炫技派，他并不追求词语表面的惊涛骇浪，而是从深处发掘词语内部的暗流。其诗中词语的多义常被隐藏，需要研究生活、放慢速度、用放大镜去重新审视。比如这首诗的题目，"在图姆桥边"，桥意味着连接不同的东西：它是水流的尽头，是生死的关节点；进一步深入，我们知道它也通往生命，通往闪闪发亮的时光剖面；最后，它变身成为诗歌，成为通往意义的另一座"桥梁"。桥的多种象征意义都随着诗歌的深入而逐渐显现。另外，除了词语因诗歌的敞开变得丰富之外，在语境中，词语与词语的彼此辉映，原本单个词不具有的意义，原本词与词不具有的关系，通过激发、拓展，生成了新的意义，这当然也是一种语言游戏，是语言的生力之一。如前文中显示的，"平坦"（"flat"）到"肥美"（"fat"）的变化，如"rebel"与"negative"之间的关系。在希尼那里，有限的词语不是陈列在厅堂中抛光上漆而焕发油亮的古董家私，而是被钉在田塍边用作分界的木桩，它们经受日晒雨淋，一道道粗细不一的粗糙的纹理清晰可见，而当你发现这种时光之轮与那些纹路令人惊讶的组合呈现时，你就会认识到，他比任何诗歌更富于后现代意味。它是回廊，是镜中镜，是魔术，是无限意义绽放之地。

从形式上来看，本诗也充满匠心，比如第一行和第六行前的空格。为什么不取消空格或者干脆空行？这里面体现了希尼的两种观察方式。全诗虽有五个断句，细看，其实全诗均由"那里"（"where"）引导，缺一个主语，这个"那里"指的就是图姆桥，"我"所处的观察位置——是实际位置，也是生命境况。空格，可以说是在用一种不在场的方式凸显"我"的在场，也是强调两种不同的观察方式：河是同一条河，关键是你是顺着河流流向之表面，顺着人生之贫乏去看，还是进入闪闪发亮的截面，进入一种逆向的考察，进入诗，从水流深处去看。水面与深处，顺流与逆向，都系于同一条河，它们一体两面而非割裂。希尼的这种安排，充满东方哲人式的智慧，就像道家的辩证法，佛家的中道观，儒家的体用论，一而二，二而一。空出字符，以见两种观察的方式之不合；未分节，以见两种观察的方式之不离。因此我们说，整首诗就是一场刷新认知的旅行，十行过后，由表及里，由扁平而丰富，抵达一个有机的生命体。

也因"那里"的引导，全诗实际上是一个长句子，一句话。这在语气上，也在观念上，都与希尼的老人身份紧密相关：生命如河流如长句，如一个长长的呼吸。平缓的长句就是人到晚年的语气。所以，长句的使用是修辞，它让句子形式与内容形成对应，而非表达上的拖沓语病。长句简化了人生的复杂性，使全诗在表面上显得风轻云淡。这些，都是希尼有意为之，服从这首诗本身的需要。另外，连续几个"那里"（"where"）的重复让整首诗歌语气平缓如自语、轻叹一般，"where""where""where"是"well""well""well"的谐音，仿佛在说：好吧好吧好吧——这是一个老人对生活及其必然性认知的总结，也是一种坦然。当然，即使如此，诗歌的节奏也在发生变化。整首诗节奏的变化由"那里"引导和控制。在前五行，顺着水流流向，"那里"只出现一处，而进入第六行后，接连出现了三处，一句一顿，节奏加快。这当然是与转换视角之后的认识相契合的：即使衰老的生命，也能经由诗歌而年轻、而激越，如同胸腔中本身即富于力量的怦怦跳动的心跳声。

四

　　艺术、宗教、哲学有大区隔，在最高点上则汇通于一，这里我们通过希尼诗歌看到了它们之间的姻亲关系。这首诗，看起来浮光掠影、漫不经心，显得松散而扁平，实则精致而巧妙。整首诗从内伊湖开始，又回到了内伊湖本身，恍如一个"轮回"，我们得以从随湖面而深入水流的深处、生机勃勃的湖中心，从平坦、虚无走向了涌动着生机的意义中心。希尼的诗歌，绝非在生活之外孤悬的诗歌帝国，生活、生命与诗歌在希尼那里并不是疏离的，如果我们将这首诗视为一首"看水"诗，正如佛家"看山"之谶，其中的逻辑，就像从"看山是山"到"看山不是山"再返回"看山是山"，希尼实现的是一种大回归、大圆满。也因此，读希尼，是一场诗歌的旅行，也是一种人生修行。

　　正如国内一个研究者眼里的杜甫，他说杜甫犹如平地，你无法像看李白那样看到他高山般的奇特与险峻，然而随着阅历的增长，平坦之外，你还能发现他更多的品质，诗艺，智慧，受难与行动的勇气，乃至臻于神性的慈悲。希尼也是如此。

附：《在图姆桥边》

  那里平坦的水流
从内伊湖流出之后溢过堤堰
看起来像越过了地平线的尽头
闪闪发亮，落入巴恩河的
绵延不断的现在进行时。
  那里设过检查站。
那里九八年的反叛少年被绞死。
那里野外空气里的负离子
对我来说是诗。正如此前有一次
肥美鳗鱼的黏液和银光，也是。

（摘自希尼《电灯光》，杨铁军译）

泥淖之歌
——读叶芝《天青石雕》*

* 本文刊于《广西文学》2021年第10期。

1935年6月13日，步入晚年的叶芝七十岁生日，这一天，他收到朋友——青年诗人哈利·克里夫顿赠送的一块清乾隆年间的天青石雕。这件来自异域的特殊礼物无疑触动了老叶芝的神经，于是第二天，他就给诗人多萝西·威里斯利写了信，信中这样描述："有人送我一大块山形的天青石雕作为礼物，那是由中国雕刻家所作，上面刻有庙宇、树木、小路和正起身往上攀爬的隐士和弟子。隐士、弟子和顽石，这都是东方人强调感觉的永恒主题。在绝望中英雄的呐喊。不，我错了，东方永远都有自己的解决办法，因此对悲剧一无所知。是我们，不是东方，必须发出英雄的呐喊。"叶芝并非一时兴起，他对这件礼物给予了持续的关注，在后来给画家埃德蒙·杜拉克的信中，叶芝又对这个石雕念念不忘，还提到它背后模糊难辨的题字。而也就是从那时起，叶芝开始酝酿，一年后写成了他本人称之为"我近年最好的作品"——一首以这件礼物为题的诗，他将这首诗献给克里夫顿，作为对后者友谊的答谢。

显然，在这一年多的时间里，这个天青石雕就像一面镜子一样，深刻唤起并映现出叶芝自己的问题。我们可以设想，信中那些显得遥远的主题是如何通过天青石雕发生关联的。叶芝去世于1939年初，晚年身体不佳的他，大限将至无疑成了最大的问题，而就在他七十岁生日这个特殊的日子，来自神秘东方的古老的天青石雕——这块冰冷坚硬、漠视着历史变迁与时光流逝的"石头"，这件"不朽"的艺术品，对于颓颓老矣、终身打磨诗歌艺术的诗人叶芝，不啻是种暴击般

哈利·克里夫顿赠送给叶芝的天青石雕

的提醒：如何面对即将到来的死的问题，如何克服它带来的绝望情绪？诗歌艺术能解决死亡的问题、带给人快乐吗，或者说人类的文明可以吗？如果人是有限的，诗歌艺术以及人类文明能实现永恒吗？这件天青石雕，如同一个争辩者，搅动了叶芝内心深处的黑洞。

这些问题关联着叶芝隐秘难知的内心，以及他当时电光石火般难以追踪的细微感应。这些创作机枢的神奇触发令人着迷，然而，要想追踪它们，又何其难矣！所幸的是，叶芝耗时一年多打量那件由天青石打磨而成的精致艺术品，最后，他剥去种种芜杂和缠绕，结晶成了另一件艺术品——一首五节五十六行的诗《天青石雕》。它当然是值得细读的，文德勒就说，《天青石雕》在测试一首严肃的诗里可以容纳多少怪诞的事物，"频繁摇摆于古怪和严肃之间"（《我们隐秘的法则：叶芝与抒情形式》，周丹译），它是一首极有难度的诗；而除了繁复炫目如万花筒一般的意象和典故外，它们在不同的时间和空间中穿梭，其天马行空般的跳跃性也让人迷惑……也许，作为叶芝晚年的代表作，如同任何精湛的艺术品一样，我们需要专注地倾听它——每一个句子、每一个逗点，倾听其中隐藏的回声。

一、战争场景：存在的泥淖与问题的提出

了解了叶芝的关切——由生日点燃的关于死和诗歌艺术的问题，那么第一节的"偏题"——直接由战争而非天青石雕进入，就不那么令人匪夷所思了。

作为一个高度关注现实与政治的诗人,时代环境引导了叶芝。20世纪初,席卷世界的第一次世界大战爆发,作为大不列颠及爱尔兰联合王国的一个组成部分,爱尔兰卷入了战火;叶芝写作此诗的20世纪30年代,更是一个风云变幻的时代,1936年,爱尔兰右翼分子、蓝衫军的领袖奥达菲对墨索里尼仰慕不已,试图在爱尔兰也实行法西斯专政。战争的阴影笼罩着爱尔兰,也笼罩着叶芝。作为爱尔兰的现实处境,战争就像诗歌一样,倾注着叶芝的同情,吸引着他的注意力。

战争为叶芝提供了一个具体的现实切入点。更为关键的是,它也让叶芝把自己关切的问题有机地结合在了一起。它牵系着人的生死、城市与文明的存亡,在战争中,一切都可能被"夷为平地"、归于尘土;它席卷一切,笼罩一切,是一股不可抗拒、无法逃避的可怕力量。而从效果上来说,没有什么比战争的破坏性和震动来得更直接、更有冲击力,也没有什么比它更引人关注、引发联想了。因此,叶芝在开头撇开坚硬冰冷的石雕,先写水深火热的战争,由此来提出自己的问题。

那么,叶芝是如何提出自己的问题的呢?

> 我听歇斯底里的女人们说
> 她们厌恶调色板和提琴弓,
> 厌恶那总是快乐的诗人,
> 因为所有人知道或应该知道
> 如果不采取极端的行动

飞机和齐柏林艇就会出动，

像比利王一样投放炸弹

直到这座城被夷为平地。

首先是提问的角度，"我听歇斯底里的女人们说"，叶芝借助于一个更容易引发关注的角色——"歇斯底里"的女人，提出问题。（"我"虽然在第一行出现，但没有直接介入评论。）显然，女人不同于男人，就感受力来说，她们更为敏感，更能敏锐地触发内心和外在细微的变化；就承受力来说，她们更为脆弱，对现实的反应，也往往更易于外露、放大乃至扭曲变形，变得"歇斯底里"。叶芝就是希望通过这样的提问者，最有力度地呈现人们对战争的反应。

经由这样的提问者，叶芝牵出了"质问"的对象，沉思诗歌的价值、艺术的意义。"她们厌恶调色板和提琴弓，/厌恶那总是快乐的诗人"，叶芝调用象征：调色板—绘画，提琴弓—音乐，诗歌—文学——它们极凝练地代表了所有艺术。同时，全诗聚焦的"快乐"问题也在这里第一次被提了出来，沉湎于日常的女人们质问道：面对战争，生命都不复存在，诗歌（艺术）何为？面对死亡带来的绝望，"快乐"从何谈起？脆弱的女人们放大了现实场景，她们让战争横亘、死神逼视，向艺术提出了一个现实的生存论问题，她们让艺术的"快乐"显得轻佻。显然，这种质问是有力的、不可反驳的。这让我们想起奥登，他曾沮丧地说，诗歌是无能的，它解决不了任何现实问题，在一个不幸的时代，写诗的人是可耻的。

这种对诗歌（艺术）的态度，后面一行从常识的角度进行了强化：

"因为所有人知道或应该知道",所有人("everybody")都不能例外。这一句后面没有标点,因此,在句法上它关联着上一句,像一个常识的答案:面对战争和死亡,人能因艺术而"快乐"吗?不能。同时,它也关联着下一句:问题如何解决?不同于艺术,它给出了另一种答复,"采取极端的行动",在人们眼中,唯有"以眼还眼,以牙还牙",才是解决办法。这里的重点在于对比:绘画、音乐和诗歌(文学),它们都于事无补,对世界、对现实没有改变,因为它们都置身事外,是一种(艺术的)观看、旁观("eye");对于处在水深火热中的人们而言,关键是采取手段做些什么("done"),它是行动——即使是极端的手段。通过这种"看"与"做"的对比,诗歌艺术的无力被进一步放大。

为了强调战争的毁灭性和残酷性,叶芝在后面写道,"飞机和齐柏林艇就会出动,/像比利王一样投放炸弹",飞机和齐柏林艇,是当时杀伤性最大的武器,代表着毁灭和人类破坏的极致。而战争最惨烈的结局,是"这座城被夷为平地"。叶芝在这里间接提出了文明的永恒性问题。城市是现代化的结晶,是人类文明的象征,但战争让它们"夷为平地",原文是"lie beaten flat",它在强调,在战争面前,人类的一切努力、土地上的所有建树和文明,都将被打败,归于废墟和尘土。这里也预示了一种彻底的悲观主义,对于战争和灾难,不但艺术无力,人的行动也于事无补。

这两句值得特别注意的是,外在力量(战争)和人的力量的对比与呈现方式。外在力量——巨大的飞机和齐柏林艇临空笼罩,自上而下俯视,炸弹也是由上而下,对于大地上微尘一般、肉身的人而言,是一股可怕的力量；而炸弹在城市爆炸，向上升腾恐怖的蘑菇云，是对这种外在力量的进一步放大，具有最大的视觉冲击力。它就像战争的炫耀，张牙舞爪，让战争和死亡的恐怖感最大化。与外在力量呼应和对照的，就是城市的"被夷为平地"，人类的努力、人类的文明被战争摧毁。最后一行中的"lie"总结了这种关系，也成为后面诗节的起点。"lie"，平躺，它依附于土地，是人最懈怠、最无力的状态。第一行中的提问者（女人们）也呼应了这种处境，因为女人代表阴柔、顺服、妥协，对现实无能为力，丢失了自己（主体的能量），她们瘫倒在战争恐惧的泥淖之中。

"lie"是泥土的呼唤，暗示人与土地原初的关系，它将我们带向本诗的母题——东西方神话的共同主题：在西方，人类的始祖亚当、夏娃源于尘土；在东方，人也是女娲用尘土和水混合捏制而成。人并非神性、超越的存在，人是陷于泥淖之中的沉重肉身，是泥淖性存在。这一节充分展现了人陷于泥淖的无力感。这里的人并非抗争者，并非柏拉图对人的那个古老定义——"直立行走"，一种与土地构成冲突和抗争的力量，而是妥协者，妥协于尘土本身。战争，让人的这种存在变得尖锐：它让人处身水深火热之中，带来混乱、灾难和死亡，它将"泥水混合物"的人"打回原形"，它将人以及人的所有作为——文明的象征、平地上建立的城市，夷为平地，也让人如同万物一样，最终归于尘土。

至此，我们看到，第一节表面写战争，实则通过战争提出了叶芝关心的问题：死的问题，诗歌艺术的价值问题，文明的永恒性问题。叶芝理解和同情人们对于艺术的质疑，为了更好地提出自己的问题，

泥淖之歌 · 233 ·

唤起最大的关注,在技术上他做了诸多努力:借助于女人们歇斯底里的呼喊(情感的极致),通过战争毁灭性的灾难(后果的极致),通过从上到下笼罩的杀伤性武器(恐怖性的极致),通过炸弹生起的蘑菇云(视觉效果的极致)……叶芝将所有问题集中于一个极具冲击力的战争场景,他借助亲历者,借助场景化,让这个转瞬即逝、极具画面感的惨烈场景,一个血淋淋的镜头,生生横亘眼前,带给你最强烈的体验!当他放大这种灾难性场景时,他的问题也因之得到了最大凸显。而最终,战争的结果,是让人、让文明归于尘土,人的泥淖性存在问题被提了出来:人如何解决问题,在平地上挣扎、挺立乃至实现飞升,获得快乐?后面将回答这个问题。

二、悲剧艺术:对现实的模仿和痛苦的纾解

> 人人都在扮演各自的悲剧,
> 哈姆雷特在那傲然走着,李尔在那,
> 那是奥菲莉娅,那是考娣莉;
> 可是,若演到最后一场,
> 巨大的剧场幕布就要落下,
> 若他们无愧于这剧中的重要角色
> 就不要中断他们的台词而哭泣。
> 他们知道哈姆雷特和李尔是快乐的;
> 快乐改变着那所有的恐惧。

人人都曾追求、寻获与丧失；

灯光熄灭；天光照进头顶：

悲剧达到了它的极致。

即使哈姆雷特游荡，李尔狂怒，

所有的帷幕同时落在

成千上万个舞台上，

它也不会增长分毫。

上一节中，人类"采取极端的行动"，似乎暗示着人类行动所必然导致的结果：就像它的原文"drastic"，字母内部清浊音的激撞、摩擦，演化为另一个词语"tragic"（悲剧）。而第二节，叶芝将从现实层面转移到艺术（悲剧）层面，开始对第一节提出的问题尝试进行回答。

在第一节中，叶芝通过战争提出了死的问题：如果说为了唤起读者注意，增强对问题的体验，第一节呈现为一个被放大的场景（"scene"），那么第二节则开始对它进行聚焦，通过"人生的落幕"建立起了与这个戏剧化"场景"的关系；而如果第一节只涉及对战争的事实性描述，那么第二节则已延伸向对战争的后果（死）的承受问题。叶芝让它落到了他在信中提到的"悲剧"问题上。为了让两者有效串联，叶芝将在两个有些含混的层面谈论悲剧，一是作为现实生活的"悲剧"，二是作为文学体裁的悲剧，二者通过"舞台"这一极具象征意味的形式——它既关注现实，又关联文学——建立起了关系。

在第二节中，叶芝深化了对战争毁灭性的理解，首先是承受主体的扩大。叶芝说，"悲剧"和痛苦的承受主体不仅是身处战争中的人，

泥淖之歌　　·　235　·

事实上，日常生活中，"人人都在扮演各自的悲剧"。更重要的是，这一句表达了叶芝对悲剧本质的看法，悲剧引导了他解决问题的方式，他重述了亚里士多德的经典表述——悲剧即对现实的模仿，是对命运深刻的、艺术化的表达，悲剧也是一种行动（"done"），这种表述呼应第一节，建立了艺术与现实的联系。在此基础上，叶芝说，其实"人人"（"all"）——正如第一节中的"所有人"（"everybody"），都处身悲剧当中，艺术与现实并不隔离。第二、三行进一步强调了艺术与现实的含混关系，并深化了悲剧承受主体的普遍性，"哈姆雷特在那傲然走着，李尔在那，/那是奥菲莉娅，那是考娣莉"。这一次，叶芝借用了莎士比亚的两大悲剧《哈姆雷特》和《李尔王》。一方面，这两句诗中，"在那"（"there"），"那是"（"that"），均两次重复，这种有具体指称性与经典戏剧人物的搭配，促成了现实与艺术含混的魔幻效果：悲剧并非与现实生活隔绝，艺术并非虚设的桃花源，悲剧适用于现实，悲剧人物就是生活中的你我。另一方面，在强调普遍性的同时，叶芝的镜头从第一节中的群体拉近到个体，哈姆雷特与奥菲莉娅，李尔与考娣莉，他们都是处身伦理关系中的人——父亲被杀，爱人死亡，这都是家庭的悲剧、痛苦的极致。就这样，叶芝从泛泛的人与人的关系，跳转到家庭内部的伦理冲突，他突破了第一节对战争之惨烈的冷漠旁观，而介入了悲剧的强烈感受——就像鲁迅说的，悲剧之为悲剧，就是把美好的东西毁灭给你看。后一句进一步强调了悲剧的不可抵抗性，以及悲剧与死亡问题的关联，"若演到最后一场，/巨大的剧场幕布就要落下"，"最后一场"的落幕，就是生命的终结，是死；这种必死性，延续了第一节，它无法逃脱、无法避免，不可阻挡。

那么，如何承受这令人绝望的必死性呢？叶芝转向了悲剧艺术的功能问题。"若他们无愧于这剧中的重要角色／就不要中断他们的台词而哭泣。／他们知道哈姆雷特和李尔是快乐的；／快乐改变着那所有的恐惧。"这里的"他们"指的是第一句中的"人人"，这个代词是含混的，前面，为了深入现实和艺术的关系，叶芝提醒：所有人都是悲剧现实的参与者、主导者，是痛苦的承受者；同时，每个人也是悲剧艺术的观看者和扮演者，是痛苦的纾解者。而这一句中，叶芝笔锋模糊一转，开始立于悲剧艺术，立于演员和观众的视角，他强调，如果表演得好，无愧于悲剧中的角色，就不要停下来哭泣，不要让现实打断艺术，戏剧艺术具有独立性。在第一节中艺术被质疑后，他试图回答人如何承受痛苦，在这里第二次提到"快乐"——他的答案立于亚里士多德，是悲剧艺术所带来的宣泄、纾解功能。"快乐改变着那所有的恐惧"，"改变"原文为"transfiguring"，即艺术的转化，也是对死的承受的转化。因为艺术的模仿，"死"转换了形式，转化于作为艺术的悲剧中，变得可以承受；而快乐来自艺术的愉悦——表演与欣赏的愉悦！

因为舞台，叶芝将漫长的人生做了极简化的表达，"人人都曾追求、寻获与丧失"，而"死"是"灯光熄灭"，是最后的丧失。我们看到，如果说第一节将重点放到一个具体的战争场景，人因这种巨大的视觉冲击而无法承受，那么在这里，镜头逐渐拉远，时间延长，从一个场景延长到了人的一生，从"战死"延伸到"自然死"。对于死亡的态度，人们已经接受"人人终有一死"，不同于第一节中的恐怖和震惊，这里有了释然的达观，因为时间、距离，人的情感得到了化解，就仿佛死的问题和人的痛苦可以在时间中稀释一样。悲剧艺术带来了快乐，它对于有限的人而言，无异于天国之光，"天光照进头顶：/悲剧达到了它的极致"，此时，人生的谢幕是悲剧艺术的完成和圆满，天光是艺术的极致，是快乐的极致！叶芝在后面的诗行中做出总结："即使哈姆雷特游荡，李尔狂怒，/所有的帷幕同时落在/成千上万个舞台上，/它也不会增长分毫。""游荡""狂怒"精准概括了悲剧人物哈姆雷特和李尔的"存在"，叶芝是在对悲剧艺术做补充说明：现实的情感不同于艺术的情感，艺术的快乐不被悲剧人物的情感所左右；艺术的快乐是绝对的，对它的感受永远是个体的、内在的，与外在的灾难力量无关，与灾难的大小（"成千上万"）无关。

细看整节诗，我们发现，第一节中那种对人构成压制的外在力量仍然贯穿这一节：第一节中的飞机、齐柏林飞艇、炸弹，它们都是临空俯视，自上而下，从天而降；而这一节中，人生的幕布落下，乃至最后"成千上万"的所有帷幕同时落下，它所象征的"灯光熄灭"——也就是人之死，那种比战争更为直接、更为普遍的力量，也像上帝的雷霆一样是自上而下降临（"drop"）。这种外在的、必然的、无法抵御的恐怖力量，贯穿了整节诗，而第二节的悲剧艺术顺应了这种力量，是对这种力量的描述和模仿，它所带来的快乐——艺术愉悦的"天光"，也是从上到下，没有任何变化。我们也发现，因为悲剧艺术对现实的深刻模仿，上一节中提到的人深陷泥淖的"存在"在这一节中得到了充实，变得丰满而真切：人在泥淖中挣扎，基于肉身的爱欲而"追求、寻获与丧失"，在时间的流转和变动不居中，在生死的羁绊中，人经受人间百态的无尽变化，"恐惧""游荡""狂怒"，感受死与极乐，所有的人生况味，都在这一节中被充实。

我们看到，第一节提出了死的问题和艺术价值的问题，而第二节，既是对第一节的延续又是对第一节所提问题的辩解。叶芝将它集中在悲剧上。通过它，叶芝串联起了现实与艺术的关系，他扩大范围，延长时间，由现实战争、死的问题转化为模仿的艺术，并由悲剧艺术来回答现实问题：悲剧艺术让人得以在情感上宣泄、纾解，获得了快乐。然而，它所带来的快乐，它"改变"的乃是人的主观感受，那从上而下笼罩的不可抗拒的外在力量，仍在。悲剧艺术顺应这种力量，没有积极的反抗；悲剧只是模仿现实，问题并未得到真正的解答。

三、宗教与哲学：朝向永恒的努力及其失败

> 他们来了：或徒步，或乘船，
> 或骑骆驼，骑马，骑驴，骑骡，
> 古老的文明置于刀剑之下。
> 而他们与其智慧走向毁灭：
> 伽里马科斯的手工艺品，
> 他雕刻大理石如同青铜，
> 当海风席卷那角落，石像上的
> 衣纹仿佛要随风飘升，没一件伫立；
> 他那长长的灯罩，狀如
> 纤细的棕榈树干，只立一日。

万物倾倒又被重新建立，

而那重建的人们是快乐的。

第一节提出人的生死问题，第二节在解决方案上诉诸悲剧艺术的宣泄和纾解，但问题并未得到解决。于是，第三节开始尝试其他的解决方案：宗教／信仰与哲学／理性，并开始讨论文明的永恒性问题。

为了解决问题，"他们来了：或徒步，或乘船，／或骑骆驼，骑马，骑驴，骑骡"，在这两句中，从原始的徒步，到运用工具，到利用各种畜力，人们尝试了不同的解决方式。连续、短促的动宾短语，如同解决问题的艰难与匆忙，如同人类执着的意志。同时，"徒步""乘船""骑马"等行进方式，是人类对于不同事物、工具的征服，据傅浩的注释，他们所利用的不同的动物，象征着埃及人、阿拉伯人以及基督教徒、伊斯兰教徒所创造的不同文明，象征着不同的宗教形态（《叶芝诗选》，傅浩译）。所以，这些努力都归于一种解决方式——信仰。"他们来了"，其实是人类在漫长的历史河流中所留下的文明足迹。叶芝似乎在告诉我们，面对死亡这样的亘古难题，人们倾向于用原始而执着的信仰来解决问题。

然而，信仰仍然无法解决问题。信仰听从那自上而下的超越性（神）的召唤，是一股强大、执着的力量，但也是一股原始、非理性、盲目的力量，它把自身的力量让渡给一种超越的力量。"camel-back""horse-back""ass-back""mule-back"，连续出现的"back"似乎就在提醒我们，信仰并非自身对问题的正视（"face to face"），而是与原初动机背道而驰。不同的信仰各行其是，而一旦它们碰撞，就是冲突的力量——不同文明的冲突。在这两行中，七个短语，七次停顿，节奏加快，就像战争中无序而纷乱的铁蹄，践踏着文明。文明的力量成了毁灭的力量。这似乎呼应了第一节，再次对人类行为进行了质疑，人类"采取极端的行动"就是战争的源头，只是，第一节让人看到了"头顶"科技的毁灭力量（飞艇和炸弹），而这两句，让人们看到了人类"脚下"原始的毁灭力量。它们都是因人类的盲目而带来的灾难，叶芝用一句诗总结："古老的文明置于刀剑之下。"

如果信仰有着非理性和盲目性，让人类文明毁灭，努力付诸东流，那么理性呢？如果人类依靠自身的认识和智慧来解决问题，结果会不会更好？这种不同于宗教信仰的方向是否会不同于前两节的妥协和无力，让人获得尊严和荣耀？在西方世界，智慧是古希腊哲人的象征，古希腊哲学作为一种证实自身力量的方式，震惊了世界——于是叶芝将目光转向了古希腊哲人的解决方案。也许是出于古希腊对人类文明的贡献，以及哲学对于人类理性的启发，相比于前面的两行诗，后面用了六行诗，以古希腊哲学代表文明与毁灭的力量进行角力。叶芝试图通过它来说明对人类文明的守护以及实现永恒的努力。

后面几行聚焦的，是第一节中没有涉及的雕塑艺术：古希腊伽里马科斯的大理石雕——不同于瘫软的色泥、缥缈的音符和纤细的诗行，似乎坚硬的大理石雕更能表达对于永恒的诉求。"伽里马科斯的手工艺品，/ 他雕刻大理石如同青铜"，伽里马科斯是公元前5世纪希腊雕刻家，据傅浩的注释，他"发明以旋凿雕刻衣纹，曾为雅典守护神庙制作一盏金灯及一个棕榈树形的青铜长灯罩"。雅典娜是智慧女神，金灯代表着光明，是黑暗、蒙昧和无知的对立面，代表着人类的智慧和理

泥淖之歌

性的启蒙。叶芝巧妙地将古希腊的哲学和艺术融为一个具象的金灯，但是在文字上，他只是说"灯罩"——灯罩是守护灯火的，叶芝意在强调这种守护性：守护人类的智慧（文明）之光。伽里马科斯的手工艺品，其实就是捍卫人类文明永续存留所做的努力。所以，不同于第一节中炮火下归于尘土和灰烬的城市，伽里马科斯面对的不是泥土，而是大理石；他还希望他的大理石雕塑就像青铜一样——青铜是当时人们能锻造的最坚硬的物品，代表不朽和永恒。

"当海风席卷那角落，石像上的／衣纹仿佛要随风飘升，没一件伫立；／他那长长的灯罩，状如／纤细的棕榈树干，只立一日。"在诗中，叶芝描述了伽里马科斯艺术的精湛，他发明的旋凿雕刻衣纹让作品栩栩如生，可以乱真，"石像上的／衣纹仿佛要随风飘升"。这是人类自身企向永恒的努力！对比前面诸节，我们来看古希腊哲人所做努力与外在力量的变化。在第一、二节中，战争、死亡等不可抗拒的外在力量从上而下笼罩——飞艇、炸弹、帷幕、天光，而文明的城市最后"被夷为平地"，人们对此无能为力，叶芝用"lie"来强调。但在第三节，人类的智慧代表着人类的主体性，面对自上而下的无可抵御的力量，人不再无力地瘫倒（"lie"）在地，不再只是借助悲剧自我纾解，而开始进行自下而上的反抗，做积极的努力：不同于"drop"、无力的"lie"，人们开始强调自身的力量，雕塑"伫立"的原文"stand"，衣纹"飘升"的原文"rise"，都在宣示人们自下而上的反抗的力量；不同于生命的短暂（"short"），长长的（"long"）灯罩暗示对守护人类文明永恒性的希冀。"stand""rise""long"，是人类致力挣脱泥淖性、让自我挺立、文明不朽的努力。

然而，即使千回百转，这种努力的结果又如何呢？第四句做出了预示，"而他们与其智慧走向毁灭"，尽管他的艺术创造生动而精湛，尽管他雕刻大理石如同青铜，但是，面对"海风席卷"，面对摧枯拉朽、翻天覆地的狂风暴雨，面对时间的沧海桑田，他的艺术就像衣纹一样，柔软、脆弱而无力；面对海风的无所不在、席卷一切，人的所有努力都显得渺小，只不过是一个小小的"角落"而已。同样，那守护文明之光的"灯罩"，渴望长久、永恒（"long"）的努力，也是"纤细的"（"thin"），脆弱如"棕榈树干"（而非青铜），所以，伽里马科斯希望守护人类文明获得永恒的艺术——大理石雕像，最终在历史的河流中"只立一日""没一件伫立"，以失败告终。

人类的努力一次次付诸东流。然而，似乎本节的前两句就对此给出了回应：不同的文明形态仍在不停地"come"（到来），生活依然在继续。在叶芝的诗学观里，人类文明有着周期性的循环，人们前仆后继，文明也因之更迭。前两行与后两行刚好构成一个闭合的圆环："万物倾倒又被重新建立，/而那重建的人们是快乐的。"这一节告诉我们，没有永恒的文明，然而，叶芝对于个人和历史的关系认识清醒：历史总是在我们身上不断重演，文明在不断重建。并且，叶芝以此不得已的退却，以回避绝境。历史的重复性，"万物"的重建，那被拉长了时间线的轮回，在个人短暂的一生中被体验时，仍然是崭新的经验，所以，悲伤、绝望仍然可被当下的小欢喜所取代，全诗第四次出现了"快乐"——又一次"无奈"的"快乐"！

这一节值得注意的，还有时空处理的变化。第一节，为了有效提出问题，在空间上，截取的是一个具体的战争场景，时间上，则仿佛停留于快速胶卷拍录的当下那一刻，因此，画面清晰，细节明了，情绪被"歇斯底里"地放大。第二节，为了深入体察问题，在时间上，当下的一刻被延长为一生（从生到死），在空间上，具体的场景被放大为人生的"舞台"，也因此，细节被忽略，情绪在艺术观照中获得了纾解。到第三节，视野进一步拓宽、拉伸，在时间上，它延伸为整个人类的历史长河，在空间上，则跨越世界各地，涉及多种文明形态。可以说，在时间和空间上，三节在不断拓展，第三节到了一个极点。为了回答好人的死亡问题，对抗那自上而下笼罩的外在力量，人开始做积极的努力，努力挺立自身的主体性——信仰和自身理性的启蒙，开始让人变得强大起来。不同于第一、二节中人的妥协，第三节中的人希望自己的泥淖之躯能在文明史上，如青铜般留下永恒的印记。只是最终，这种努力也失败了，人类文明无法得到永恒的保存；所谓的"快乐"，完全是建立在一种历史的遗忘中，人被迫生活于自身短暂人生的"小确幸"之中。

四、天青石雕：和谐而富生意的中国场景

> 两个中国人，身后还有一个，
> 被雕刻在天青石上，
> 在他们头顶上飞着一只长腿鸟，
> 一个长生不老的象征；
> 第三个，无疑是个仆人，
> 携带着一件乐器。

终于，第四节承接上一节的大理石雕，触及了这首诗的主题词，开始直接谈论中国的天青石雕——这尊长约26.7厘米、高约30.7厘米，清乾隆时期的石雕。在这节只有六行的诗中，叶芝粗略呈现了石雕上的一个场景，勾勒了石雕上的主要人、物及其关系。它就像你一眼瞥到的天青石雕的轮廓——你还没来得及看其中的细节：天然的纹理、材料的缺陷，以及时间带来的磨损和变化，等等。

正如我们曾提及的，在一首以天青石雕为主题、共五节的诗中，直到第四节才涉及石雕，是不是有些"偏题太远"？当然不是。让我们来细看它与全诗主题及前三节的关联：

一方面，是在场景和时间上对前三节的呼应和延伸。为了回应问题，第一节的一个即时性场景，到第二节被移到了一个舞台，在时间上延长为人的一生；第三节则进一步拓展——世界不同的文明形态、整个人类的历史，在时间和空间上达到了极限。然而问题并没有解决。于是，这一节呼应第一节，回到了一个即时性场景，对石雕的场景进行了描摹，似乎希望在另一个场景对那困扰已久的问题进行解决。另一方面，第一节对绘画、音乐和诗歌的价值进行了质疑，而这一节表面上是对雕塑的描摹，实则让三种艺术融汇在一起了：石雕上的人、物，就像凝固了的立体绘画，音乐体现在仆人携带的"乐器"上，而诗歌就是叶芝的诗行本身。同时，第二、三节所涉题材也被容纳于天青石雕：石雕上的三个人呈现出一定的戏剧性关系；而画面上的人物和长腿鸟，标记了中国道家重智慧的独特文化氛围，这是对第三节古希腊哲学的呼应。这样，我们就看到，前三节的题材不被觉察地合而为一，汇归于这一节——一个新的场景。它们相互呼应，面对同样的问题。

这一节也不同于前三节,我们来细看其中的变化。一是场景和画面性质的变化,在前三节中,尤其是第一节的现实场景,画面充满了紧张、混乱,充满了不安和歇斯底里的情绪,而这一节,石雕美丽,画面和谐,充满了秩序感。天青石雕固然呈现了一个具体场景,但它已不同于第一节,它不再是现实场景,而是一个艺术场景;它不再是对现实的质疑,而是在对问题进行回应(后面我们将看到)。二是场景呈现视角的变化,不同于第一节的放大——放大画面和人们的心理反应,初看之下,这里是缩小:空间缩小、人物缩小,也因此,细节、人物及其表情变得模糊,充满了中国写意画的特色。三是诗歌节奏的变化,文德勒观察到:不同于前面行军般的四音步,"他简要描写石雕上的人物以阻止四音步前进;此处,这首诗的组成单位由四行诗节'减少为'行末标点的两行句法单位(一系列的逗号,一个分号和一个句号)"(《我们隐秘的法则:叶芝与抒情形式》,周丹译),从这一节开始,内容变得简单,节奏变得舒缓,叙述有条不紊,充满了道家的悠然和从容。四是人数上的变化,前三节涉及不同的族群,他们是遭遇战争、身处混乱、朝向死亡的人,而这一节只有三个人,在道家文化中,"三"是一个"生生之数"——"三生万物",它是创生性的,意味着新生和未来。与此关联,它们体现了对于死亡态度的变化,第一节充满死亡和毁灭的色彩,而这一节中的"长腿鸟",在道家文化中是"一个长生不老的象征",它提示人能够从泥淖中跳脱、挣出……

此外,还有贯穿全诗的两股力量对比的变化,在第一、二节中,飞艇、炸弹、帷幕,笼罩着一股自上而下不可抗拒的超越力量,人类对此力量无能为力,第三节人类试图自下而上,通过精湛的艺术"伫立""飘升",但最后"没一件伫立";而这一节,出现了新的意象——仙鹤,不同于人沉重的肉身,它长着翅膀,轻盈,代表着一股决然不同的自下而上的力量,一个新的物种,它属于头顶的天空,意味着人成为另一种存在的可能,摆脱泥淖,羽化飞升,成仙成道,一种"长生不老"的希望。这样,虽然呈现的是一个缩小的场景,但它象征着无尽的宇宙视野,一种截然不同的空间观;虽然停留于一刻,但是其中意味着永续的时间,一种截然不同的时间观。不同于第一幕中"歇斯底里"被极端放大的人,在石雕中,山大,而人,只是影影绰绰能识别出人形,如同中国山水画的观念,人在世界中是一个和谐而渺小的逗点,这是从宇宙与生命的角度来看待人:人作为自然生命的一个部分,人的无限在于融入自然宇宙永续的生命中——这就是道家的天人合一。

总之,第四节既承续和总结了前三节,同时又发生了重要变化——它习焉不察,不着痕迹,让这一切悄悄地在一个画面中沉淀;而我们也仿佛突然一顿,世界安静了下来,像一个在思考的空镜头,在等待一个更好的答案。

五、攀登与飞升:中国智慧及其超越的化解

  石上每一块褪色斑痕,
  每一处偶现的裂隙或凹窝

泥淖之歌

都像是一道激流或一场雪崩,
或依然积雪的高耸山坡
然而杏花或樱枝无疑
熏香了半山腰那小房舍——
那些中国人正朝它攀登;而我
乐于想象他们在那里坐定;
在那儿,他们凝视着山峦和天空,
凝视着一切悲剧的场景。
其中一位请奏悲伤的曲调;
技艺纯熟的手指便开始弹奏。
他们的眼周尽是皱纹,他们的眼睛,
他们古老而发光的眼睛,是快乐的。

如果说上一节轮廓简约、节奏舒缓,像个一晃而过的镜头,安静而超越,那么这一节则是这个镜头移近、定格,在对石雕细细打量。它容纳了细微的景观,深化了其中的细节。

"石上每一块褪色斑痕,/每一处偶现的裂隙或凹窝/都像是一道激流或一场雪崩,/或依然积雪的高耸山坡",这件艺术品上面有着"褪色斑痕""裂隙或凹窝",它们可能是因为天青石本身的质地,也可能是因为时间所带来的磨损,对于一件艺术品而言,它们是不完美的既成现实。然而,就是这些不完美,关联着全诗的"悲剧化场景":斑痕、裂隙、凹窝暗含着分裂、残缺,激流、雪崩、积雪的山坡则暗含着崩塌、溃败,这些冷色调的词语,就像针一样刺穿并牵引着战争和毁灭，隐射着人生的悲剧；而形容词化了的动词"偶现的"，道尽人生的无常和变幻。最重要的是，正如全诗始终贯穿的无法摆脱、无可抵御的自上而下的力量，这里的激流、雪崩也因引力，自上而下倾泻——那种无可更改的压迫性力量仍在。所以，前面提出的问题，一开始就在这里被召唤了出来，成为基调和背景。

然而，它们虽然被容纳，但经石雕艺术家的处理，发生了根本的转化。这种转化，与中国山水画的结构和透视紧密相关。西方的绘画，为了增加效果，所有的造设都围绕、服务于一个中心，它所呈现的是特定时间中的特定空间。不同于西方的焦点透视，中国山水画采用的是散点透视，每一个部分与其他部分相呼应，但又负载独立的时间，因此，一幅山水画常常容纳着流动的历史和多元的空间。天青石雕融入了中国山水画的特性，一方面，斑痕、裂隙、凹窝、激流、雪崩、积雪的山坡，独立自存着，它们所象征的战争、人生悲剧等，它们承载的复杂意义还在；另一方面，在这山水画中，它们又都被缩小，斑痕、裂隙、凹窝被改造成为激流、雪崩、积雪的山坡，这些重要的意义承载单位，在这里成了"自然"以及美丽画面的一部分。在这种和谐中，历史的时间性被自然化解，成为永恒的当下。而那自上而下笼罩一切的力量，它们的毁灭性、冲击性，被减弱，被超越，它们的存在是"偶现的"存在，转化为一件艺术品的构件，成为和谐的一部分。

天青石雕的中国山水画效果已经开始回应本诗提出的问题，画面上的杏花或樱枝则更进一步，"杏花或樱枝无疑／熏香了半山腰那小房舍——"，天青石雕上除了激流、雪崩和积雪的山坡，还有色彩感截然不同的杏花和樱枝：画中的悲剧化场景，那激流和雪崩潜藏的危险和寒冷,并未让中国人"歇斯底里",因为,画中杏花和樱枝温暖而甜美的花香,改变了周围冷酷的环境和现实,后者被"熏香"了,因此,三个中国人虽然身处"悲剧的场景",仍能处之淡然与超然。而不同于前面四句中静止的画面,"高耸山坡"带来了后几行的动态:面对险峻的大山和悲剧化场景,"半山腰"上的人迈出了"一大步","那些中国人正朝它攀登",与全诗笼罩的自上而下的力量不同,与河流和雪崩流向不同,这里出现了人自下而上的努力——向上攀登。这种攀登,指向一种截然不同于之前的努力,在中国道家看来,山和天象征着超越,它与中国核心概念"道"紧密相关,中国智者的努力在于得道,因道实现永生;在道教中,道家的这种努力被进一步拓展,与上一节仙鹤的经典象征呼应,它期待修仙、飞升,以打破现实的束缚和肉身的局限,获得长寿乃至永恒。

而此时,"我",隔了多节,在全诗中第二次出现,他罕见地中断了叙述,强行介入,"而我 / 乐于想象他们在那里坐定; / 在那儿,他们凝视着山峦和天空, / 凝视着一切悲剧的场景"。依靠"想象",叶芝将石雕画面进行了延伸,他"想象"他们停了下来——"坐定",连续两行出现"在那"("there"),呼应第二节连续两次出现的"在那"("there")。不同于悲剧人物在那里"走着""追求、寻获与丧失""游荡""狂怒",身处不安和恐惧;中国智者"坐定""凝视",这些词色彩淡定而安然,与世无争,毫无不安和恐惧感。中国智者"凝视着山峦和天空",一方面,山峦和天空不同于第一节中被"夷为平地"的城市,它们高高矗立、无边无际,不可摧毁、不可超越,同时,它们恒常而稳定,代表了巨大而安稳的力量、超越的力量;另一方面,不同于自上而下笼罩的压制性力量，它们牵引着人从下向上凝望，企向山峦和天空所象征的那无限和永恒的力量。此时，叶芝回应全诗，再次提及"悲剧"的问题："凝视着一切悲剧的场景。"人生的一切悲剧场景，灾难和苦痛，在无边无际的天空和安然矗立的高山面前，都渺小如石雕上偶现的"裂隙"和"凹窝"，它们就这样被克服、被超越了。这就是叶芝在信中说的，对于悲剧，"东方永远都有自己的解决办法"。

在中国智者看来，高耸的山峦和无边的天空所象征的道是圆满的大欢乐，中国智者沉浸在对无限而超越的道的观照和追求中，但是，他们未能像儒家一样建立起道与世间、伦理的直接关联，对世俗生活与人的行动缺乏积极的肯定，因此，道家有着宗教的色彩（这也是道教产生的原因），它对于世俗的基调是淡漠的、悲观的，眼底满是"永恒的悲伤"，因而寄情山水，"坐"而论道。而即使对于人生的"悲剧的场景"，中国智者也从来都是闲情逸致一般的，音乐是排遣的方式："其中一位请奏悲伤的曲调；/ 技艺纯熟的手指便开始弹奏。"中国音乐并非悲剧"模仿的艺术"，并非场景的复写，所以这里，悲伤的细节和内容被忽略、被超越，最后两句点明这种超越的"快乐"："他们的眼周尽是皱纹，他们的眼睛，/ 他们古老而发光的眼睛，是快乐的。"叶芝最终回到前面提出的问题，这也是七十多岁的老叶芝自己的问题。皱纹，意味着年老，意味着阅尽人生的悲欢离合，也意味着人生的尽头，人生的帷幕即将降落，这就像叶芝的处境。但是，在中国智者这里，皱纹，则意味着长寿，意味着接近道的世界——道不增不减，亘古长存，如日月星辰、山川河流，提供了永恒的可能！而"死"，是消弭，更是汇入无边无际的超越性中！在年长的智者那里，那些悲剧场景已经风轻云淡。所以，叶芝并没有用"年老"（"old"）来形容中国智者，而是用"古老"（"ancient"），指向"修道""修仙"之永恒。

在这里，叶芝最后一次写到了"快乐"，它是在与贯穿全诗的自上而下笼罩的力量的对抗中，与死亡力量的角力中，人的胜利！第一次提到"快乐"，是歇斯底里的女人们对艺术的质问，面对战争——飞机和齐柏林艇投放炸弹，城市被夷为平地，艺术无能为力，因此诗人（艺术家）的"快乐"是轻佻而可耻的。第二次，是面对人生帷幕的降落、死亡的来临，悲剧艺术顺应着现实，模仿着现实，人们依靠艺术的"改变"得以纾解绝望，沉浸在艺术天光的"快乐"之中。第三次，是面对历史的"海风席卷"，人类的努力脆弱而渺小，文明一次次被摧毁，在遗忘和重建中，有限的人体验到崭新的"快乐"。而在这里，面对"激流"和"雪崩"自上而下，中国智者企向超越性的"山峦和天空"，转而往上攀登求索，而就在朝向超越性的无限上升的"凝视"中，原本两种对抗的力量——自上而下和自下而上的两股力量——发生了和解、转化，中国智者仿佛因为这种主体的久久"凝视"转而成了那被凝视的客体本身，成了那永恒而超越的道本身，如山峦矗立、天空笼罩！中国智者沉浸在道的绝对快乐中，如同获得了金刚不坏之身，如磐石般不能被任何恐怖的武器、被任何撕裂的情感所伤害！这种快乐，如道家的创始人之一庄子所说的那样，生死如宇宙大化流行中的一环，人生若寄，死不是离去，而是朝向永恒，圆满的回归！

于是，我们看到了人——作为泥淖性存在的上升过程：浩渺宇宙，人如尘土，如泥淖般瘫软、胶着，被一只不可见的手揉捏、塑造，成为肉身人形，他在有限的尘世追求、寻获、丧失，感受爱欲、恐惧、绝望；为了挣脱这滞重、胶着，痛苦、绝望，获得快乐，在诗行的推进中，叶芝呈现人的对抗与努力，从无力地瘫倒在地（"lie"），到后来的升起（"rise"），再到最后中国智者立于山腰（而非平地），朝向超越的"山峦和天空""攀登"，全诗展现了人从平地上升的过程——而这个逐渐上升的过程，也就是从绵软无力的泥淖中挣脱的过程，是从短暂朝向永恒的过程。最后，人成为头顶那巍峨耸立的山峦的一部分，超越，坚硬，如留存了两百多年并将继续留存下去的美丽的艺术品——天青石雕。

六、冰冷的超越：无力而无奈的泥淖之歌

叶芝的深刻性在于，虽然乞援于答案，但他并没有停留在不食人间烟火的超越性中，在貌似已经结束的诗行中，隐藏着他回环写作的艺术，隐藏着他彻底的怀疑主义。

首先，我们发现，在最后短短的两行中，"眼睛"（"eyes"）出现了三次，而就在同一节中，面对山峦和天空，面对悲剧的场景，也两次出现了"凝视"（"stare"），都与眼睛相关。这样高频率出现的词语，叶芝意在强调，问题的解决乃在于一种"观看之道"：怎么看，怎么理解，这是艺术（悲剧、雕刻、绘画、音乐）的问题，也是思想（宗教、哲学）的问题。最后一节让我们看到，中国智者深谙观看的智慧（道家崇尚静观、玄览），他们仰望山峦和天空，通过它，实现对于

人生的悲剧场景——死的问题的解决以及人的有限性的超越,获得大欢乐。这种观看是一种"照彻",有着神奇的"转化"能量,叶芝在最后一行中将其表述为"发光"。但是像一个隐秘的回环,"eyes""stare"也提醒我们回到第一节,面对"歇斯底里的女人们"的控诉和质问,因为它也意味着旁观,意味着无能为力。在这里,是现实主义而非象征主义,成了叶芝的出发点。"女人们"仿若叶芝的对立代言人、自我争辩的对象,代表着艺术必须面对的另一个维度:自己穷尽了一生的"想象"(艺术),能经受现实的拷问吗?现实是校准仪,它要求的是"行动"("done"),而非眼睛("eyes")观看,哲学、艺术对于现实无法改变。这对于信奉眼睛的"转化"能力(不管是肉眼,还是心灵的眼睛)、信仰"观看"艺术的人来说,是最初的也是最后的质疑。

其次,我们也注意到全诗中仅出现两次的"我":第一次是第一节中的"我听(说)",引用"歇斯底里的女人们"一抛出问题之后,"我"就隐遁了,就像躲在暗处,心领神会冷眼旁观人类的表演;最后一次是最后一节中的"我想象",当天青石雕描述完成,"我"又出现了。我将这次出现称为强行介入,因为,全诗以天青石雕结束,完全可以是一个圆满的大结局:西方悲剧(艺术)以及信仰、智慧(各种文明)解决不了的问题,在中国智者这里解决了。叶芝本可以顺着中国智者在半山腰攀登的画面,让它自然延伸,让他们登顶,成全他们对永恒、对超越的追求;即便无法实现,也可以在"长腿鸟"等的暗示中,在画面显示的动态延伸中,给读者(也给人类)保留一个希望!但是,叶芝强行阻断了这种可能,依靠他的"想象":在中国智者从下向上攀登的努力中,叶芝让他们停留在了"半山腰",而没有让他们登顶！这如同任何一个现实主义者的质疑：人渴望通过向上的努力，实现永恒和无限，但人终究是肉体凡胎，绝无可能挣脱泥淖之躯，羽化登天。

以上问题，似乎都源自叶芝对超越性的质疑，他似乎早早就从迷幻的信仰、超越的追求、肯定的执迷中跳脱了出来。在中国智者眼里，不再有泥淖的平地，而只有巍峨冷峻的山峦和一无所有的天空，他们人生的指针只指向如如不动、超越性的道，他们渴望修道成仙，以渺小的自我汇入无边的"大我"；他们无所用情于世俗和现实，世间万物如一件艺术作品上的缺陷和不足，是要被忽略和漠视的存在，于是他们隔离尘世，走向山林，寄情山水，不食人间烟火地乞援于山峦和天空——那通往无限的归途。但是，叶芝似乎已经判定通往绝对超越性的后果：世界变化万端的丰富性不见了——万事万物，丧失了自己的色彩和温度，不再流动和变化，如如不动汇入同一，天空一无所有，山顶极度冰寒；那个有血有肉的"我"消失了——人通过超越完成了对自我的压制，人不再有爱欲，不再因之而追求、寻获与丧失，不再徘徊、哭泣、愤怒、痛苦，冷漠于世界的奇迹，不再是在感受、在呼吸的活生生的生命，"我"归于"无我"；时空也消失了——这里与那里，此时与彼刻，没有了差异，人处身真理的贫瘠和荒芜之中！这里没有悲伤，也没有快乐，即便身处悲剧场景，他们心里却没有悲伤的感觉。

为呈现这如石雕一般永恒而冰冷的死亡状态，叶芝用的是生命迹象的最后征兆——呼吸和脉动：在最后一节，节奏变得徐缓，它就像走着老迈步伐的老人，毫无活力和生气，单一，静止，一片死寂，在最后两行中，围绕眼睛，破成四个没有意义推进的碎句，四处停顿，最后仿佛停在眼中柔和而欣慰的"快乐"中，安详地停止了心跳。

结　语

　　这首诗起于一个小小的站点：1935年6月13日，一个生日礼物。但是，这个站点，这个礼物，变成了一个刺穿时间与空间暗道的机栝，推动了种种因缘和牵引的神秘感应和交响，七十多岁的老叶芝像考古工作者一样，着眼于平地上人的泥淖性存在，在生日探索死亡的问题，由终点发掘着创始的神话，从自我思考整全，心怀悲悯地记录人类追寻、上升、溃败的轨迹——艺术、宗教、哲学人类所有文明的建立以及它们的崩塌。

　　在创世的神话中，人的诞生都本于尘土。这被吹入气息、直立行走的血肉之躯，在尘世中繁衍生息，追求、寻获、丧失，经历悲欢离合、生老病死。不同于草木禽兽无情之物，面对滚滚红尘、无常天命，他挣扎、对抗，在荒原上建造村庄和城市，做着克服有限、无限上升的努力。他点亮明灯，树立神庙，幻想飞升的长腿鸟，企望智慧的解答与宗教的超越。他涂抹色彩，奏响音符，建造语言的通天塔，在舞台上演绎人生的悲喜剧——这一切，都是那泥淖之身发出的无奈却又无尽的歌唱。

　　正如这诗中，所有人都在歌唱，歇斯底里的女人是，悲剧舞台上的人是，信徒和哲人是，中国智者是，诗人叶芝也是。即使这世界是幻城，是西西弗斯的神话。

附：《天青石雕》

我听歇斯底里的女人们说
她们厌恶调色板和提琴弓，
厌恶那总是快乐的诗人，
因为所有人知道或应该知道
如果不采取极端的行动
飞机和齐柏林艇就会出动，
像比利王一样投放炸弹
直到这座城被夷为平地。

人人都在扮演各自的悲剧，
哈姆雷特在那傲然走着，李尔在那，
那是奥菲莉娅，那是考娣莉；
可是，若演到最后一场，
巨大的剧场幕布就要落下，
若他们无愧于这剧中的重要角色
就不要中断他们的台词而哭泣。
他们知道哈姆雷特和李尔是快乐的；
快乐改变着那所有的恐惧。
人人都曾追求、寻获与丧失；
灯光熄灭；天光照进头顶：

悲剧达到了它的极致。
即使哈姆雷特游荡，李尔狂怒，
所有的帷幕同时落在
成千上万个舞台上，
它也不会增长分毫。

他们来了：或徒步，或乘船，
或骑骆驼，骑马，骑驴，骑骡，
古老的文明置于刀剑之下。
而他们与其智慧走向毁灭：
伽里马科斯的手工艺品，
他雕刻大理石如同青铜，
当海风席卷那角落，石像上的
衣纹仿佛要随风飘升，没一件伫立；
他那长长的灯罩，状如
纤细的棕榈树干，只立一日。
万物倾倒又被重新建立，
而那重建的人们是快乐的。

两个中国人，身后还有一个，
被雕刻在天青石上，
在他们头顶上飞着一只长腿鸟，
一个长生不老的象征；
第三个，无疑是个仆人，

携带着一件乐器。

石上每一块褪色斑痕,
每一处偶现的裂隙或凹窝
都像是一道激流或一场雪崩,
或依然积雪的高耸山坡
然而杏花或樱枝无疑
熏香了半山腰那小房舍——
那些中国人正朝它攀登;而我
乐于想象他们在那里坐定;
在那儿,他们凝视着山峦和天空,
凝视着一切悲剧的场景。
其中一位请奏悲伤的曲调;
技艺纯熟的手指便开始弹奏。
他们的眼周尽是皱纹,他们的眼睛,
他们古老而发光的眼睛,是快乐的。

(叶芝作,综合周丹等多个译本)

想象,最后的通灵术
——读史蒂文斯《对事物的直感》*

* 本文刊于《三峡文学》2023年第5期。

从所能看到的照片中，诗人史蒂文斯更像一位道貌岸然的霸道总裁：他安坐在保险公司的办公室，一脸久经世故的镇定平和，一种成功商人的大腹便便，我们很难想象，在那一身笔挺的西装下，在那冰冷的办公桌里，会藏着诗歌。

事实就是如此。史蒂文斯一生奔波劳碌。哈佛毕业后，他先是遵照父命到新闻界，从事了一段短暂的广告工作。旋即又按照父亲要求入读法学院，1904年进入纽约法律界，从此开始了漫长的法律生涯。同所有人一样，史蒂文斯对于现实认识清醒，他可以为了生计，妥协于忙碌、单一而琐碎的营生。然而，在精神上，他却并未混同于世人。在最高的信仰上，他并未草草信奉一个不可知的神。他思考着宗教的替代物，思考着那突破枯燥，进入绚烂、丰盈、生机而无限的方式。所幸，中学时即浸淫其中的文学爱好他一直坚持着，最终，作为补偿，诗歌填补了空缺，"洗刷了世界的贫乏、多变、邪恶和死亡"，这位诗人"从蛆虫中织出丝绸的华服"，建筑了一个晦涩、怪异却又瑰丽的诗歌帝国。

而想象和虚构，作为通往诗歌的秘途，也因此成了史蒂文斯在尘世中奔腾与飞升的坐骑，对于这位想象世界中的高贵骑手来说，"最终的信仰是信仰一个虚构。……除了虚构之外别无他物"，诗歌即是最高的想象和虚构。不过，正如所有人一样，在晚年，史蒂文斯面临着想象力的衰退和死之将至，对于"除了诗歌，没有生活"的他来说，"想象的缺席"无疑是"不可想象"的。也因此，它成为史蒂文斯晚年关

想象，最后的通灵术 · 263 ·

注的重要问题，也成为他诗歌主题的一部分。在他去世前一年出版的诗集《岩石》中，就收录了一首《对事物的直感》，他将对自己一生的追求和信仰——诗歌与想象的思考，这最后的通灵术，融入这首短诗里。

下面，我们就来看看这首诗。

一、"秋叶落尽"，想象的衰退与对事物的直感

先来看诗的标题，"对事物的直感"，原文为"plain sense of things"，就是对事物的直接感觉、感知，简单而朴素的认识。这个标题传达了两个信息：一是它与对象（"things"）的关系，是感官上的紧密而直接的关联，而非间接、隔离的；二是这种感知的性质，是简单和朴素（"plain"）的，而非纷繁复杂的。显然，标题的这两个信息有着非常强的指向性。"对事物的直感"，它以极为醒目的方式，提醒我们关注一种不同于复杂而绚烂的想象——前面说到的，史蒂文斯毕生奉为圭臬、奉为宗教的东西。

诗的前两行就是呼应标题、关涉着"对事物的直感"开始的：

秋叶落尽之后，我们回归
一种对事物的直感。

史蒂文斯首先诉诸一个具体的场景，"秋叶落尽"，这是一个极富

画面感的深秋场景。诗人没有选择初秋——初秋是收获季节,代表着丰盈的收获,也未选择春夏季节——这两个季节,万物葱郁繁茂,色彩缤纷,鸟语花香。而花繁叶茂之后,在深秋,树叶剥落,万物凋零,一片俱寂与苍凉——这个季节,与春、夏、初秋不同,没有声音、颜色、气味。那么,为什么选择深秋?

史蒂文斯似乎对英国经验主义奠基人洛克很熟悉——洛克认为,人类主要有两种认识:简单观念和复杂观念,简单观念就是直接的感觉、感知,复杂观念则包含知觉、思考、怀疑、信念等心灵活动,史蒂文斯似乎在借助洛克强调这样的差异:"对事物的直感"不同于"想象"。在洛克那里,简单观念也有着细微区别,事物第一性的质和第二性的质:前者是属于对象的性质,它具有"在我们心中产生任何观念的能力";而后者是在我们心中产生的观念,在对象中并没有精确的对应物,比如颜色、声音、味道和气味。这样,我们就看到史蒂文斯的用意了:一片肃杀的深秋,没有声音、颜色、气味,事物第二性的质都消散殆尽,观念的成分减弱,回归于对一片肃杀的光秃秃世界的感受,即对事物的直感。想象和直感,是一种此消彼长的关系。

借助于"秋叶落尽",诗歌呈现了"对事物的直感"。也正是这种"直感",让我们想到了它的对立面——想象。事实上,诗歌后两行就明确了直感与想象的这种关系,二者的角力辩证正式展开:

就仿佛
我们已抵达想象的一个尽头,
在一种刻板的知中了无生气。

想象,最后的通灵术　　·265·

延续上面两行，这两行总结万物肃杀的深秋场景。"就仿佛／我们已抵达想象的一个尽头"，按照语脉，深秋已接近隆冬——它是四季的"尽头"，而这里明确为"想象的一个尽头"：想象的尽头，如同"秋叶落尽"，以此比附，在这一节四行诗中，我们已初步可以看到，春夏秋冬四季之流转更迭正如想象之盛极而衰，它们之间存在一种对应关系——后面我们将看到史蒂文斯如何将这个对应不断充实并一贯到底。

"想象""尽头""秋叶落尽"这些词，也同时提醒我们这首诗与史蒂文斯本人的关系（这在后面体现得更清晰）。从时间上来看，写作此诗时史蒂文斯已经七十多岁，已进入人生的晚年，接近生命的"尽头"，而深秋，也已接近四季的"尽头"，因此，四季与"人生"在这首诗中也构成了象征关系：四季之轮回，正如人之生死。而在史蒂文斯那里，"想象"是诗歌的生命，因此，人生、四季、史蒂文斯、想象（诗），成了紧密的统一体。意识到了这首诗与史蒂文斯的这个关系，我们就能理解更多细节，比如，第一行中的"秋叶"，原文"leaves"一语双关，除了"叶子"，也有"书页"之意，书页是诗歌（想象）的承载物。于是我们可以看到，史蒂文斯立于一个现实处境，秋叶落尽—人生晚年，一开始便隐射了这首诗与诗歌的关系，他将这种紧密的象征关系锁定于"秋叶落尽"上，它是"想象的一个尽头"、诗歌想象力的衰退，也是"对事物的直感"。

这种"对事物的直感"，想象力衰退的"知"，史蒂文斯将其概括为一种"了无生气"的"刻板的知"。"刻板"原文为"inert"，意为呆滞的、无活力的。万物凋零的深秋就是对这种"知"的场景呈现：干枯，僵化，呆板，没有活力。为了强调这种"知"，史蒂文斯使用的是

"savoir"，一个法语词，这在英语语境中起到了陌生化效果，对于史蒂文斯来说，想象是诗人的内在生命，而想象的衰退即诗人内在生命的远离，因此，"对事物的直感"的"知"，因陌生的法文用词而加强了隔离感和疏离感：它并非生动、自主、切近的，而是源自"他者"的"知"。

在人生的晚年，这当然是令人失望的，为了表达这种悲伤情绪，史蒂文斯在这一行诗（"Inanimate in an inert savoir."）中，用了三个连续的否定性前缀"in-"，加上上一行中的"imagination"（"想象"）的前缀"im-"，重重的否定，让这个直感的世界、想象力衰退的世界笼罩了一层强烈的寂灭感。后两行诗对这种寂灭感进行了总结：

甚至难以选择形容词
来表达这空空的冷，这无因的悲伤。

"空空的冷""无因的悲伤"，就是因深秋"秋叶落尽"的萧索而来"伤秋"情绪，它也诉说了诗歌想象力的衰退带给人的寂灭感。这里，史蒂文斯将这首诗与诗的关系进一步明确，在前面涉及诗的载体——"书页"之后，这里涉及了诗的语言——"形容词"。不同于"对事物的直感"，形容词系着于"事物"，指代的就是语言能力、诗的能力、想象的能力。所以，想象力的衰退直接表现为"形容词"的无力，"难以选择形容词"。不过，"想象的衰退"并非"想象的缺席"，虽然"难以选择"，史蒂文斯还是选择了两个干枯的形容词，以"空空的""无因的"总结这"深秋"之"冷"和"悲伤"。

这短短的六行诗，史蒂文斯通过一个象征化场景，让我们看到了何谓"对事物的直感"，也因着"想象""尽头""形容词""leaves"的双关等诸多关联，这首诗建立起了四季、人生、想象之间的象征关系，以及它们与史蒂文斯本人的关系。"秋叶落尽"，如同一个戏剧化舞台，诗人正是通过这个舞台，写自己、写人生、写想象、写诗歌，"直感"和"想象"构成了对峙的角色在上面上演。它是诗歌的总体场景，也是诗歌想象之衰退，是史蒂文斯之晚年，这是一个寒冷、刻板、干枯的世界，一片肃杀，了无生气，令人悲伤，它为全诗笼罩了一层灰色、阴郁的基调，既是场景上的，也是情感上的。

二、"那巨构已成为一间小屋"，想象与人的失败

在前面，"秋叶落尽"这个场景，建立起了四季、人生、想象之间的对应关系，尤其是诗人立足于自己的晚年，秋叶落尽—想象力衰退—"对事物的直感"紧密关联，为全诗铺设了一个很好的场景和情感的基调。可以说，它被寄寓了极为丰富的信息。

它是全诗的一个大场景，呈现时间背景和总体环境，后面四行诗，就延续了这个场景，也许是这萧索的场景太无聊乏味了，它开始聚焦这场景中的一间小屋：

　　那巨构已成为一间小屋。
　　没有缠头者走过减低的楼面。

温室从来不曾如此急需油漆。

烟囱五十岁了，斜到一边。

这四行诗承担着诸多功能。一方面，它可以说提供了对前面"无因的悲伤"的解释——"那巨构已成为一间小屋"，它进入了人的居所——那衰退了的想象世界，对其破败和凋零进行了描述。另一方面，细看的话可以发现，就在对这渺小的"小屋"一笔带过的描述中，它提供了关于想象——那辉煌"巨构"的信息。——来看。

首先，它描述了曾经的想象之丰饶。这四行诗的主语"巨构"指代的就是想象，其原文"the great structure"，是一个抽象的表达，它并未涉及任何具体的事物：想象指涉的是可能性，它不能局限于任何死物。史蒂文斯向我们描述了这个巨构，我们来细看一下这"人的居所"：第二行的"缠头者"原文是"turban"，这个词有着特殊的文化意味，伊斯兰教、锡克教的男人都蓄长发戴头巾帽（"turban"），在他们的文化里，这象征着神圣的宗教、繁盛的文明——想象，意味着文明；第三行的"温室"，它温暖，孕育着生机和活力，代表着无穷尽的生育力，史蒂文斯曾说，"诗歌缔造了一个别致星球上的虚构生存"——想象，必须是创造性的；第四行的"烟囱"，它是"巨构"的最高处，是一种标志——想象，代表一种极限，人的极致。由此我们看到，这想象的"巨构"，是人的栖居之所，它温暖、热烈、辉煌、丰饶，它鲜活、灵动，充满了可能性、创造性，它生息着人间烟火，是文明的标志，代表着人的极限。

其次，它描述了想象的衰退。四行诗的前、后半句呈现了想象世

想象，最后的通灵术 · 269 ·

界的巨大变化：曾经，想象是一个充满无限可能的"巨构"，如今它已变成"小屋"——辉煌变得渺小，这是一种刻板化、具体化；曾经，"巨构"中充满人的气息，而如今低矮的楼层空荡荡，史蒂文斯的措辞增强了其中的对比：头巾帽是一层层向上盘的，而楼层是向下减低（"lessened"）的——想象的衰退，意味着文明的没落；曾经，"巨构"带着温室，孕育着生机和能量，如今它油漆剥落，已经老朽不堪；曾经，"巨构"标志着人的极限，正如高高耸立的烟囱，而如今烟囱已经倾颓，倒向了一边。这些，让我们看到，想象的衰退意味着刻板、渺小、空洞、寒冷，这是一个毫无生气的破败的世界。

在这内容丰富的四行诗中，我们还可以发现其中的发展和变化。对巨构的呈现，先是内部地面，然后是温室的墙壁，最后是外面的烟囱，这是一个从低到高、从内到外的过程。而重要的是，由于想象的"小屋"是人的居所，象征着属人的世界，这种"从低到高""由内而外"的视角、位置的变化，因之也有了别样的意义：从"小屋"地面最后到顶点（烟囱的标志），这个"从低到高"的上升过程，是人的世界的逐步攀升，而一旦抵达"烟囱"这个顶点，就从属人世界越出，开始"从内而外"，进入自然世界，这是一个从属人的世界（内在）到自然世界（外在）的一个过程。进入自然，也就是进入非人（也是非想象）的世界，进入了对事物的直感。

对于"巨构"成为"小屋"，以及从人的居所到冰冷的自然，史蒂文斯将其总结为"一场不可思议的努力已失败"：

一场不可思议的努力已失败，一场重复

在人与苍蝇的一种重复性之中。

　　这两行是一个总结，但也隐含着诗的变化，它体现在"重复"和"苍蝇"两个显得突兀的措辞上。透过隐约的文字，我们可以发现其中的关联。恰如"秋叶落尽"对应于深秋，从想象之"小屋"出来，就意味着进入自然、进入"非人的世界"——我们前面说过，史蒂文斯依托四季，建立了四季—人生—想象一体同构的象征性关联，因此，进入"非人的世界"，就意味着抵达了人生的终点。这意味着死亡。这并不牵强，"苍蝇""重复"两个词就是对此进行的呼应，它暗示死亡！既然晚年对应"想象的衰退"，那么，死亡则对应"努力（想象）的失败"。四季之由春到冬，恰如人从生到死，这是一次重复，一个轮回。（在后面我们将看到，四季周而复始与人生死轮回的关联，将在全诗中发生重要作用。）

　　这一切当然是与史蒂文斯相关的。史蒂文斯1898年开始写作诗歌，到1950年初春开始创作《岩石》（收录《对事物的直感》），此时他写诗50年左右——我们注意到，前面提到的烟囱"五十岁了"，更加明确了这个"小屋"与史蒂文斯本人的关系。史蒂文斯此时七十多岁，事实上，诗集出版一年后他就过世了，终年七十六岁。所以，史蒂文斯立于晚年写未来，也就是写死！而死，才意味着自己穷尽一生的努力的真正失败，而此时，想象的辉煌宫殿不是倾颓，"斜到一边"，而是崩塌！最终的失败不是想象的衰退，而是想象的"缺席"！

想象，最后的通灵术　　·271·

三、"大池塘",对事物的直感的确立

曾经,想象辉煌如同一个"巨构",但在诗人的晚年,想象衰退成一间"小屋"。而不管是"巨构"还是"小屋",这都是人的居所、属人的世界。在前面的多节诗中,因为想象的无可奈何的衰退,人越来越接近"对事物的直感"——这令人悲伤和绝望,诗人也由此表达了自己的否定。进入绝对的"对事物的直感",就是想象的彻底失败,也就是死——"想象的缺席"。

那么,死对于人的晚年意味着什么,衰退了的想象还有意义吗,史蒂文斯如何向死而生?对于这首诗而言,它如何推进?于是,三节过后,第四节开始出现了"yet"("而"),它标志着全诗的一个重要转折:

> 而这想象的缺席却急需
> 让自己被想象。

虽然年老意味着"想象的衰退",但想象力仍然残存着,只有死才是"想象的缺席"。同样,年老,人仍然活着;活着,尤其是在晚年,死才是一个问题。只有死才不用面对死亡问题。并且,正因死的临近,想象才显得尤为重要。所以,由"苍蝇"的暗示,史蒂文斯借助衰退的想象力,开始想象"想象的缺席"——人死后的生活。对于一个依

靠诗歌延续生活的诗人而言，保存对于死后生活的想象，这是维持风烛残年的一种迫不得已，一种"急需"（"had to"）。因为，想象即使注定衰退、失败，对于活着的史蒂文斯而言仍极端重要。于是，在前面沮丧的否定之后，想象，此时又变得确定：从全诗最开始的"an end of imagination"，到这里的"the absence of the imagination"，从"an"到"the"，这是退后一步，它将对想象进行重新确认。

那么，"想象的缺席"——人死后是怎样的？后面几行诗开始对此进行"想象"，史蒂文斯再次回到了一个具体的场景——一个大池塘：

> 那个大池塘，
> 对它的直感，没有反影，树叶，
> 泥，脏玻璃似的水，表达着一种
>
> 寂静……

这个场景，是前面诗行的延续，同时，也接续了"yet"带来的转折。延续方面，对死后进行的想象，延续了前面的场景化象征。前面四句场景的描写——地面—墙壁—烟囱，是"从里到外"对"巨构"的描述；这里接续了前面的场景，视线转移到大池塘，到了"巨构"的外面，这是一种自然的移位换景。转折方面，在意义上，如果说"巨构"是属人的世界，"大池塘"则进入了非人的世界——自然世界，是从属人的世界到非人的世界的转折。在句式上，也存在明显变化，前面四句涉及小屋、地面、温室、烟囱，面对那想象之"巨构"每一

想象，最后的通灵术 · 273 ·

个部分的破败时，诗人似乎不忍停留，希望急于结束这可怕的处境，因而诗行都单独成句；而这里，关于大池塘的诗行，一句到底，跨了两个诗节，共涉及七行诗，这在整首诗中都是未见的。

"大池塘"的意象非常独特：不同于人所栖居的"小屋"（属人世界），它在"小屋"的外面，是自然世界的一部分；同时，也不同于荒原上没有人烟的大江大河，它仍与人有着关联。史蒂文斯对池塘特别钟情，他有一句玄学化的格言，"思想趋向于在池塘里集中"，也许在他看来，池塘是人与自然的交汇之地、"居间"状态：池塘，虽然是人之外的世界，但它毕竟有过人的痕迹——人曾在这里努力耕耘，养殖鱼类、种植莲花，这里曾开放美丽的百合，结出累累的果实。只是，此时的大池塘，树叶夹杂着泥，水不再清澈，成为"脏玻璃似的水"，"没有反影"。大池塘没有了人的到来，没有了人的清理，这种杳无人迹，"表达"的是一种独特的"寂静"——人死后的寂静，它再次呼应"想象的缺席"，是"死"的代名词。

这里，全诗第二次出现对事物的"直感"。前面，"秋叶落尽之后"，那时的"直感"，是立于人的处境，一种在"想象的衰退"中存在的"直感"，与"想象"此消彼长。它是丰盈的"想象"的反面，是"刻板""了无生气"的。而这里，发生了重要的变化：人已死，它是一种在"想象的缺席"后存在的"直感"，并无想象的夹杂。前面，想象力即使衰退，但仍然留存有一间想象的"小屋"，而这里，荒芜人烟的"大池塘"，水面上"没有反影"。需要注意的是"反影"这个词，它原文"reflections"，也有反思、回声的意思，这都是"属人的"，"没有反影"意味着没有任何来自人的"想象"。所以，在以"小屋"象征

"想象的衰退"之后,这里,是以"大池塘"象征"想象的缺席",说明了"对事物的直感"之彻底。

然而,最重要的区别在于主体,前面"直感"的主体来自人,那么人死之后,这"直感"的主体是谁?

四、"一只老鼠","轮回转世"后的直感生活

在经过四节——秋叶落尽,巨构倾颓,楼面减低,温室破败,烟囱倾倒,一片了无生气的"空空的冷"和悲伤之后,在死寂的大池塘中,全诗第一次出现了一个生命——一只老鼠,它在寂静中"跑出来看",它的出现打破了"寂静"。这只老鼠,是这荒凉世界中的唯一活物,也是"对事物的直感"的绝对主体。它让全诗由"yet"引导的转折继续深化。

> 一只老鼠跑出来看的寂静,
> 大池塘和它百合的残余……

这只老鼠,处在"寂静"之中,同时也是打破"寂静"的闯客。初看起来,它贼眉鼠眼,探头探脑,蹑手蹑脚,嗅着鼻息,似乎与史蒂文斯所说的"高贵的诗歌形态"是冲突的。不过,正因如此,它意味着打破一切的活力,意味着赋予整个世界以生命力,而不同于前面——史蒂文斯所厌倦的这个"刻板"的世界,那个灰色、空冷、死

寂的世界。与此同时，老鼠也意味着与世界紧密的联系，它灵动的触须如同电光石火一般，对周围最细微的动静保持着灵敏的反应和感知，也因之，它保持着与世界最为微妙、紧张的关系，对这世界不再是抽象、麻木的。

对史蒂文斯而言，他面对的问题是即将到来的死亡问题，一个"想象缺席"的世界，而这只老鼠，为他要处理的问题提供了想象上的可能。我们说过，在本诗中，春夏秋冬周而复始，这场别样的"重复"与人生有着紧密的想象性关联，这被史蒂文斯充分借用：人也拥有自身的轮回，有重复，有轮回，因此，人的死后重生有了可能。这为史蒂文斯解决自己的问题提供了一个出口。这只老鼠成了史蒂文斯寄托的对象，成为新的轮回中投胎转世的新物种，它的活力，它对寂静的打破，它对世界的敏锐感知，它与世界的紧密关联，正是史蒂文斯所希望的，史蒂文斯与老鼠合体了。

主体的变化，让一切发生了彻底的变化。正如池塘水"没有反影"，水如同"脏玻璃似的"，不能重现世界的影子，老鼠所处的世界，是一个非反省、想象（"imagine"）的世界，正如史蒂文斯"不经意间"透露的，是一个"看"（"see"）的世界。而"看"，意味着全新的经验，崭新的世界。那象征着人的想象力绽放的花朵——"百合"，它无法保持永远的新鲜，此刻已经枯萎，成为大池塘边的"残余"。（需要注意"百合"这个词，它的拉丁文是"lilium"，在西方文化中，它是亚当、夏娃被逐出伊甸园之后流出的眼泪化成，这人间的造设，是天堂的堕落、繁华的枯萎。）而对于老鼠而言，这想象之花与任何废弃之物并无二致，它将踏着这枯萎的百合，开始自己新的探知：

这一切

都不得不被想象为一种不可避免的知识，

被要求，作为一种必然的要求。

对于这只在荒野中探索的老鼠而言，这是一个崭新的世界，但也是一个危险的世界，面对这个世界，生存成了首要需求。为此，它必须足够机警，保持足够的警觉，它需要拥有一种崭新的生存"知识"——这就是老鼠"对事物的直感"。老鼠所需要的这种"知识"，是完全不同于人所谓的"知"。对于这两种"知"，史蒂文斯做出了重要的区分。在第一节中，"知"的主体是人，是人对事物的直感，此时，想象力衰退之后的人对世界的认知是隔膜的，因此史蒂文斯用的是法文"savoir"，这是外在的、抽象的、隔离的知识，就像外文所带来的隔膜感，这种知识空洞无趣，是"了无生气""刻板的"知识。而在这里，呼应第一节的"知"，它的主体成了老鼠，是老鼠对事物的直感；对于老鼠而言，想象是"缺席"的，直感反而是它的直接本能，他迫切需要这种迅速的反应，以求得生存、延续生命——不同于史蒂文斯依靠想象生存，所以，史蒂文斯使用的是英文"knowledge"，它是自己熟悉的语言，不再是外在、隔离的，而是内在的、直接体验到的"知"。

对于这两种"知"的态度，史蒂文斯措辞鲜明：在第一节中，两行中连续使用了多个否定性的前缀，"im-""in-"对于直感的高度否定，显示了史蒂文斯对人死之将至的想象的失败所抱有的绝望情绪；而发展至此，这两行诗中"requires"连续三次意思的重复，它"不可避免"（"inevitable"），"被要求"（"required"），"必然的需求"（"necessity requires"），无以复加地强调并肯定了对于这种需求的紧迫性。这种需求，直感之于老鼠，正如想象之于诗人，是生命的必须。它是对前面连续否定的强有力的回答！这样我们就看到，到最后，从最开始对于"对事物的直感"的否定，到最后系于生命之必须，死亡的到来，主体的变化，让"对事物的直感"得到了彻底的转变，得到了确立。

此时，面对死，史蒂文斯也仿佛因此脱胎换骨，迎来新生。

不过，死后的重生，人与老鼠的合体，终究是不可知的。对于老诗人史蒂文斯而言，不管如何尝试接近自然（大池塘）本身，自然仍是人的自然、想象的自然。即使想象衰退，如"巨构"变成"小屋"，如盛放的百合枯萎，微弱的想象力仍是他活下去的理由，是最后的救命稻草。所以，即使正面确立了"对事物的直感"，最后两行中"想象"仍被提及：想象之于诗人，正如直感之于老鼠，是一种必然的、迫切的需要。这首诗，重要处在于显示想象的巨大能量，它如同一种神秘的通灵术，它打破万物的限制，甚至打破生死的界限，通过想象的奈何桥渡过冥河，与投胎转世的另一个物种——一只老鼠接上了消息。也因此，即使重生是未知的，至少，此生的史蒂文斯获得了安慰。

结　语

在史蒂文斯看来，"人即想象力，想象力即人"，但就像他说的那样,"年轻诗人是一个神。老年诗人是一个流浪乞丐",诗和想象是诗人的居所,因年老而来的想象力的衰退,让诗人流离失所。而想象的缺席处,就是"对事物的直感"。这首诗就是由此带来的想象与直感的角力。

全诗开始于一片肃杀的场景,秋叶落尽,万物了无生气,对这一切的直感,让人悲伤和绝望。此中,史蒂文斯借用了一个一般性的象征,即春夏秋冬四季与人生、想象(诗)的象征关系,四季里草木由繁盛而凋零,即人之由生而死、想象之由丰富而枯萎。诗歌立足于史蒂文斯当时的处境,以"秋叶落尽"对应诗人的晚年和想象的衰退,借助于一个象征化的场景,在空间的移位换景中,完成了时间上的迁移——人死,想象缺席。这其中,面对死之将至,他以四季的周而复始暗示人的生死轮回,并以"衰退的想象"对死后的转世投胎进行了想象——一只老鼠,开始了自己崭新的生活。至此,全诗发生重要转折,被否定了的"对事物的直感"获得了肯定的意义,整个场景获得了全新的活力,建立了与世界的紧密关联,重新获得了对世界的崭新经验。史蒂文斯因此被拯救,获得了安慰。

这是一首沉思之诗,它呈现了诗人对于形象和想象的依赖,也显示出独特的冥想气质。全诗每一节都由抽象的冥思与具象的描写构成,每两行一个单元,每个单元又分别与上一节或下一节的两行构成一个意义组合,如此循环反复,形成了一个回环的结构。也许,史蒂文斯就是希望让这种形式与诗中四季之循环、人生的轮回呼应,正如"想象"与"直感"相互辩证、斗争,也相互缠绕、交融,如史蒂文斯投胎转世为一只老鼠,二者合而为一。当然,这一切都是在想象中进行的。想象,在诗中仍发挥着主导作用:它是这首诗的主题,又是修辞手法,它是一股重要的推动力量,高度衔接,不断挖掘、转化、发展,推动这首诗发展到终点。它是一种贯穿一切的通灵术,连接了生和死,沟通了不同的物种,让认识重新焕发神奇!

我们看到,虽然不同于史蒂文斯盛年动辄数百行的诗歌"巨构",这首二十行的《对事物的直感》不过是一间"小屋",但它仍向我们呈现了一个完美的诗歌世界。在《高贵的骑手与词语的声音》一文中,史蒂文斯写道:"有一个诗歌的世界足以与我们在其中生活的世界,或者,我应该说,无疑,与我们将会在其中生活的世界相分别,因为令诗人成为他所是,或曾是,或应该是的那个有效的形象的是,他创造了我们不间断地转向而一无所知的世界,以及他赋予生活那些至高的虚构,没有它们,我们就无从想象它。"(陈东飚译)

这首小巧的诗当然也是这样。

附：《对事物的直感》

秋叶落尽之后，我们回归
一种对事物的直感。就仿佛
我们已抵达想象的一个尽头，
在一种刻板的知中了无生气。

甚至难以选择形容词
来表达这空空的冷，这无因的悲伤。
那巨构已成为一间小屋。
没有缠头者走过减低的楼面。

温室从来不曾如此急需油漆。
烟囱五十岁了，斜到一边。
一场不可思议的努力已失败，一场重复
在人与苍蝇的一种重复性之中。

而这想象的缺席却急需
让自己被想象。那个大池塘，
对它的直感，没有反影，树叶，
泥，脏玻璃似的水，表达着一种

寂静，一只老鼠跑出来看的寂静，

大池塘和它百合的残余，这一切

都不得不被想象为一种不可避免的知识，

被要求，作为一种必然的要求。

（摘自史蒂文斯《坛子轶事》，陈东飚译，有改动）

附一

面对"熵"

——关于"大雅"诗的无字书[*]

作为编辑，原本并不需要多说什么，因为，他的认识、判断和态度，他的愿望中最美好的部分，都将在图书中呈现出来。尤其是当我们越来越清醒地认识到，现实生活难免支离、破碎，"熵"无处不在，若能在图书中将它们弥补，克服自身局限、无力与遗憾，向读者展现一个清晰、完整、富于秩序与意义的世界，我想大概没有比保持沉默更明智的了。

不过，就像牟宗三先生在论历史哲学时所说的那样，历史多曲折、迂回与矛盾，但并非晦暗不明的黑洞，人生与现实也非一团漆黑——一经理想、愿力的照耀，则其曲折与迂回亦可见细密而美妙的纹理。每一本书的诞生和流传也是如此，有其不可磨灭的轨迹和存在，作者、出版社与图书，种种因缘彼此缠绕、折射、辉映，亦可划出美丽的光的圆弧。恰如海德格尔所谓"存在的绽放"。这些，不是白纸黑字，而

---

[*] 本文刊于《广西文学》2017年第10期。

是无字书。对我来说，围绕着"大雅"的那些人和事，"大雅"诗所隐藏的，便是如此。

一

"大雅"原本是一个宏愿，包括哲学、政治、历史和艺术，寄寓着一个出版的理想国。外则社会，内则人心，大到天下国家，小则纤微毫末，原都在我们的视野和版图里。不过，就像柏拉图晚年的质疑一样，"理想国"存在与否是一个问题；而即便存在，它似乎也并非个人幸福的充分条件：外在秩序并不对应于人的内心秩序，每个人都另有一个神秘莫测的宇宙，难以衡量难于堪破。事实上，观念化和概念化的教育和宣传太多了。所以，"大雅"的第一个系列，我们不希望抽象、隔离、不食人间烟火地描摹几何模型般的理想，而是意图从综合的现实出发，直面生存本身的不同层次、际遇和状态，呈现不同人的内心处境、感受与决断，即便它是痛苦、荒谬，即便它来自生活之"熵"。

因此，"大雅"首先面世的，是诗——"大雅诗丛"与"希尼系列"。

已出版的"大雅"诗，向我们呈现了不同的生存境遇。比如，曼德尔施塔姆就是一个一生坎坷、不断遭遇命运悲剧的诗人，他两次被捕，长年流放，多次自杀未遂，最后死于集中营；自白派女诗人普拉斯，则在她短短的三十一年生涯中数度徘徊在精神崩溃的边缘，电击治疗、丈夫背叛、家庭分裂，最后自杀于一个冬天的早上。死亡，同样是希尼和沃尔科特的主题，写作《人之链》（希尼）和《白鹭》（沃尔科特）时，他们都已进入晚年，他们面对的，是衰老、病痛以及生命的即将完结，是亲人、友谊、爱以及曾经努力建立的一切的即将崩塌与丧失……这些诗人，或葬身于时代悲剧，或殒命于性格的深渊，或无力于生物生命的定律。死，让你建立起来的价值世界在你眼中摧毁，"熵"莫大于如此。

"大雅"诗中的其他几位，除了诗人身份，他们也是银行家、法律顾问、软件工程师、大学教师、杂志编辑、公务员、家庭主妇……在诗中你可以读到，现实生活中他们或纠缠于法律纠纷，陷于数字迷宫，在空中穿梭于不明的国界，或在公文堆中苦熬，为生活琐事烦心；他们也感受着亲人故去，爱人分离，朋友背叛，婚姻瓦解，雄心不继；面对不公、伤害，经受身体的病痛、精神的折磨，面对日常的荒谬、悖论、混乱，面对灵魂的孤独和空虚，追问那不同时间的我是不是同一个我……

这些最好的诗人，他们离我们并不遥远——谁能抵挡命运里飞来的横祸，谁没有藏着一个阴暗的普拉斯，谁又能逃脱生物自然的锁链？他们的职业、生活和我们并无二般，每天早上挤公车，穿越嘈杂的街市，在办公室坐班；他们与我们有着同样的关切和紧张，焦虑于生计，纷扰于婚恋，茫然于未知……他们面对的生活，就是我们的生活，他们写诗，就是面对生活之"熵"。

二

但是，诗歌不是让人看到生活如何在痛苦中崩塌，而是让生活在痛苦的废墟中重新确立。在编审这些诗歌的过程中，我越发坚定了诗歌之于生活的意义：它可改变生活之苦的朝向，面对意义奔涌。

在这样的理解上，普拉斯是一个极端的例子，就好像她身上危险的潜伏、分裂、矛盾、疯狂、迷幻、极度的忧郁或痛苦、不能控制的激情、幽闭或狂躁等，就是为了成就她的诗，成就深海或积云一样的阴暗的力量。读她的诗，你无法获得一个伦理尺度，变得更理性，倒是以有些扭曲甚至歇斯底里的方式，更加深切地感受你自己，感受这个世界。生存本身是一个谜，生活、命运、自我精神，只要能区分、辨认并将其有效实现出来，自有其迷人的魅力。普拉斯的诗歌，就是痛苦绝望本身绚丽的绽放。

诗歌也是在贫乏、空洞与断裂中，重新发现人与世界、过去与现在的关系，依靠它编织一张意义之网。在希尼和沃尔科特晚期的诗歌中，平缓的语气、长长的句子为诗歌建立了一个独特的时间维度，延宕并穿梭于回忆与现在、死去与活着的事物和人之间。这些诗歌，或者像希尼那样，从深处发掘词语的多义和暗流，发掘事物在时间中发展出的关系；或者像沃尔科特那样，意象绵密次第排列，彼此律动和交响，斑斓如地中海沿岸的海滩，读他们的诗，如一只涉水水禽——白鹭，在短暂的时空里穿越复杂的一生，优雅而不动声色地穿越人生的河流。生命完结，却又无穷无尽，诗歌让它转折和升华。

更多时候，诗歌要面对日常、平凡的生活，诗歌所能带来的，正如诗人王志军在《时光之踵》后记中说的："它凝聚了我生命中美好而珍贵的瞬间，我对客观世界的发现与好奇、对内心自我的探索与认识、对纯洁生活的渴望与追求、对友谊和爱的沉浸与分享……"我们都是此岸中的微尘，但一尘一念，都有三千大千世界，写诗，就是以隐秘的方式重新凝视、开拓与挖掘，深入万物与生活的秘密，并沉浸其中，赋予它们无法抹去的光辉。这日常，这一粒灰尘，就像在诗人雷武铃诗歌《郴州》之二中，那在"空气燃烧出的火焰里"在"高高的苏仙桥下的荫凉里"的三个农民工头，在最凉快的风口，他们被理解被放大被赞颂，被赋予动人的力量，"一粒灰尘迷住我的眼睛"——这微尘的宇宙，让我们泪流满面。

诗歌当然更是超越。布罗茨基把曼德尔施塔姆称作"文明的孩子"，"他的诗歌……以无数飞跃越过不言自明的东西。然而，以这种方式，它反而变得比以前任何时候更具歌唱性，不是吟游诗人似的歌唱，而是鸟儿似的歌唱，带着刺耳、难以预料的措辞和音高，有点像金翅雀的颤音"。鸟儿的吟唱，金翅雀振翼的颤音，都是文明赠予诗人的独特禀赋，面对崎岖的命运，它们可以助诗人完成对生活的华丽飞跃。而在史蒂文斯的诗歌创作中，这种禀赋表现为更具体的技巧——想象与虚构。与他相处半生的商界友人何曾料到，这个保险公司副总裁的抽屉里，是一个全新的世界，比他们能够想象到的最庞大的商业帝国更坚实、更雄伟。它是依靠想象，建立的一个更伟大、更稳定的帝国，它们轻易就克服了现实的局限。

诗歌是震撼性的认识论教育，它总是用一种你从未感受到的方式，深入万物的无字天书，让你知道事实和真相，此时生活的秘密才得以重新观察、理解，生命和死亡才会刻骨铭心，而每一种存在，才会用它最强烈的方式震颤你的神经。诗歌也是伦理学，在这里，现实与我们内心的王国才会被赋予新的秩序，事物间稳定的关系才会重新搭建，而美德和崇高的力量，将不同于宣传教育中抽象的概念，在你的内心中被体认并得到确定。诗歌更是美学是艺术，语言本身即富有生命力，它的形式是另一种神秘法则，它的节奏和音乐，如呼吸如海水的潮汐、季节的轮替，你在其中玩一个永不知疲倦的游戏，但却穿越意义的陷阱，与现代生活不期呼应。

就像史蒂文斯的"坛子"，诗歌，带给所有的荒芜、凌乱以秩序。

三

诗可以重新让人思考、发现、构造生活与人的关系，理顺秩序，建立一个稳固而富于安慰的意义世界。而编辑、出版这些诗歌，就是在这一意义世界之上，建立更为具体的人与人之间的关系，真可谓缘分触发，友谊伸展，甚至是天意成全。

对于我来说，国外诗歌的引进就是一个个奇遇。比如希尼，第一次接触他是在十多年前，我在一本诗选中看到他的《一个自然主义者之死》，当时受限于认识，阅读感受并不好。直到2012年，朋友向我强烈推荐，才再次重读希尼的诗。这一次，阅读体验迥异于前，认识全面刷新。而此时,我已走出校园从事出版两年,当时我想,如果能够出版希尼的诗多好。因缘之奇异,在于无法把握却又与我们息息相通。2013年8月30日,就在我们参加第二十届北京国际图书博览会(简称书博会)期间,希尼逝世的噩耗传来!也就是这个不幸的消息成为又一个机缘:一方面,"希尼系列"五卷形成;另一方面,书博会提供了一个绝佳的平台,为希尼版权引进打开了局面。这让我不时想,或许不是我们引进希尼,而是希尼在召唤我们。

友谊是连接、安慰,是打破时间、空间乃至年龄限制的巨大力量。"大雅"诗见证了友谊。"大雅"诗的作者,有些是师生、朋友。比如国外诗人中,沃尔科特、普拉斯丈夫休斯与希尼都是很好的朋友。国内卷中,诗人雷武铃、杨铁军、席亚兵、王志军、谢笠知更是如此,他们是来自北京大学、河北大学的同窗或师友。他们都是性情中人,有名士风度,用诗人周琰的说法:"杨铁军和雷武铃坐到一起,俨然就是一副宋代高士图,两人有相谐的高古相。"而我第一次见诗人王志军,遥遥望去,也是一身英气。这是一个很宝贵的圈子,虽然年龄不同、分散各地,但大家聚会、诵诗,惺惺相惜,相互取暖,彼此呈现的总是最真诚、直接和美好的一面,而生活之难总是以另一种形式,以在诗中被有效克服的形式呈现、分享。正如雷老师所说的,他们的相遇完全因为"对诗歌共同的向往与热爱","大雅"是以诗歌的形式,"对这一友谊之纪念,及持续这一友谊之愿望"的见证,而成为他们的编辑,是莫大荣耀。

"大雅"诗的有些译者,我之前从来没有想过能够走近他们,所以能够聚合,也是奇迹。比如诗人程一身译《白鹭》,2012年,也就是沃尔科特获得艾略特奖后,程一身就做了一些翻译,把目录贴在了博客上,当时看到后,我有点事不关己地在后面留言:祝福早日出版。没想到,千回百转,那令人百思不得其解的转盘指针最后指向的竟是我自己!译者中,诗人黄灿然的作品是我上大学时就曾阅读的,他在翻译圈中享有很高的声誉,因此,在联系他翻译希尼诗选时,我还有些忐忑。而他,虽一开始因手头工作推掉了我们的邀请,但紧接着他发来了第二个邮件,答应承担翻译。《曼德尔施塔姆诗选》也是如此,《诗选80首》由"副本"主理人冯俊华兄印制时,我还因错过了预约而感到遗憾难过,但是最后,一个更全面的版本居然由我们推出了。

其他诗人、译者的参与,陈东飚、王敖等,也多交缠着如此种种千丝万缕,我也未曾想到,我们会发生这样的关系。

四

有效的诗歌写作是一个感受、辨认、提炼与表达的复杂过程,"大雅"诗都是诗人殚精竭虑之作。而同时,诗越出众翻译越难,诗是无法翻译的,诗就是翻译之后丧失的部分,等等,类似的说法不绝于耳。这也从一个侧面向我们展示了,一个译者需要付出怎样的努力与艰辛。从某种意义上讲,翻译是一个无限向上的过程。译者趋近原诗,就像芝诺二分木棒,需要以自己所有的经验,磨砺语言之刀,用最细微的勘察，寻觅最可靠的触点，才能切分出一个新的意义创口，让诗歌在另一种语言包裹下的意义，或者说被意义所充盈的另一种语言，向读者敞开。

"大雅"诗的译者都是极其认真而执着的，而黄灿然和杨铁军尤其令人感动。黄灿然原本是香港《大公报》的专职翻译，新闻翻译是他收入的重要来源，但在他接受希尼诗选的翻译后，就离开了大公报报社，偏安于深圳一个小山村，过起了鸡犬之声相闻的隐居生活。难以想象的是，2014年至今（2017年），他只出版了《曼德尔施塔姆诗选》一部翻译作品。而我也感受到了这个自称有"精神洁癖"的人，其工作过程是怎样的。十多年前他就开始翻译、修订曼诗，按理说，一旦定稿即不可大改，这是出版的黄金律。不过，《曼德尔施塔姆诗选》彻底打破了这个禁忌。四次校对，每次他都仔细审核，而每一次反馈稿，几乎每页都布满了修改和注释。这样几次下来，曼诗选就变成了曼诗注释本。对此，我安慰同事，也自我安慰——因为，我们有什么理由拒绝一个如此认真执着、追求卓越的译者，拒绝一个臻于完美、丰富而翔实的善本？

杨铁军是一个极其温和的诗人，他的神情永远洋溢着平和、理解和宽容，看到他，你几乎难以想象他还有愤怒的时候。但是，他对诗歌的翻译有着近乎苛刻的要求。希尼诗集《电灯光》的翻译修订就是一个例子。2014年12月9日，出版社收到他前半部译稿的第一稿；截至2016年5月26日付印，出版社前后收到六个不同版本（不计其间他无数次修订、打磨）的译稿，为诗集加了两三百条注释。他说："这样一本薄薄的诗集，花了太多时间，初稿完成后，又回头看了很多遍，很多句子都在脑子里背过了，想到什么赶紧回去再对照一下，怕有什么疏忽，到了后来，细玩其义，趣味盎然，少则几日，多则旬月，最后几乎都有柳暗花明的那一刻。"我对比这些修订稿，很多根本不是错漏，而只是一些效果的微妙差异。就是这样，他说，诗歌就是要尽量复原诗歌本身。

"大雅"诗的核校、修订工作，也凝聚着许多朋友无私而伟大的智慧和汗水。除译者本人，原文理解、中文措辞、查阅资料、编辑校对等具体工作，新加坡胡一红、加拿大周琰、美国顾爱玲，国内诗人刘巨文、肖磊等，不少陌生或熟悉的朋友都高度关注，热心帮助，他们利用各种国外资源，提供了大量音频、视频以及珍贵的解读资料。甚至从头到尾对多本诗集进行了核对，比如胡一红。对我而言，编辑也是学习的过程，尤其是当英语的阻力蜗牛般放慢了我的阅读速度时，精微之处反而像在放大镜中放大。而很多交流，与译者意见有出入的反而能有更多收获。所有这些，都让我觉得，这样的出版，才能让你马不停蹄，却又仿佛时间停止。而你就像捕手，将时间的每一处沟壑和闪光，细细打量。也只有这样，你才能成长，获得尊严。

此外，出版社方面对图书的各个环节也费心思量。比如，设计、装帧是图书的面孔，为延续风格，"大雅"诗的整体设计统一由资深设计师刘女士操刀。从"大雅诗丛"到"希尼系列"，每一个系列，都经过反复沟通与交流，推倒N个方案，经历N次从头再来……这些，都是最细微、最烦琐的工作，但却朝向最美好的形态。

五

原以为，诗歌出版是出版社孤身独斗，因此最初我曾想，这或许真的是一种头脑发热的事情，我们极可能是飞蛾扑火，孤注一掷。

令人惊讶的是，从策划阶段对诗人、译者的选择，到后期的翻译核对，就像已经说过的，无数我认识或不认识的诗人朋友参与其中，伸出友谊之手。后期宣传也是如此，在多个线下活动中，除了作者、译者，臧棣、姜涛、周伟驰、王家新、蓝蓝、张桃州、非亚、冯艳冰、冷霜、周瓒、众多著名诗人、评论家参与进来。很多诗人原本只是在大学教材或某个虚拟空间才能见到，他们与我们，他们与诗歌爱好者，原本都彼此隔绝，但诗歌出版后，他们"推波助澜"，让高冷的诗发生了热反应。此外，不同机构、不同媒体，数不清的诗人、朋友，也都积极响应。不同于我们支离的生活，它们温暖人心，给人鼓舞，带来了感人的力量。

因为活动，我们得以与一些诗人近距离接触，并留下深刻印象。比如诗人王家新，2015年我们在言几又书店做完《白鹭》的宣传活动后找地方吃饭。当时已近晚上十点，咖啡馆里正放着轻音乐，服务员正告我们，半个小时候后就要打烊了。但是，在吃饭的过程中，王家新从沃尔科特、曼德尔施塔姆到穆旦，从写作到翻译，侃侃而谈，越聊越兴奋、激动，没有任何停下来的意思。店员多次催促无效之后，索性将轻音乐换成了重金属。这样，奇异的一幕出现了：整个咖啡馆变成了音响与王家新声音轮番升高、覆盖、彼此缠绕的交响乐。最后结束时已经接近十二点。同事田玡说，王家新不像六十岁，而像十六岁。另一位六十岁的诗人陈黎，2015年我们邀请他做《精灵》的活动，晚上到机场接他的时候，他一个人提着包颠着快步走在前面，我需要小跑才能跟上他，而我们的司机师傅则被甩在身后。在几天的接触中，我进一步了解，他思维活跃，说话激动、直接、骄傲、澎湃，痛苦而幽默。这种状态，他自己也声称，他从来没感到自己是六十岁。我想，诗歌就是如此，它让一切变得纯粹，它克服生理局限，让年轮仿佛停止转动，让你变得年轻。

有师友曾说，深怀"大悲愿"，是"大雅"诞生的"一大事因缘"。"大雅"的推出，的确可谓因缘际会。关于因缘，佛家说，要脱离苦海，须破解因缘；而出于同样的原因，又须搭建因缘。我想，因缘即是相遇，翻译是语言与语言的相遇，词语是思想与思想的相遇，阅读是人与人的相遇，所有的推广活动都是热爱与热爱的相遇。正如诗人雷武铃在同仁诗刊《相遇》中所说："多少偶然机缘的聚合才成全一次意义深远的相遇。因此相遇又是被动、脆弱的。只要众多的偶然消逝其一，这相遇就会离散。他们知道现实中相遇聚会总是短暂，离散才是生活的常态……正因为如此，他们觉得人的愿望异常珍贵。这愿望是主动、积极的，是我们人自己可以努力的。只有这愿望可以把朋友们实际短暂的相遇一直持续、深入下去，一直保持终身。只有这愿望，可以把我们与这世界、与所爱的人与景短暂的相遇持续下去。这愿望是我们内心情感与认识的自我珍惜和扩展。这愿望就是在语言中再次经历与相遇，就是诗歌的动力。"

不同于偶然性与生活之"熵","大雅"诗（以及围绕它的人和事）让我们看到，美好的事物与因缘仍在发生，我们见证了友谊的连接，见证了慈悲和善意，见证了冷漠之上的温情，它们构成与这个世界的混乱部分对峙的力量，一个纯粹而富于秩序的世界，一个不会朽坏的世界。荣耀的是，我们不仅向这个世界献出了诗，还将这些最纯粹的心灵，最崇高的灵魂，最优秀的智力，以及那因他们而激发的如光合作用、核聚变般的"最大的欢乐"，呈现给了读者，呈现给了所有愿意接近它们的心灵。

结　语

书与生活、书与人并非隔绝的孤岛，就像博尔赫斯描绘的迷宫那样，有时，你会发现，一段古籍文献记录的就是你的生活，而你的生活就是古老箴言的一个注释，书与人，过去与今天，就如梦与蝴蝶，影子，回声，相互照见。"大雅"就是如此。

我想，人生犹如四季，春来发生冬来收藏有盛有衰，人的精力就如古人所说的，气聚而生，散则死为虚无，人生是有限的。而我也越来越认识到，一个编辑一生能好好编辑的、像"大雅"这样已经坚持四五年的图书并不多。未来我们的精力、兴趣和专注力，也都将受到磨损，我们不会像一台不停歇的永动机，我们没有多少次机会从头再来。所以，系着于"大雅"的所有这些珍贵的因缘，这些人和事，我都将一一铭记。比如2013年初的时候，我们几个人，几个领导和同事,就"大雅"谈到晚上一点多,那时候正是子夜,一天中最黑暗的时候,但我们的热情,却在那个时候被点燃。那是"大雅"真正迈出的第一步。此后,更多的领导、同事加入进来。古人讲,志同为朋,所以,虽然他们有的调任,有的离职,有的即将退休,但我想,因为我们共同致力于建立的——那在无所不在的"熵"之外、在虚无之上的东西,那高于我们头顶的闪亮的东西,那构成我们生命中最重要也最普遍的东西,他们不会被忘记。

祝福"大雅",克服偶然、弥合破碎,深入、长久,希冀不灭。

附二

出版之"诗"
——"大雅"背后的故事[*]

出版是件理想的事情——对我来说,"大雅"就是最好的例子。当然,它并非一件容易的事。2010年下半年我到出版社,2013年我们开始酝酿,而直到2015年,以诗歌主打的"大雅"才浮出水面,我们倾注多年的热情和努力,这才有所凝聚和绽放。而面世至今七八年,其间颇多不易,但我仍愿意把这个过程称为是诗性的。

我把"大雅"看作一首"出版之'诗'",主要有三层意思:首先,诗是"大雅"出版的一个起点,也是它的一个鲜明标记;其次,就像人们常说的,诗如远方,它代表一个理想和无限的可能;最后,虽艰难,它仍超越了个人、超越了时间,指向一个无限"上升"的过程,一个从匍匐到飞升的过程。在这里,我想作为亲历者之一,分享一下"大雅"的努力和尝试,讲讲关于它背后的故事,也聊作一个小结。

---

[*] 本文整理自2021年3月广西出版传媒集团面向编辑主办的一次沙龙,刊于《出版人》2022年第2期以及广西教育出版社2023年出版的《书道》。

一、引子，从一个图书策划说起

出版是理想事业，但我知道，很多编辑是一辈子都做不了一本好书的，从主观的愿望到客观的需求，其间并不是直线的。所以，**从这种无力感到得到做好书的机会，是一次跨越，我称之为第一个"上升"**。

跨过这个门槛不容易。在我快毕业、准备从事出版的时候，一个师兄就提醒我说，我可能这辈子也做不了一本我想做的书。对此我当时半信半疑。抱着这个想法，到出版社不到三个月，还在做校对的时候，我写下了自己人生的第一个图书策划：关于波兰诗人扎加耶夫斯基的《捍卫热情》。为什么做这样一个选题？因为它所面临和解决的问题。波兰经历过两次世界大战，有着极为惨痛甚至是毁灭性的遭遇，这样一个民族，在劫后余生面对的首要问题，是怎么承受战争的创伤以活下去的问题。而扎加耶夫斯基生于二战结束的那一年，好像冥冥中他是被选中的：用他的作品回答这样的问题。而今天，中国读者还需要它，是因为，其实每个人都在经历一场战争，与生活、与自己的战争——生活的琐碎和虚无，自己的卑微和平庸，我们需要给自己注入勇气和热情。这是每个人都面临的问题。所以，这样的作家，这样的书，当然是最好的，是应该推动出版的。

被扎加耶夫斯基感染，对第一个策划我也投入了巨大的"热情"：请了同学从北大图书馆复印了原版图书；请朋友翻译了一万多字的样章；颇费心思写了策划案，这个方案是不达标的，但现在回过头来看，它是我写过的最为热情洋溢乃至滚烫的策划案……不过，这个让我度过了很多个不眠之夜的策划，它最后还是流产了。这个结果其实可想而知：一个除了一腔热情，对出版一无所知的人，出版社凭什么做这样的冒险呢？这个失败是必须经历的阶段——出版需要一个准备过程：天马行空的主观意愿，一定要上升为出版的客观需要。

幸运的是，三年后，也就是2013年，我们谋划推动的不是一本书，而是一个图书品牌。记得时任广西出版传媒集团总编曹光哲先生，时任广西人民出版社社长卢培钊先生、副总编白竹林女士，好友田玎，还有我，讨论这个品牌一直到凌晨一点多。此时，"大雅"已经不单是个人的主观愿望了。就我自己来说，2010年底到出版社，做过刊物，做过主题出版，对出版已经有一定的理解了，不再徒有一腔热情。

加之，那时出版社也在思考怎么调整出版格局，于是，这样的一个品牌就水到渠成了。所以，"大雅"品牌是很多因素的奇妙交响，也是一个执念客观化的过程。

二、品牌的动念，"大雅"的基本诉求

定位、概念的形成，是一个务虚的过程，但也是决定性的，关乎品牌的方向和格局，我把它称为第二个"上升"。"大雅"品牌的提出，距我入行已经隔了数年，但对我而言，它的诉求与我们的原初动机——那个关于"捍卫热情"的初衷仍有些关联。

附二 出版之"诗" · 299 ·

出版首先要关注的，我觉得是人的精神状况问题。今天，学科和分工越来越精细，我们对知识的占有越来越多，知识大爆炸。但是，当你面对毁灭性的灾难，当你对生活、对自己失去信心的时候，有哪门学科、有什么知识能教给你解决问题，带给你信心和勇气么？好像依然没有。而启蒙运动后，全球的价值追求更多地投向了对于自由、民主、平等的追求，它当然非常重要，是最基本的价值，但问题是，当它被放到最大的时候，会遮蔽更多东西。显然，人们需要在这个基础上追求更多——信心，勇气，热情……以及更具包容性的德性，但这些并没有得到太多正面、有效的推崇。我们的诉求之一，就是为它做注脚，从知识上升到品格，从形式价值上升为内容价值，做更完整、更好的人。

我们将目光投向了古代。古代会带给我们什么？一种完全不同的视野：在古代，中国和西方对人的德性都有极高要求。比如西方学科分立的鼻祖亚里士多德，他开创形而上学、物理学、政治学等，但他的分立原本是希望更好的打通，希望通过通识教育落到人的德性、人的整体提升上来。柏拉图对话录更是如此，苏格拉底说"美德就是知识"，这全然不同于我们今天的定义。西方古典教育是这样，中国甚之，比如儒家，基于道德的"内圣外王"是它教育的核心：外王，就是齐家、治国、平天下——在一个情理合一的牢靠的德性基础上，一步步往外波纹一样扩散，最后建立一个非常稳固的社会秩序，这是社会伦理层面的有力支撑；内圣，就是德性是可以无限上升的，尽心知性知天，你通透了你的道德心就能了悟有超越维度的天道——中国一直没有严格意义的宗教，就是因为这个超越的向度。这就是中国传统所理解的有德性的人，完整的人。

2013年6月，我们开始立足这个定位着手品牌名。最开始有不同方案，比如"天圆地方"等，后来，我们考虑了更多，并最终将目光移向《诗经》。作为"六经"之首，中国古代人文教育的起点，《诗经》中的"大雅"与我们的诉求不谋而合。"大雅"原为皇室的一种高端、雅正的音乐，后来它成为一种品格和德行的代名词——它是建立在中国古代内在自省与外在实践的基础上，对品格的整体建立和综合诉求。由之，"大雅，为一种品格注脚"，作为我们的品牌概念沿用至今。标志的设计呼应了这个诉求，四本书，一个古鼎——在古代，鼎主要用于祭祀，用于沟通天人之间的关系，它代表诚信和大德……这是来自古代的一种悠远回响。

"大雅"，就像这个名字给人的直观感受，也像我们希望"大雅"能塑造的，明智、温和、中正，它是积极正面的，平和安静的，谦谦君子式的；但明智意味着清醒和洞察，它也是有态度有性格的，就像诗句"大雅久不作"所寄寓的，它有着基于正面能量所焕发的批判性和否定性。

三、浮出水面，"大雅"如何为人所知？

从无名到知名，我称之为第三个"上升"。我们当然不希望"大雅"默默无闻，在品牌名确定的同时，我们就在思考如何让它为大家所知，形成影响力。尤其是怎样发出第一个声音，极为关键。

我们的第一个做法，就是从诗歌切入。为什么要以小众诗歌切入呢？首先是国内出版的格局，板块已经非常精细，但诗歌出版还没有哪家形成绝对优势。其次是市场的潜力，诗歌虽然是小众读物，但中国人口基数大，做好了，读者绝对数量也不小。再就是出版的资源，国内外顶尖诗人非常多，这意味着品牌的可持续性。我们还考虑了投入的成本，不比其他竞争激烈的板块，诗歌意味着较小的投入，意味着较高的容错率。这些，都是基于出版策略上的考虑；而最关键的，正如前面说到的，来源于诗歌本身的价值。孔子说"不学诗，无以言"，在中国古代，诗是被置于"六经"的首位的，是学习和教育的起点；而作为一种艺术，诗歌是语言的理想和极致，冲击力最强，因此，也被视为最有效的教育。

而且，冥冥中总有种种神秘的因缘在背后推动我们。当初我们的波兰诗人扎加耶夫斯基选题流产了，但时隔三年，另一个波兰诗人辛波斯卡却点燃了我们。她的《万物静默如谜》一年即销售十多万册，成为出版爆品，它让我们看到小众读物诗歌的市场，成为当时引发我们做诗歌的一个重要引线。价值大，投入少，可持续，市场的潜力，可以很快产生品牌影响力，于是，诗歌出版作为"大雅"首选就更顺理成章了。

以诗歌切入，如何亮相非常重要，因为一旦淹没无闻，对于一个处于尝试阶段的品牌而言可能是致命的。那么，**如何在众多出版物中浮出水面，让品牌迅速为读者所知？**我们尝试着做了一些努力。

首先是诗人和作品的选择。面向市场，确保质量，知名度当然很重要，比如我们确定的第一部作品《白鹭》，是诗歌最高奖普利策奖获奖作品，作者沃尔科特是诺贝尔文学奖获得者，布罗斯基称他为"英语世界最伟大的诗人"。我们还考虑代入感，比如史蒂文斯，他和我们一样，是日常上班下班的公司职员（副总裁），是一个偷偷写作的"抽屉诗人"。我们也关注话题度——虽然带有几分无奈，比如曼德尔施塔姆的流放，普拉斯的自杀及与休斯的传奇婚姻，等等。我们也考虑译者的知名度，寻求诗人加翻译家的结合，注重译者对翻译的认真程度。神奇的是，种种辗转之后，我们找到了当初推动"大雅"的"引信"——《万物静默如谜》的译者陈黎成了我们《精灵》的译者。

此外，我们也考虑了图书亮相的形态。一个不知名的机构出版一两本诗集，是无法唤起人们的注意的，所以体现存在感的丛书形态——"大雅诗丛"就成了选择。我们考虑了可持续性，考虑了调动资源、关注度，以及后期的宣传推广，考虑了原创和引进搭配的图书结构，除了国外卷，也策划了国内卷。国内诗歌出版难度大，但优秀诗人和诗歌作品很多，于是我们推出了非常优秀的雷武铃、杨铁军、席亚兵、王志军、谢笠知等五位诗人的作品。这样，"大雅"的第一个系列"大雅诗丛"，就成了拥有国外卷、国内卷两个系列共九个品种的图书矩阵。

我们宣传推广做得艰难，但是扎实的。通过作者译者，我们邀请了很多名诗人如王家新、臧棣、蓝蓝、姜涛、冷霜、周伟驰、张桃州等，来帮忙站台宣传。我们还借力一些诗歌机构的能量，比如说北京大学中国新诗研究所、中国诗歌学会等研究机构，南宁自行车诗社等民间诗歌团体，一起主办了好几场地面活动。活动形式也有考虑，第一场整体露面,在北京单向街书店做了一场针对"大雅诗丛"的活动;第二场针对单本诗集,在北京言几又书店做了一场针对《白鹭》的活动;我们还邀请台湾诗人陈黎到南宁,在西西弗书店做了一场《精灵》的活动,并做了"大雅"的文化延伸,在图书馆做了第一场"'大雅'文化讲堂"。

这一切,对入行不久且没有做市场书经验的我来说,每一步都是异常艰难的。不过,我们是幸运的,"大雅"在圈内迅速获得了认知,产生了不错的效果,获得了很多好评。我记得有一天,素未谋面的广西诗人黄土路跑到我办公室,兴冲冲地说:"你们出了一套像金子一样闪光的书!"这真是令人欣慰!

四、"大雅"的夯实,如何拓展品牌线?

一个品牌不是一两本书,也不是一两个系列,它需要持续更新,需要影响力的延续,所以"大雅诗丛"浮出水面后,我们尝试对品牌进行夯实。**品牌线的拓展,就是从小到大的过程,我称之为第四个"上升"。**2013—2017年,部门就两个人,2018年增加了两人,加之要承担其他任务,所以出版节奏是比较慢的,但我们还是进行了拓展,几年积累,图书逐渐增多,形成了一个比较丰富的"大雅家族"。

首先是诗歌领域的拓展,这是"大雅"的主打。"大雅诗丛"第一辑让我们发出了自己的第一个声音,反响蛮好的,这是"大雅"品牌的一个优势。所以首先要做的,就是巩固我们的优势,夯实诗歌出版品牌。

最直接的拓展就是"大雅诗丛",虽然国内诗歌市场有限,但我们还是在2017年推出了第二辑,包括张曙光、臧棣、姜涛、周瓒、王强五位诗人的作品,继续汇聚丛书的势能。其次是做个人系列的拓展,"大雅诗丛"之后,我们不再跟热点、跟"风",而将目光落到了对作者的认定上,我们学习了一个简便方法,通过一部作品判断所有的作品——即使是比较边缘的作品,集中于一些重要诗人做专做强做透,由一个作者拓展为一个系列。在形态上,我们希望克服国内零散出版的问题,从诗集扩展到文集、戏剧、日记、书信等,这对于读者系统深入的阅读当然是大大的利好。第一个尝试是"大雅诗丛"中的《白鹭》,我们以它为切入点,先引进了沃尔科特的史诗作品和唯一文集,后来又引进了他的戏剧集;此后几年,将个人系列作为重点,我们又陆续引进了"希尼系列""休斯系列""洛威尔系列"等,都是大师个人系列,到目前已经初具规模。

做诗多年,我们发现国内的诗歌理解问题不小,甚至不少诗人、研究者说起诗来云里雾里,让人唏嘘。于是我们关注诗歌的读法,诗歌的标准。我们相信诗人是诗歌的真正谈论者,没有写作经验的人,对诗歌难有同情的理解。所以我们推出了不少诗人谈诗的作品,它们散落于"大雅文丛"以及一些个人系列。我们注重在实践基础上的批评,不过文德勒除外。她并非诗人,但被称为"诗歌的最好读者",一辈子只做诗歌阅读和批评。也许是因为将本科所学物理学和新批评的方法融为一体,让她的诗歌解读有了崭新的视角和方法,她像面对自足的世界一样面对每个字、词、每一行，围绕文本谈论结构、修辞、意义。这种解剖麻雀一般的拆解，反而让诗如磁石一样充满了吸引力，这无疑就是诗歌读者需要的。全方位引进这样一个作者，中国诗歌理解或发生翻天覆地的变化。于是，着眼诗歌细读、诗人解读、诗歌问题，我们前后引进了她的八部作品，以"文德勒诗歌课"之名推出，也有了体量。

我们做面向大众的诗歌、诗歌解读，乃是因为，从社会功能来说，诗对人、对社会的认识是最有力的，诗歌教育是最具体、最有效的教育。我们希望通过有效的诗歌阅读达到这一点，这是我们出版诗歌的一个野心。

由此，我们以诗歌切入，逐步向人文社科领域拓展。2015年，我们就推出了"新师说"系列。做"新师说"乃因这样一个共识：对民族未来影响最大的，来自大学，来自那些最优秀的教师。但这种影响停留在学校太有限了，我们希望实现共享最大化，所以开始把大学里优秀的讲课稿整理出来，共享给大众读者。基于这种想法，我们也将目光移向了国外，我们知道哈佛大学有一个著名的讲座，每年都会请某个领域内的大师做六次演讲，涉及音乐、诗歌、建筑等多个领域，于是我们就尝试引进了其中的一些代表作，推出了"哈佛诺顿讲座"系列。我们希望未来能够继续拓展边界，实现人文社科的全方位覆盖。

几年来，我们也与伙伴"拜德雅"推出了"人文丛书""异托邦丛书"等系列，涉及哲学、社会学、建筑学领域，还在筹划哲学家德里达和巴塔耶的系列作品。这里有些作者作品，如德里达是个解构主者,乍看与我们的"大雅"不同。实际上,德里达所做的,是对几个世纪以来科学中心主义或说主客对立思维——深刻影响几代人头脑的固化认识方式进行的解构,他试图打翻那冰冷、僵化的东西,回到活生生的"在场"。这无疑深刻呼应了"大雅"的内在诉求。而就像德里达"精神的老师"海德格尔一样,通达它的方式最后落到了我们正在做的诗歌。他们让人的认知方式发生了变化,这其中当然有破坏性,但解构之后就是建构,是回归,回归于那熟悉又完全变化了的生活日常,以更好地生活。

对于未来,我们保持着开放的心态,期待与志趣相投的伙伴们继续推动美好的发生。中国出版圈并不大,但是聚合起来可能性却是无限的,"爆炸"后它的能量有多大,对此我们拭目以待。当然,人的力量终究有限,想当年我们做"天圆地方"三到五年的计划,两三百种的体量,我想,按照目前的进度定然是无望的——你得承认你的无力:你做一点点,人生就已至中途了。

五、回归本体,"大雅"怎样做好每一本书?

动机、概念都是务虚,出版的本质仍是回到每一本书:它看得见、摸得着,占据一个具体的空间,沉淀并检验你的思考、行动,乃至一切。因此,**我将这个最重要的过程,称为回归与接近出版本体的第五个"上升"**。

要想获得生命力,你不能把书当作一个僵死之物,甚至不能把它当作一个建筑、一棵树，我一直把书比作人，一本书的构件如同一个人的五脏六腑，每一个部件都不能有问题，而且必须和谐、有序，否则，人就会生病、会死，书也是没有生命力的。所以，我们的所有努力，就是最大限度地接近这个生命的本体，让它的"五脏六腑"保持健康。而书和书的不同，正如人跟人的不同，所以，这个不断理解、接近本体的上升过程，是很难的。

这种接近本体的过程，首先是内容上的。2013年我开始做主题出版，对比同行我们是成功的，很多荣誉，很多"第一次"；市场方面也有飞跃。这类书，我们是深度主导，参与度非常高，编辑很多时候是以作者或导演的身份参与的。但是，这种参与方式，也决定了它的价值是有限的，它无法成为经典。对于"大雅"，我们将书本身的价值视为唯一标准，而我们的定位是不做主导，只是做好辅助。

"大雅"引进书大多是经典，我们要做的就是尊重原著，呈现原本，回归本意，不投机，不哗众。但千万不要认为这很简单。比如《白鹭》八十多页，翻译方面，译者程一身就说像从地狱里走了一回，还请了黄灿然、王家新、顾爱玲等多名诗人翻译家帮他核对。他"死"过一次，我也崩溃过，很多诗从头到尾就是一个句子，复句不断叠加、缠绕，对我来说太费劲了，但还是硬着头皮完成了，还请了师友参与核对。我们的要求，意思的清晰、准确是前提，避免20世纪八九十年代的"朦胧翻译"；除了准确性，也有节奏、气息、韵律等的要求，诗人杨铁军说《奥麦罗斯》修订了五次，乃至"翻伤了"，调整的就是语气，因为没有好的呼吸诗歌就死了。另外，我们杜绝无底线追求市场和速度，改书名、删内容、调结构等对原著的损伤，是违背我们初衷的。

引进作品要做到尊重原著是艰难的，原创作品用力处不同于引进作品，也颇多不易。比如《庄子哲学讲记》，这本获得过年度"中国好书"、中华优秀出版物奖图书提名奖的书，同事看初稿后第一时间的判断是，出版不了，因为语言、结构太乱，很毛糙。但是，我觉得它的"毛坯"是好的，甚至是无可取代的，因为作者是研究、讲授《庄子》的名教授，国内超越他的并不多，这个课也是颇受北大学生欢迎的。至于形态上的"毛糙"感，讲义是难免的。后来，我们就结构、行文、语言等方面提了修改意见，正式的出版物已经发生了巨大变化。我们的工作当然仍然只是辅助，但需要付出极"不自然"的努力，才能让书归于"自然"。

做书是一种艺术，接近本体的过程也有形式上的要求。 我们对此投入的精力、时间不逊于内容。我们的原则是，为图书寻找"最合适的形式"。这个看起来非常简单的诉求，其实也并非易事，不同的书，不同内容、文体、文风，"合适"二字其实最难。而理解了它，其实"合适的花哨"是朴素的，而"合适的朴素"则可能是最具装饰性的。我们也形成了一个原则：如果做不到"合适"，我们往往选择后退一步，尽量保守、中和一些，不为博人眼球而出格。

国内不少诗集封面、版式做得花哨，这是缺乏对于诗歌的理解，忽略了诗本身的形式对设计的要求。诗歌是形式感最强的，断句、分行、分节、押韵等极端讲究，而它也对图书的形式提出了很高的要求。这尤其体现在版式上，除了诗本身的形式外，图书版式的很多形式附加都是多余的，是对诗歌的呈现和理解的干扰和损害。这其实是一个简单的道理，但因文体形式的隔阂，往往不好理解。所以，"大雅"的诗集在版式方面，追求大方朴素简易风，我们希望除了诗歌内在的形式，感觉不到其他形式的存在，不加任何装饰，不干扰读者对诗歌形式本身的体验。当然，这种"如无必要，切勿增加实体"的奥康姆式的形式要求，实现起来并不简单，为此"大雅"的诗歌版式经过了很多调试和改造。

封面方面，我们最开始比较保守、温和，如《白鹭》首印用的就是诗人头像。然而，封面与内容一体，它们应该结合更多，所以重印时封面与内容有了深入契合。《白鹭》写于沃尔科特晚年，丧失感、死亡的情绪是笼罩整部诗集的基本情绪，他用"白鹭"这个意象来指代这个情绪。对此，设计师做了多次封面的尝试，但总感觉不够。千回百转之后，我们找到了诗集同名组诗《白鹭》中一首有挽歌性质的诗，诗里回忆他已去世的好友布罗茨基，追忆两人在游泳池边的一次谈话，谈到了博斯的一幅绚丽的名画——《人间乐园》。在这巨幅画作的一个小小的角落里，有一只被白色光环托起、跃出画面的白鹭——就是诗中提到的。它让整首诗、整部诗集，发生了内在的关联。这幅画，与全书的主题和情感基调高度匹配，生与死、苦与乐、世俗到天堂，都在这幅画里打通了，对于封面而言，我们这才觉得：恰到好处！

这幅画虽然太"花哨"了，以至于译者反对使用，但是我们坚持；对于这本书，它是极"简洁"的、合适的，并没有累赘的东西。"大雅"系列的书，我们都希望能实现这样的结合。"合适"，是我们最朴实却又是最高的诉求。

六、推动共享，"大雅"的宣推和效果

共享是最大的快乐，精神的福利——实现图书价值的共享则更是如此。出版的最后一个环节——宣传就是这样的一个过程，增加受众，扩大图书与读者碰面的机会，其实这也是一个让图书价值最大化的过程，而对于品牌、对于出版社，它的反哺效应、边际效应是无法估量的。这个过程，我称之为第六个"上升"。

在宣推上，限于力量，我们是比较薄弱的。我想起当初起步阶段，我们从零开始，资源和经验都是零，媒体和推广都是崭新的开始。那时，我是去图书馆找刊物、报纸副刊上的电话，一家家去联系的。后面做活动联系书店、媒体也是如此。但就是通过这样的方法，渐渐有了积累，与传统媒体报纸、刊物、广播电台、电视台有了联系，也有了同事们的帮助，我们有了自己的公众号、平台、站点，有了一些线下首发、分享会的推广，偶尔也做"大雅文化讲堂"，这样才慢慢有了认知。

不过，"大雅"之所以能获得好评，我想最重要的原因来自"大雅"本身，一种人格化的魅力。书沉淀一切，诠释一切，你投入最大的愿念、最集中的专注力、最好的智力，持续不断落到实体书上，就能发生回响，形成自己的性格和态度，有了自己的"执念"和"人格"，也因此有了自己的魅力。在此基础上，我们不断重复品牌识别，强化印象：统一标识，品牌名、logo、广告语、图书、公众号、站点；统一设计风格，"大雅"的书不少，但实际上我们只有一个核心设计师，两三人参

与；统一形式识别，包括版式、装帧、用纸，形成了属于"大雅"的"经典"风格。这样，我们的传统媒体、新兴媒体，线上、线下，图书首发、沙龙、签售、讲座等的宣传，即使力度不太大，但呼应起来，"大雅"就获得了自己的口碑。很多诗人、作者、评论家、核心读者、媒体朋友，对我们的评价都蛮高的，这其实起到了很大的营销效果。

　　各种合力让"大雅"获得了良好的效果。我们获得了不少官方荣誉，如中国出版政府奖、中华优秀出版物奖、"中国好书"、国家出版基金项目等，很多荣誉都是社里的"第一次"，这无疑让我们做事、做书有了更加便利的条件。此外，"大雅"图书入选了文津图书奖推荐图书、深圳读书月年度好书、《新京报》年度好书等各类图书榜单，这意味着公众以及知识分子对我们的认可，也因之更改了很多同仁的观念，我们出版社之前对此是没有概念的。媒体报道也很多，如《新京报》每年都对"大雅"做了大篇幅的报道，多的达到了七八版。更重要的是，我们的诗歌翻译获得了国内认可，多本书获得了鲁迅文学奖文学翻译奖、傅雷翻译出版奖、袁可嘉诗歌奖翻译奖、诗东西诗歌奖翻译奖等，攀上了金字塔的顶尖。

　　这些效果，让我们的热情以及所有的努力有了附着物，给我们带来的变化是明显的，很多良性反应接连发生了。比如出版资源的升级，其中如版权引进，最开始真的很难，因为我们社鲜有引进书，我都不知道怎么联系版权，后来联系上了版权代理公司，也得不到太多信任和热情的回应。作者和译者也是，他们在观察，看你究竟能做成什么样。"大雅"有了成效，于是一切都有了很大的改观，而我们也有了选择的余地。合作方也是，我们现在正和知名品牌"拜德雅"合作，还有一些书店、出版商等更多的合作意向；媒体也是如此，有了一定知名度，媒体就开始找我们了，我觉得这些是特别大的一个变化。

我们是清醒的，清楚小众出版的市场，但我们同样清楚经典能流传，面向零售市场，"大雅"系列书，如"大雅诗丛""希尼系列""沃尔科特系列"等很多品种近年陆续重印，多的印量达到数万册，进入了一个良性的循环，有了好的生态。而对出版社而言，最重要的变化，就是对出版认知的变化、态度的变化，很多同仁已经不像之前那样看待出版了，对自己的定位也有了改变，刷新了眼光。我觉得这是根本性的、巨大的提升。

七、最后的上升，人精神的焕发

做出版，是通过图书和作者感知世界，一个充满万象的大千世界。这里泥沙俱下，很多人、事是让人沮丧的，它们加重了我们对生活和这个世界的失望。但也有很多不同，比如"大雅"的诗歌，**它攀登极限，带给我们精神的上升，它让我们笃定、确信，也让我们焕发——我称之为最后的"上升"**。

记得做"大雅"的第一年，就有诸多难忘的书人故事。比如黄灿然，他原本在《大公报》做新闻翻译，为了做诗歌（这多少与我们的《开垦地》有关），他辞掉工作，偏安于一个僻静的山村专事翻译。这位被不少人称为"诗歌翻译第一人"的诗人和翻译家，一度到了靠预支稿酬生活的地步，但他珍视羽毛，还是以极其严苛的态度，一本书一翻三四年！再如王家新，当晚做完《白鹭》的分享已近晚上十点，我们吃饭时咖啡店都要打烊了。然而，王家新和我们聊诗聊翻译，越聊越起劲，仿佛忘记了时间，店员一次次催促无效，于是，咖啡店音乐不断飙升。就这样，在那个小咖啡馆里音乐和人声交替攀升、缠绕，上演了一个颇为戏剧化的声音"比高高"的奇异场面！再比如陈黎，他到南宁做《精灵》的分享，我得以亲密陪同他好几天，他已经六十岁，但是走路步子极快，说话语速飞快，争论问题思维敏锐，我一路上脑子和步子都需要小跑才能跟上。我陷入恍惚：他不是六十岁，而是个十六岁的小伙子！

我每每震惊于"大雅"的诗人和译者对于诗歌的这种热情和投入。他们可以沉浸在自己的世界里，忽略周遭一切！也因为这种沉浸，他们可以对抗生活的嘈杂，对抗艰难困苦，怀抱僧侣般的苦修主义，挑战精神的极限！他们无疑带给人巨大的鼓舞，你会觉得这个世界并不那么糟糕，这让你怀抱信心。这种精神的浸润，内在的浪漫主义，是有着巨大力量的，它不但抚慰人心，也会神奇地更新你的身体，让你像一个年轻的战士，一个赤子！

这些，都发生在"大雅"推出的第一年，它是一个美好的预兆！事实上，更美好的因缘在后面接续发生。而经历越多，就越让人相信这个世界诸多神秘的存在，就像最开始，一个波兰诗人的熄灭，另一个波兰诗人的点燃，以及后来，"大雅"那些源源浮出的书，让我们仿佛洞开了某个玄妙的临界点，在最后的"上升"中纵身一跃，探到了另一个世界的消息。

谢谢参与和帮助过"大雅"，推动这一切发生的所有人！

图书在版编目（CIP）数据

泥淖之歌："大雅"诗的无字书 / 吴小龙著 .—南宁：广西人民出版社，2024.4
ISBN 978-7-219-11733-0

Ⅰ . ①泥… Ⅱ . ①吴… Ⅲ . ①诗歌研究—中国—当代 Ⅳ . ① I207.22

中国国家版本馆 CIP 数据核字（2024）第 040199 号

泥淖之歌："大雅"诗的无字书
NINAO ZHI GE："DAYA"SHI DE WUZISHU
吴小龙 / 著

责任编辑　许晓琰
助理编辑　张　洁
责任校对　周月华
书籍设计　刘　凛
封面用图　老彼得·勃鲁盖尔画作

出版发行　广西人民出版社
社　　址　广西南宁市桂春路 6 号
邮　　编　530021
印　　刷　广西民族印刷包装集团有限公司
开　　本　889mm×1194mm　1 / 32
印　　张　10.75
字　　数　248 千字
版　　次　2024 年 4 月　第 1 版
印　　次　2024 年 4 月　第 1 次印刷
书　　号　ISBN 978-7-219-11733-0
定　　价　59.80 元

版权所有　翻印必究